回眸

叶学龄 著

中国记忆文库
总顾问 陈圣来
总主编 方强立平荧

上海三联书店

目　录

角色转换

退而未休

写在前面的话

《回眸》今天出版了，我期待好友们的指正，期待读者们的批评。

我今年85岁，因患重病，住院三年了。行动虽然尚有不便，思绪却信马由缰，在历史与现实中来回穿越。往事并不如烟，而如影视般一幕一幕在脑海里回放呈现。一个旧社会穷苦农民家的孩子，从建国初期参加革命工作，亲身经历减租减息、镇压反革命、土地改革、三反五反、反右派斗争、农业合作化、大跃进、人民公社、社教"四清"、文化大革命，以及改革开放等，建国后迄今为止民主革命及社会主义革命和建设的全过程，桩桩件件都让我难以忘怀。从普通农民到成长为一名副省级领导干部，退休以后又从一个纯粹的摄影门外汉到闯荡于摄影艺术高雅殿堂，这两次蝶变，其间的经历和阅历不可谓不丰富，酸甜苦辣、喜怒哀乐不可能不铭刻于心。虽不能说有什么惊天动地的业绩，却也经历了一些重大的事件和重大的抉择，也收获了一定的成功、经验和教训。于是，萌发了要写点什么的念头。自己一不是名人，二不是文人，只想用故事和散文的形式真实记录一些往事，用今天的眼光去审视过去，权作记录自己成长的历史轨迹，这也是耄耋之年的一种欣慰。

写这本书，中途也有过动摇。自己写自己的故事，一怕招来"哗众取宠"、"沽名钓誉"之非议；二怕真实记录当年的往事会伤害一些人。后来，在许多好友的劝说下，认为只要把握故事的真实性、时代性和哲理性，本着忠于事实和不抬高自己、不贬低别人的原则，即便是涉及到一些人和事，何虑之有？经过两年多的努力，在几位好友的鼎力帮助下，终成此书，取名《回眸》。

《回眸》，是往事的回望。几十年过去了，许多往事淡忘了，只能从历史的记忆中撷取一些较为深刻的往事来写。

《回眸》，是感情的记忆。我是怀着感恩的心，感恩养育了我的父母，感恩支持我抛家不顾、一心扑在工作上的妻子和家人，感恩工作中的搭档、生活中的朋友，更感恩组织上的培养和教育。

《回眸》，是理性的升华。往事也许平凡甚至琐碎，其中往往蕴含着深刻的哲理。之所以要用今天的眼光来审视往事，就是希望从中得到理性的启迪和感悟。

感悟一：一个干部的成长，全仗党的培养教育。是党的培养还是个人才华，搞清楚这个问题很重要。认定是党的培养，就会感恩于党，永远跟着党走；认为是个人的才华，就容易骄傲、自负，或者与组织闹对立，与同事闹不团结。应该说，干部是时代的产物，是党的政策的产物。战争年代，在共产党的引导下产生了许许多多“砍头不要紧，只要主义真，杀了我一个，自有后来人”的先烈和英雄，造就了一支用马列主义、毛泽东思想武装起来的干部队伍。建国后，我们党推行工农干部路线，一大批工农干部走上了领导岗位，担当了社会主义革命和建设的重任。改革开放，实行干部“四化”方针，一大批符合“四化”方针的优秀干部走上领导岗位，把中国的改革开放搞得热火朝天。党不但能造就惊天动地的事业，更能造就一批又一批人才。就我个人的成长过程来说，完全是在党的培养教育下，才由一个普通农民走上了领导岗位。

感悟二：任何时候都不能脱离群众。古人讲，官与民是舟和水的关系。毛主席说，干群关系是鱼水关系、血肉关系。当然不是要把这些至理名言死记硬背，而是要印在心里，刻入世界观，落实到行动中。要摆正自己的位置，永远牢记“自己也是百姓”。摆正位置，就有个改造世界观的问题。为什么人的问题，是根本问题，是世界观所决定的。心中有群众，才能急群众之所急，想群众之所想，帮群众之所需，与群众同呼吸、共命运。我在任何一个领导岗位上工作，从没忘记自己出身于普通农民，考虑一切问题，首先想到的是群众的利益。在长期的实践中，我也深深地体会到，离开了群众，一事无成。

感悟三：必须坚持党的实事求是的思想路线，一切从实际出发。实事求是，是反对本本主义，“不唯书、不唯上、只唯实”，提倡创造性地执行党的政策。要贯彻实事求是、一切从实际出发的思想路线，需要坚定的党性原则和无私的勇气。党的政策具有普遍性的意义，贯彻执行要坚定不移。但世界上的事又是非常复杂的，存在各种特殊性，必须从实际出发，才能更好地贯彻党的路线方针政策。党的政策是共性，实事是个性，个性与共性之间会有差异，故党的政策要不断完善，只有实事求是，才能经得起历史的检验。党的政策，有时会与部门利益有矛盾。在认识上，下级有时会与上级发生矛盾。是服从部门利益、服从上级的意见，还是服从实事求是，这需要坚定的党性原则，需要抛开个人的得失，有时候还要经得起打击和委屈，要付出代价。做一个合格的领导干部，必须经得起实事求是思想路线的考验。

感悟四：要敢于担当。可以说，这是领导干部必须具备的基本素质和要求。所谓担当，就是对党和人民的事业敢于负责；就是看准了的事敢作敢为；就是越是艰险越向前；就是在失误或失败面前敢于承担责任，不上推不下卸，不强调客观。只有敢于担当，才能得到组织的信任，同事的支持，群众的拥护。当然，敢于担当不是只讲勇气，还包含智慧，要求有勇有谋。我曾说过，我这一生做过的一件最有价值的事，就是置个人的政治生命于不顾，换取了10万人的生命安全。那是1982年，抚河涨大水。我时任抚州行署专员，在万分危急的情况下，违背上级要求“严防死守”的指示，违背集体领导的原则，个人决断，下令圩堤上万名抗洪民工撤退，回去组织堤内群众转移，这才在不可抗拒的河堤决口面前，没有一人因决堤而死亡。之所以能在危急关头敢于担当，是由于党的长期培养，任何时候脑海里都把群众的利益放在第一位。

感悟五：永远不能唱高调。我们每个领导干部面前，存在三种调子可选：一是高调，二是低调，三是悲调。所谓高调，就是九分成绩说十分，或只讲成绩不讲问题。一般地讲，人生得志时、求胜心切时、走顺境时或者政治欲望强烈时，容易唱高调。我自己有过体会，这是政治上、思想上、理论上缺乏修养的表现，是不成熟的表现。盲目地唱高调，还容易引发“枪打出头鸟”、“堆出于岸、流必湍之”的后果。低调好，做十分讲九分，留有余地，清明廉洁做官，公道正派做人。许多成功人士，大都唱低调。悲调不可取，它夸大困难的一面，容易失去信心，不明白成绩处在困难中的道理，不懂得办法总比困难多的辩证法。从哲学上讲，反映困难是认识世界，克服困难是改造世界。反映困难的目的，是为了改造世界，任何时候都不应唱悲调。

感悟六：在学习中工作，在工作中学习。机会总是青睐有准备的人。只有努力学习，学哲学、学经济、学政治、学历史，拥有知识，才能提高自己的思想认识水平和理论素质，又通过实践提高自己的工作能力。只有具备领导水平和能力，才能干成事业。有知识、有实践的干部，才有胆有识。有识无胆是空谈家，有胆无识是鲁莽家，有胆有识才能成为改革家。像我这样既没有资历又没有文凭，要承担领导工作的责任，只有努力学习。除了进县委、地委、省委和中央各级党校学习之外，主要靠自学。白天工作晚上学，在位学，退下来还要坚持学。有时我与朋友们聊天说，我是个毕不了业的学生，大学生只读16年书就毕业，研究生读18年，博士生读20年，我读了70多年，只是不在校，只是没毕业，只是没有文凭。

感悟七：退休就要退够，另辟蹊径发挥余热。退休是废除干部职务终身制以利于事业后继有人的一项政治制度，是组织对个人的关心，也是自然规律。所谓退够，我自己概括，退休要"二退带三退"，就是不但职务退、工作退，而且在政务、交友、家庭三方面也要退。政务上要从台上退到台下做普通老百姓，不干政，不发怨，不求报纸有名、电视有影；朋友之交要退到在同一个平台交真朋友；在家庭也要由中心位置退到边沿位置，因为儿女们已经长大了，再不能大小事都由老爸作主。只有退够，才能专注发挥余热，做点有益于人民的事。我退休近20年来，专注从事生态摄影，把它当成一种事业，当成一种政治责任，用摄影这门艺术来宣传江西绿水青山的美好环境。从熟悉的政务领域进入一个完全陌生的摄影领域，这种改变是深刻的，也是艰辛的。十多年来，朝出暮归，风餐露宿，冬跑鄱湖拍珍禽，夏拍白鹭与荷花。鸟有情，荷有韵，一花一鸟总关情。目的是唤醒人们爱护生态，保护环境，为之鼓与呼！为扩大宣传覆盖面，为让外界知道江西这么好，我先后在全省各地市、各高校举办生态摄影展，在青海、澳门乃至美国加州办影展，参观者达10万之众，深受欢迎和赞赏。1999年至2002年，我的作品先后在国际、国内获得三个大奖，为江西摄影界填补空白，人们称赞我五年"三连冠"，我自认为金奖诚可贵，功劳属四方。2008年我在进贤老家从民间筹集资金建了一座6 000多平方米的摄影艺术馆，展示我的几百幅摄影作品，其中上百幅是用瓷板烧制而成的，将瞬间艺术真正变为永恒。这座艺术馆落成时，我在大会上宣布无偿献给当地政府所有，并到公证机关公证。现已成为青少年生态文明建设教育基地，参观者络绎不绝。

我的这些粗浅感悟，就当作是与读者聊天吧！

叶学龄

2017年春

农家子弟

我过去的家

我过去的家,是指解放前的家。

1933年农历4月24日,我出生在江西省进贤县下埠集乡赤路岗村一个贫苦农民家庭。

父亲叶当金,是个忠厚老实的农民。他干起农活来是一把好手,特别是栽禾(插秧)、捞沟(种绿肥)、铲豆窟(种豆子),这些难度很大、都要倒退着进行的农活,做得又快又直,远近闻名。他未曾学过木匠,家里的犁、耙、耖等农具都是自己制造;未曾学过缝纫,却会制衣制袜;未曾学过医药,能用草药帮人治病。他还是个业余屠夫,逢年过节帮人杀猪;又是个不错的厨师,常帮人做酒席。他没读多少书,毛笔字却写得很好,亲戚、邻里常请他写春联,算盘也打得好,加减乘除非常之快。他不善言辞,但为人正直,乐于助人,在村里乃至邻村都颇受尊重,或有邻里纠纷、家庭不睦,常请他去调解。

母亲袁香俚,比父亲小一岁。虽不识字,但思维敏捷,精明干练,性格刚烈,曾多次以死相抗国民党的苛捐杂税,常被抓到乡公所去,抓了又放,放了又抓,从不屈服。她裹着一双小脚,除水田的农活不能做外,其他样样都行,还能挑起一百多斤重的担子。她的缝纫、刺绣、剪花十分精巧,还做得一手好饭菜。人们称她"嘴一张、手一双"。她在我们家自然是一家之主。

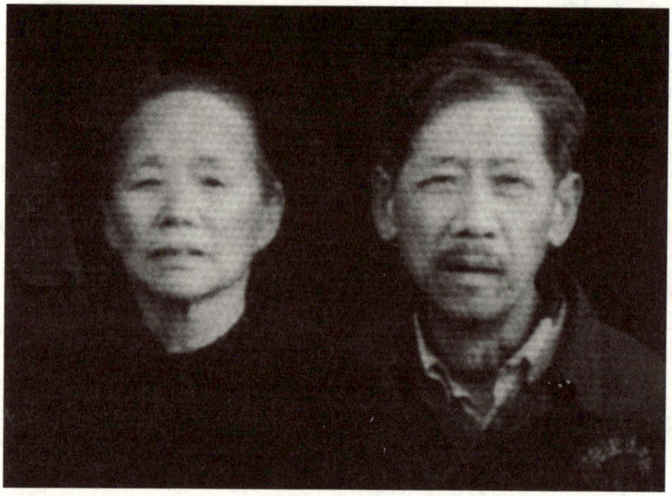

父亲 叶当金 母亲 袁香俚

父母生过9个儿女，因生活所迫夭折了3个，留下我们兄妹6人。我本排行老三，大哥吉仔，二哥印仔，算命先生说我缺木，故取名木仔。二哥5岁身亡，说是因为我的命硬，把二哥克死了，后来我才知道，二哥是寒冬无棉衣，烤火时被烧死了。这样，我就成了老二。

在旧社会，我们家与其他穷苦人家一样，受尽了政治压迫、经济剥削。

1940年，国民党实行“一保一兵制”，我家所在的下埠集乡第一保（相当于现在的村委会）要出一个兵。全保有20多个壮丁符合条件，父亲是其中一个。保长说，你们20多个壮丁要抓阄来定，谁抓的阄上写的是“去”字，谁就去当兵。当时谁都不肯第一个抓，保长就叫我父亲抓。我父亲不知这背后的名堂，老老实实第一个抓，打开一看，正是个“去”字，其他人也就不用抓了。后来得知，做好的20几个阄，上面写的都是“去”字，谁第一个抓，就该谁倒霉。其他人不肯抓第一阄，是向保长行了贿，保长交代只要不抓第一阄，就可保证不去当兵。

我父亲抓阄抓了个“去”字，当即昏倒在地，全家人也哭得昏天黑地。我那时已经 7 岁，清楚地记得，曾祖母、祖母和母亲都哭得不省人事。父亲是全家唯一的劳动力，一家的生计全靠他，他去当兵，这个家还怎么过？第二天，保长带着一帮人来，说是请好了一个壮丁可以代我父亲去当兵，但要 36 担谷（每担 120 斤）。被逼无奈，只好按保长说的办。为凑齐 36 担谷，家里 4 亩好田卖了，一头耕牛也卖了，曾祖母、祖母、母亲陪嫁的首饰全卖了，还请亲戚担保借了 10 多担高利贷谷子。保长请来的那个壮丁，我父亲并未见过面，都是由保长一手操办。有人说，实际上 36 担谷是被乡长、保长们吃了"冤枉"。即便知道是这样，我们家也无可奈何，只能忍气吞声。

到 1946 年，国民党为了打内战，实行"一甲一兵制"（甲即现在的村民小组），规定"两丁抽一"、"三丁抽二"（三兄弟要两个去当兵），加上当时苛捐杂税无度，人民无法生活。村里已经有六七户人家逃兵的逃兵、躲债的躲债，逃到外地谋生去了，村里的耕地荒废了三分之一。1947 年，父亲 41 岁，大哥 18 岁，父子同是壮丁。为了避免被抓当兵，他们白天在田里劳动，我和母亲分头在村前村后放哨，一旦看到三五成群的人往村里走过来，立即通知父亲和大哥快跑，只要跑到隔壁邻村的南头村就不归下埠集乡管辖了。到了晚上，一听到狗叫，全家人就提心吊胆，父亲和大哥摸着黑往外跑。经常是两人各披一件蓑衣，躲在岗下山上的桐树底下过夜，蚊叮虫咬不说，一旦遇到暴风雨，就像水淋鸡仔样浑身湿透，弄不好就大病一场。每年栽禾时，为了避免被抓壮丁，总是先约好十几个亲朋好友，突击一天栽完。按风俗栽完禾要吃"收工酒"，这时保长就会带着一帮人来要兵要钱，这餐"收工酒"他们白吃白喝，母亲还得笑脸相迎，真正栽禾的反而吃不成，要躲出去。这种日子实在难忍，我大哥一赌气，到县自卫大队当兵去了。

自父亲那年被迫举债请壮丁顶兵起，我们家就破产了，负债日渐加重，共欠债 30 多担谷。开始是借一担还一担半，即五成利息。后来借一担谷子凑4斤猪肉,叫“借谷肉”,要还两担,实际是八成的利息。每年早稻抽穗时借的“青苗谷”,借一担还两担,翻倍的利息。我家租种了人家10多亩水田,一头牛也是租的,加上自己有几亩瘦田薄地,好年份可以收30多担谷子,交租谷七八担,交公粮七八担,交利息十多担,就所剩无几。每到过年,又得借新债。年复一年,高利贷压得全家喘不过气来,也不知道何时能有出头之日。

旧社会封建宗族势力的压迫也是很残酷的。我们村子很小,只有十几户人家,还是杂姓。前面和西边都是大村,大村压小村,大姓压小姓,我们遭受的欺压也举不胜举。村子前面一个大村有50多户,他们砍柴要经过我们村。每到瓜果成熟时,我们种的桃子、枣子和西瓜常被他们连吃带拿,我们敢怒不敢言。村西有个七八十户的大村,与我们共一个水库。每年修水库我们村要出工出粮,到了天旱要用水时,水只能流到他们田里,我们这边一点也得不到。村东是我们这一保的所在地,有六七十户人家,无论出壮丁、派款派税,我们小村都得多负担,而议事、选举,我们只能听命于大村。最受屈辱的是正月玩龙灯。大村的龙灯是24节,我们小村的龙灯是12节。两条龙灯在路上相遇,我们只能退到田里给他们让路。要是在村里相遇,他们把我们围在中间戏弄,深受屈辱。

“穷人的孩子早懂事。”看到抓壮丁这种没完没了的政治压迫,看到地主阶级地租和高利贷的盘剥,看到大村对小村这种封建宗族势力的欺压,我从小就心中充满怒火和仇恨,总想有一天出人头地,帮助家人分忧解愁,为穷人出口恶气。

我七八岁时,就放牛、拾柴、捡禾穗。9岁那年,因我有三兄弟,为躲避“三丁抽二”的征兵政策,父母决定将我卖给前豪村一个富农家做崽,但我生死不从,母子抱头痛哭,后来我躲到外婆家不肯回来。但事情并未了结,这年3月,又将我送给姨母做崽。因为是亲戚关系,我服从了,在姨母家放牛、做家务。过了两年，姨母生了一个儿子，我只能回家。

我 11 岁时，村里办起了私塾。父母决定借债也要让我读点书，万一被抓了壮丁，认识几个字，逃跑回来还能认个路。村里办了三年学，我就读了三年书，实际是半工半读，农忙务农，农闲上课。我读完了《论语》、《孟子》、《诗经》、《书经》、《幼学琼林》、《古文观止》等书。教书先生只教认字，不作解释。学生只是听和背诵，背不来的，先生就拿小竹片打手心。我没挨过打，因为我读书非常勤奋，暑天未歇过昼（午睡），晚上也很少乘凉，日夜苦读。不但先生规定的书能背得出，还借了许多小说看，如《翠花记》、《卖水记》、《方卿戏姑》、《三国演义》、《水浒》等。其实，小说里的字我大半不认识，只好"认字认半边"。村里有十多位年老的长辈，晚上乘凉时总要把我找去跟他们讲古（讲故事），我就把从小说里读到的故事讲给他们听，每次讲得大家不是泣不成声，就是笑得前俯后仰。由此我感到，人再穷，也有文化娱乐方面的需要，这种时候，正是他们精神生活中的一种享受，他们快乐，我也快乐。在我 14 岁那年，村里私塾停办了，我只能一边种田，一边自学。有几位老先生劝我父母，说我很聪明，一定要让我继续读下去。15 岁时，我又在寻岗岭卢前村读了一年私塾。这时我更加勤奋刻苦，写的作文常常在学校被当作范文。四年私塾，使我成了村里的一个"文化人"，也为我后来参加工作打下了一定的文化底子。

我的青少年时期，是在贫苦中度过的。每天想的是能吃一餐饱饭，每年盼的是能穿一件新衣。就连这个最简单的愿望也很难实现。全家 7 口人，下半年，每天早上用红薯煮上一大锅稀饭，很少有米粒。上半年是用芥菜、空心菜、苋菜、豆角、麦麸（小麦磨碎）煮；有时还吃椿树叶、艾叶甚至观音土，吃了拉不出大便就用手抠。大人除农忙外，一日三餐都吃稀饭，我们小孩子中午可以吃一碗干饭。只是苦了母亲，除过年外，她平时从未吃过干饭。我正在发育的时候，人精瘦，肚子因喝稀饭胀得鼓鼓的，同伴笑我“狗颈蛤蟆肚”。那时候，即便是过年，也只是杀两只鸡做做样子，一只鸡剁成四大块，这是整个正月待客用的；另一只鸡切成小块和着红萝卜一起炒，实际是半锅红萝卜。我们小孩子每人能吃上一两小块鸡肉，母亲尝都不尝一块，只是吃几块红萝卜，这就算过年。过年、过节买来两斤肉，一家人象征性地吃一点，母亲也是不动筷子，只劝我们吃。第二餐，母亲将剩下的肉添上一把豆豉、一把干辣椒，外加大半碗豆腐干，拼成一大碗，三天蒸一次，留作待客用。客人来了端上桌，客人走了藏起来。村子里谁家办喜事，请每户去一个人喝喜酒，父母总是让我们兄弟轮流去。去时带好食盖筒（竹筒），将酒席上分到的扣肉、鱼块、笋干等带回家，在酒席上大家只吃不便分的猪血、豆腐、蔬菜，能吃一顿饱饭就很满意了。做一次客，带回来的菜全家共享。我们三兄弟到外婆家拜年也是轮流去，一年去一个，去的人可以吃到一个鸡腿，所以我们要等三年才能吃一个鸡腿。说到穿衣，“新老大，旧老二，补补裢裢是老三”，穷苦人家家如此。我是老二，从未穿过新衣，都是捡大哥的衣服穿。夏天好办，一到冬天，床上铺的是稻草，稻草上面是篾垫，怕衣服被篾垫磨破，我们小孩睡觉都是打赤膊。数九寒天，热身子贴着冰冷的篾垫，刺骨地难过。好在全家人挤在一起，不一会儿就暖和了。

待到稍大点，就要下田劳作。“小人盼过年，大人盼插田”，我也和大人一样，一年最盼的是六月“双抢”（抢收、抢种）。这时有饭吃，但也最辛苦。早起开工，摸黑收工，一天只能睡四五个小时。天不亮，父母就叫醒去割禾，一直要干到“过昼”（即中午）。盛夏的中午，烈日当头，丝风不露，大人们齐声打“呜呼”，想要把风唤来，其实是唤不来的，心理作用罢了。受孟子“天将降大任于斯人也，必先苦其心志，劳其筋骨，饿其体肤，空乏其身”的影响，我每年整个暑天都不戴草帽，不穿上衣，有意识地经受烈日的考验。先是手臂和背上晒起了泡，全身像被火烧一样，红得像牛肉，然后脱皮。过了这几关后，浑身油光乌亮，一直要晒到能打赤膊穿蓑衣，人就像一尊古铜色的金刚，再也不怕日晒雨淋了。每天干到摸黑回家，疲惫不堪，晚上在晒场上两人挤一张竹床，倒头便睡。但夜晚蚊虫多，搅得人无法入睡。为了驱赶蚊虫，母亲在晒场边点燃一堆谷壳，用烟熏蚊虫。由于家家如此，烟熏扑鼻，蚊子驱散了，人也熏得难受，直到后半夜，蚊子吸饱了人血到野地吸露水去了，熏烟也灭了，才能睡上几个小时。

每年小暑，父亲就带我到离家六七十里的七里乡去捡豆子。那里豆地多，需要请帮工。父亲帮人耕地，我便在收割完后的豆地里捡掉落在地里的豆荚。一连十几天，父亲帮工赚的豆子和我捡的豆子加在一起，能有一百多斤，这对全家人的生活是个补充。到了冬天，父亲又带着我走乡串户，帮人家加工袜子，我负责打下手，直到赚够一担米才回家。这样的日子每年大约有个把月。每年农闲时，父亲还隔三岔五地带我出门做点贩买贩卖的小生意。我认得秤，会算数，口算、珠算来得快。父亲推着独轮车，我在前面用绳子拉，今天从东乡的将军岭贩一车谷子到进贤县城去卖，明天又从东乡县的占圩贩一车米粉到下埠集卖；或是从进贤县的南台贩一车鱼到占圩去卖，又从占圩贩一车荸荠到下埠集卖。返来复去，一天要走 120 多里路。有一次拉车，在进贤县城碰到二舅卖柴，他买了 4 个糖包子给我吃。肚子本来就饿了，看见热腾腾的包子，一口咬下去，包子里的糖流到了手腕上，急忙用舌头去舔，顾此失彼，包子里的糖又流到了光背上，烫起了泡。曾听人讽刺穷人吃包子烧到背，我就亲身体验过，现在想起来，笑中带有苦涩味。

旧社会，农村一般会流行三种病：癞痢头、疥疮和疟疾。这三种病我都未能躲过。生了癞痢头无钱医治，母亲就用灯油点一点。疥疮很顽固，越到冬天越厉害，越痒越抓，越抓越痒，我们全家无一人幸免。疟疾又称“打摆子”，先冷后热，冷时盖几床被子都不管用，热时发高烧，烧得不省人事，有的两天一次，有的三天一次。我那时治疟疾的办法，就是围着村子跑，叫“躲摆子”，跑得汗流浃背，直到跑不动了才停。这种方法往往能奏效，也许是出汗多的原因。

苦难，对于弱者是万丈深渊，对于强者则是一笔巨大财富。我自认为不是弱者。旧社会的苦难磨练了我的意志和品格，我才能从一个贫苦农民的儿子走到今天。

“忘记过去，就意味着背叛。”我最难忘的是过去的苦难；我最珍惜的是今天的幸福生活；我最遗憾的是父母过世时未能赶到床前送终；我寄希望的是我的后辈要继承先辈们勤劳、诚实、正直、坚强的传统美德，努力学习，自立自强，多为人民作奉献。

一年四季捕鱼虾

我的童年，有苦难，也有趣事。最难忘的趣事，就是一年四季捕鱼虾。

我从小就跟着父亲捕鱼捉虾，到十多岁时，就能独立捕捉。这当然不是在江河湖海那种渔民式的捕捞。我家住的那个村子，村前是大片农田，村后是丘陵山岗。一年四季青山常绿，碧水长流，泉水叮咚，野花飘香。村子东边有20多里长的田畈，农田之间、村前村后，小沟、小溪、小塘、小港星罗棋布，纵横交错。小溪、小港之水都要汇入距村20多里远的青岚湖，再入鄱阳湖，进长江。雨季涨水，鄱阳湖的鱼逆水而上，小溪、小港里会有成群的鳊鱼、白鱼、棍子鱼等等。退水时，一些鱼留恋小溪、小港的食物，不愿顺水而下，特别是鳝鱼、泥鳅、甲鱼等，四季不离，就地繁殖。

俗话说：“靠山懂鸟语，近水识鱼性。”小时候，我抓得最多的是泥鳅。清明播种时节，冬眠的泥鳅复苏后渐渐活跃起来，经常浮出水面，呼吸新鲜空气。一到晚上，父亲点一盏松柴灯，腰系一个鱼篓，带一把小铁钳，在秧田里钳泥鳅。这时的泥鳅虽不是很肥，但经一冬休眠，肉质鲜嫩，用以蒸蛋可谓美餐。到了春耕大忙时，农民一边耕田，一边下石灰，既是消毒，又能促使农家肥料分解。泥鳅遇到石灰会半死不活，浮在水面不动，严重的也会死去。我们小孩子就跟在牛后面捡泥鳅，成群的鹭鸟喜食泥鳅，也跟着抢，那真是农家一道独特的风景。到早稻含苞时，泥鳅都钻到田沟里或戏水或产子，我们就在田沟里垒砌一个一个小挡子，水位由高到低，最上面放一个篾笼子，泥鳅会逆水而上进入笼子。一个晚上放十来个笼子，好的时候，可收获十来斤泥鳅。因为是鲜活的，立即上街去卖，换回酱油和盐。到了小暑季节，天气暴热，泥鳅在早稻田里呆不住，就顺水钻入一季晚稻田，因为一季晚稻田要到端午节才开始栽禾，泥深水冷好避暑。我们也转到一季晚稻田去捉泥鳅。避暑的泥鳅在泥里是不动的，只要和泥一起翻出来，再扒开泥巴就能拣到泥鳅。每年这样在忙农活之外抓泥鳅，可以先后延续上百天。因为泥鳅是补品，有清凉消肿的作用，很好卖，价钱也可观，卖剩下的就自家改善生活，或晒泥鳅干。

黄鳝是钻在小塘、小港深水泥中，或躲到水边的树根里过冬的。从清明开始，春雷轰动，万物复苏，鳝鱼也活跃起来。我们在特制的篾笼中串一条蚯蚓做诱饵，将笼子放入小塘、小港的泥巴里或树根旁的水边，插上树枝作记号。鳝鱼会钻进笼子吃蚯蚓，进去就出不来了。如果放十多个笼子，好的时候也可以收几斤鳝鱼。我们自己是舍不得吃鳝鱼的，都是拿到集市上卖给有钱人。

再就是捉石鸡。石鸡是蛙的一种，比青蛙大，一只有三四两重，大的有半斤。它皮黑、腿花、下巴白，专吃小鱼小虾，不算益虫。它比青蛙凶狠，蛇都不敢惹它，能与蛇为伴，同处一个洞中乘凉。石鸡性凉，煮熟冷却后，其汤会结成冻冻，是一种美味。从春耕开始，石鸡开始鸣叫，其声如歌，据说是求偶之声。春风和煦时，石鸡鸣叫，整个田畈，鸣声四起，此起彼伏。我们捉石鸡时，点一盏松柴灯，打着赤脚走在田里，一边学其叫声，一边走出水声，雄性石鸡以为是雌性在响应它，会奔你而来，待到相距二三米处，举起火盏能看到石鸡雪白的下巴，但它一发现人，就往前一蹦，钻进泥水里。这家伙精，看似往前钻，实际又退回原处去了。没有经验的人，到前面去摸一定扑空；有经验的人，到原地去摸，准能捉到。家家户户晚上都会有人出来捉石鸡，石鸡的叫声和人叫的声音随风而起，热闹非凡，加上松柴灯盏，不但灯火通明，而且星星点点，这又是农家的一道夜景。一直到深夜，石鸡不叫了，人们才持灯回家。早稻收割了，石鸡在早稻田里呆不住了，就躲到高一点的田坎下或洞里避暑。我们就在洞口布好一个小网，用篼子伸进洞里去赶它出来，它一跳出来就跳进网里了。有时也会赶出蛇来，有没有蛇，有经验的人一看就知道，洞口的泥巴是光的，一定有蛇，因为蛇是滚着走的。从清明到中秋，都是捉石鸡的好季节。

还有捉甲鱼。那时甲鱼多，都是野生的，不像现在人工饲养的。捉甲鱼一年有三次机会，一次是四五月份，甲鱼都爬到堤垱下、塘埂脚下或小沙滩上产卵。南风轻拂时，晚上只要打着灯火去捡，一个晚上要捡一二十斤。甲鱼“芒种走忙忙，夏至落池塘”，过了夏至，甲鱼都到水里去了，第二次机会要到水里去抓。在水里双手对掌击水，甲鱼听到响声就会往水底钻，头小身子大，身子是钻不进泥巴里去的，只会搅起水泡在水面翻滚。顺着水泡的地方去摸，定能捉住甲鱼，它在水里是不会咬人的，只是捉出水面时要注意。到了秋天，小塘小港的水干枯了，甲鱼会钻进泥巴过冬，这是第三次机会。我们拿一把鱼叉往泥巴里捅，咯咯响的是石头，咚咚响的一定是甲鱼，有经验的人，一天要捉十几二十斤。

到山间小溪里捕虾也很有趣。溪水长流不断，虾子会逆水而上。我们顺着溪流一路挖些水窟，虾子会成群结队聚集到水窟里，只要将上面的水一截流，拿网去兜就是，所得相当可观。

现在回想儿时捕鱼捉虾的趣事，很是感慨。一是感慨当年苦中作乐。度日再难，也要寻求精神上的快乐。捕鱼捉虾既是为生计所迫而练就的一种谋生的智慧和技能，又是把辛苦的劳作当成一种爱好和娱乐来享受。这种坚韧的乐观主义也是我们度过苦难的传家法宝。二是感慨当年生态环境好。大自然有着人类赖以生存的取之不尽、用之不竭的资源，只要不惧辛劳，就可尽情享用。现在由于生态环境遭受破坏，田间地头的泥鳅、石鸡鲜为人见，沟、溪、河、塘的鱼虾也少得可怜，人们见到、吃到的大多是人工饲养的，这是大自然对人类破坏环境行为的惩罚。为此，我们每个人都应该积极行动起来，保护生态环境，重建生态文明，让人类与自然和谐发展，使人与花、鸟、虫、鱼等动植物有一个共享的乐园。

斗笠、蓑衣和围布

斗笠、蓑衣和围布，这些东西现在除了在山区一些地方还能见到外，其他地方是很难见到了。但在过去，却是农民种田的三件宝，家家户户少不了。种田是讲季节的，延误农时，会颗粒无收。因此，无论刮风下雨还是酷暑炎热，都得下田干活，抢种抢收。农民离开了这三件宝，就无法种田。我们家乡有一首歌谣："头戴斗笠，身披蓑衣，左手牵牛，右手扶犁，腰系围布，满身是泥。"这是农民劳作的真实写照。我十几岁就跟着父亲种田，深有体会。

斗笠是用竹篾夹箬叶或油纸编织而成的。外出时，不管天晴下雨，都戴在头上，遮阳遮雨，成了生产生活中不可缺少的必需品。烈日当头时，将斗笠放在水里浸泡，然后戴上，很是清凉舒服。休息时，也可拿它当坐垫。将它翻过来，又可盛些杂物或干粮。用现在的话说，这叫多功能。

蓑衣是用棕叶片编织成的厚厚的像衣服一样能穿在身上的雨具，一般制成上衣与下裙两块，与头上的斗笠配合使用。这种雨具穿在身上劳动十分方便。不仅能遮雨挡风、防冰雹，田间休息时，用它当坐垫；躺下时，用它做垫背；农忙季节送饭到田头吃，用它遮阳防虫；冬天将它盖在床上为人保暖，盖在牛背上为牛御寒，也是一物多用。在我们那里，很多人有打赤膊穿蓑衣的习惯。这一方面可以节约上衣；另一方面，是图凉快。打赤膊穿蓑衣，似乎不可想象。蓑衣是棕叶片制作的，又硬又刺，皮肉怎么受得了？这种担忧不无道理。但打赤膊穿蓑衣有个磨练的过程，我们那里称之为“过三关”。第一关，是打赤膊让烈日暴晒，晒得背上皮肤通红，像鲜牛肉。第二关，是接着晒，晒得皮肤起泡，直至脱皮，叫做“蛇换装”。第三关，是继续晒，皮肤晒成紫铜色，像牛肉干，这时皮肉已经麻木了。过这三关是很痛苦的，不仅背上火烧火燎，像盐擦一样痛，而且十天半个月不能仰着睡觉，只能趴着睡。这三关过了就不怕穿蓑衣了。打赤膊穿蓑衣需要勇气、毅力和耐力，体现农村男子汉一种自强自信的精神，我十几岁就开始这样磨练。

围布，大多是自家纺织的土布，也叫家机布。一条围布五尺长、二尺半宽，围在下身（不穿内裤），求个方便凉快。围布也是一物多用，系在身上是围巾，用它擦汗是毛巾，洗澡时是浴巾，推车挑担时是披巾，中午歇息铺在地上睡觉是垫巾。

简单的三件物品，一方面展示了农民种田的艰辛，另一方面，能把这三件物品的功能发挥得如此淋漓尽致，也体现了农民的智慧和创造。现如今，在有些人看来，农民用这三件物品，未免太落后了，或者说太不雅了。但是，在那样的年代，贫穷落后的农民，当他们面朝黄土背朝天时，靠着这三件宝物与天奋斗、与地奋斗，并不因其落后、不雅而乞求怜悯，反而感到自豪和骄傲。那戴着斗笠、穿着蓑衣、围着围布的身躯，是一个有着铮铮铁骨、挺着高贵脊梁的中国农民的身躯。不论时代怎样变化，我们都不应该忘记这个身躯，正如唐代李世民的《百字箴言》中所说的："日食三餐，当思农夫之苦，身穿一缕，每念织女之劳。"

搬块石头垫脚的"割禾客人"

我 15 岁那年，跟着父亲到外地去做"割禾客人"。

所谓"割禾客人"，就是自己带一顶斗笠，系一条围布，拿一把镰刀，去帮别人割禾，也叫打散工（零工）。我们那个村子比较偏僻，山多水冷，早稻成熟期比外地要晚七八天。父亲和村子里的劳动力每年都要抓住这个空时，去外地做"割禾客人"，而后回来割自己家的禾。

"割禾客人"是有市场的。天刚朦朦亮，我就跟着父亲去下埠集。在一个大塘旁的草坪上，早就挤满了"割禾客人"，三五成群，等待东家（老板）来雇。我个头比较矮，怕人家不要我或只付一半工钱，于是急中生智，在塘边搬了一块石头垫脚，站在人群中同大人一样高。好在天未亮，无人发觉。正好过来一个东家要雇 6 个人，每人每天工钱一斗二升谷，约十五六斤，但每人每天要完成三担谷的割禾任务。大人们商量表示愿去，东家点头，算是成交了。东家清点人数后便把我们领走，约走了一华里，到了割禾田。

这时天还未大亮，大家割禾的割禾，打谷的打谷，忙开了。干了两个时辰，东家送早饭来了，发现我是个小孩，则说："你们怎么带一个小孩来？不行！要么回去，要么只付一半工钱。"父亲不肯，说："人是你清点过的，怎么反悔！"另外几个同伴则说："他个子虽小点，但割禾没有几个割得赢他，不信你看。"当时我想，割禾是我的拿手戏，下田就割。东家站在旁边看。我腰劲好，手脚灵，快割轻放，左右来回如穿梭，只听到"嗖、嗖、嗖"的割禾声。东家看了很满意，同意留下。我这身本事，是练出来的。在家里，每年早晚两季要割十几天禾，我可以低头弯腰一天割到晚，没有几个人能做到。

夏日炎炎，酷暑逼人。由于每人要完成三担谷的任务，中午不能"歇昼"（午休）。烈日当头，晒得浑身流油，虽对我们来讲习以为常，并无半点畏惧，但汗湿衣衫如水洗，不时要跳到就近水塘浸个澡，凉快凉快，一天要浸好几次。老板叫人送来两桶井水喝，水到如救命，井水是凉的，喝了舒服。到下午，水也晒热了，只能解渴并无凉意。出汗多，喝水也多，喝水多，出汗更多。忽然有位同伴头发晕，不出汗，知道是"闭痧"（也就是中暑）了，大家赶紧扶他到荫凉处休息。

晚上睡在东家门口晒场上，一条围布往地上一摊，倒下就睡着了，哪管蚊叮虫咬，第二天天不亮照常出工。由于连续作战，我第二天下午终于失手，把左手食指割破了，血流不止，痛得钻心，十指连心啊！好在父亲懂得草医草药，在田埂上拔几根草药嚼烂，一糊上去，血很快止住了，包扎一下，继续割禾，只是疼痛难忍，没有原来割得快。

东家看我们做得好，在他家一连干了 3 天，我拿到了跟大人一样的工钱，心里很高兴。而后又到"割禾客人"市场上去等待新的东家来雇，一直干了 8 天才回家。

这种做"割禾客人"的日子，现在的人是很难理解的，我则刻骨铭心。人，都是磨炼出来的。

晏东桥的记忆

近日回进贤县老家，路过下埠集晏东桥，颇有感慨。20 几米长的桥，有7米宽，桥墩、桥面都是钢筋水泥的，宽阔平坦，坐在车里不经意间便过了桥。这和我儿时的记忆大相径庭。过去的晏东桥是一座木板桥，宽一米左右，几块桥板东斜西歪，桥上多有几个人走，便会摇摇晃晃，来往过桥的人总是提心吊胆。有一年，我们村的九发叔就是从这个桥上滑下去摔死的。

小时候，我们家很穷，靠卖柴买盐吃。我们那里卖柴的人多，买柴的人少，柴卖不起价钱，通常一担柴只能换回二两盐。那时，家家盼望下雪，因为下雪路滑不好走，卖柴的人少，柴就能卖个好价钱。记得15岁那年冬天，一连下了几天雪，地面积雪上尺厚，是个卖柴的好机会。我脚穿草鞋（防滑），肩挑松柴，去下埠集卖，果然卖了个好价，换回了八九两盐。我们家离下埠集4华里，晏东桥是必经之路。去时，过桥虽难，但肩上挑着柴，两头易平衡。回来时只有一根扁担两根绳，无法平衡。更大的问题是，走到桥中间，原本有两块桥板，其中一块掉到桥下去了，这段桥面只剩一块桥板，成了独木桥，上面的积雪冻成了冰，又硬又滑，怎么过去呢？北风呼啸，雪花纷飞，身上冷得要命，心里又急又怕。想慢慢走过去，试了几次，眼前就出现了那年九发叔过桥滑下去摔死的一幕，越发胆怯了，不敢往前走。唯一的办法，只能是爬过去。爬也不那么容易，桥板上面是雪、是冰、是泥，抱着桥板爬就是抱着雪、冰和泥爬。桥下是湍湍急流，诡异莫测。我心一横，扑倒在桥板上，手脚并用，寸步寸移，5米左右长的独木桥，也不知用了多长时间才终于爬过去了。回头一看，后面也有人跟着在爬。我以胜利者的姿态站在那里，俨然是个泥塑的将军，衣服外面是泥水，里面是汗水，一身湿淋淋，寒风一吹，冷得全身发抖。两只手冻得僵硬发紫，回到家就肿了，过了20多天才消肿。

现在回想起来，如果当时有人问我什么是幸福，我一定会说：“爬过了桥就是幸福，至少没有像九发叔那样从桥上摔下去送了命。当然，不用爬着过桥就更幸福了。”看看今天的晏东桥，回想过去爬着过桥，就会更加珍惜今天的幸福。我总是告诫自己，绝不能“端起碗来吃肉，放下筷子骂娘”。记得著名主持人白岩松说过一席话：“我们过去没有包子，甚至没有馒头。但是我们现在有包子了，看到别人吃富春包子，心里就不平衡了，忘记了过去没有馒头的时代。”我想，常常回想过去，是调节心态的一剂良药。

实践磨练

翻天覆地的土地改革运动

1951年冬，按照上级的统一部署，我们进贤县第七区第一农民协会和全县各地一样，开展了轰轰烈烈的土地改革运动。土地改革，是在农民中传了很久、盼了很久的一场翻天覆地的政治运动，也是新中国成立后，农民翻身作主迈出的重要一步。这一天终于来了，农民们欢欣鼓舞，兴高采烈。

土改运动是一场激烈的阶级斗争，又是一项非常复杂的工作。为了保证运动的顺利进行，中央向各地派出了经过培训的土改工作团。县工作团向各区派出工作队，工作队又向各农会派出工作组。派到我们第一农会的是李卡莉、老谭、老谢、老夏、老吴、老王等同志组成的工作组。李卡莉为组长，她是位戴眼镜的女同志，东北口音，其他几位也都是北方人。据说，他们都是从北京市教育、卫生系统抽调，在北京培训后派下来的。我们那个村农协小组的工作由老谭负责，他个子高大，穿一件呢子大衣，戴副眼镜，一看就是个知识分子。

那年，我18岁，是农民协会的干部，除参与农会议事、办事外，还要负责抄抄写写。同时，我又兼任村里的农协组长、民兵班长，算是村里的"头头"。当时的农民协会并不纯洁，几个牵头的，有的是游手好闲的无产者，在群众中没有威信，有的还是在地主、恶霸幕后操纵下暗地派进来的，后来人们称其为"狗腿子”。土改工作组进驻后，开展了“打狗腿子”活动，把他们和那些在群众中没有威信的人一并清除出去，重新民主选举农民协会干部。我因年纪轻，有点文化，就继续被推选进新的农协会，所以土改时一直在农协会工作。

整个土地改革运动为期四个月。工作量非常大，纷繁复杂，几乎天天要开会，大会、小会、斗争会等等。群众说：“国民党税多，共产党会多。”运动分几个阶段，环环相扣，步步推进，每一步都非常重要。

第一步，访贫问苦，扎根串联。这是根本性的工作。这一工作做好了，下一步就能顺利进行，否则寸步难行。所谓“扎根串联”，就是通过访贫问苦，选准“根子”，将其培养成积极分子，让他们去做串联、发动工作。选准“根子”很重要，不是劳而又苦的不行，在群众中没有威信的不行，没有活动能力的也不行。老谭对我很重视，经常把我带在身边，找我了解情况，交代任务，后来才知道我就是他扎的“根子”，对外称土改积极分子。工作组的同志都是北方口音，讲话群众听不懂，而群众讲话，工作组的同志又听不懂，相互之间沟通困难。我的接受能力比较快，虽然不能全懂，但比没有一点文化的人好得多，因此经常充当“翻译”，成了工作组与群众沟通的纽带。工作组的同志都很喜欢我，我也充分发挥了“根子”的作用。

第二步，划分阶级成分，明确敌我友。这是基础性的工作。土改中，人们最关心的就是划分阶级成分和分配胜利果实，这也是土改的目的。为了保证土改顺利进行，之前做了三个重要准备：一是镇压反革命。我们村周边几个村子就枪毙了三个恶霸地主，大大增强了群众对共产党的信任和信心。二是减租减息，从经济上减轻群众的负担，提高群众进行土改的积极性。三是对土地等生产资料全面登记造册，为划分阶级成分准备依据。当时划分阶级成分，是根据解放前三年家庭拥有生产资料、生活来源等经济状况来确定，政策清楚，标准具体，界限分明。有劳动能力不劳动，靠剥削为生的为地主，横行乡里、鱼肉百姓的为恶霸地主，任过国民党区长以上的官吏为官僚地主，兼营工商业的为地主兼工商业，以商业为主的为工商业兼地主；自己参加劳动，剥削收入部分超过总收入25％的为富农，剥削收入部分不足25％的为富裕中农；没有劳动能力、靠出租土地为生的为小土地出租；有一定的生产资料、自己劳动够吃够用的为中农；生产资料不全、负债累累的为贫农；没有生产资料、靠出卖劳动力为生的为雇农；以工匠为主兼种田的为手工业者。此外还有小商小贩、自由职业等等。当时的阶级路线是依靠贫雇农，团结中农，孤立富农，打倒地主，其他各阶级都列为团结对象。

第三步，激发阶级觉悟，斗争地主、恶霸。这是关键性的工作。整个工作过程就是发动群众的过程，就是激发和提高阶级觉悟的过程，工作十分艰难。要提高阶级觉悟，首先就是通过召开诉苦大会，发动贫苦农民诉苦，控诉地主、恶霸和反动派的罪行，激发阶级仇恨。但这项工作困难很大。因为农民群众盼望分到土地、房屋和生产资料，但又心存顾虑，怕共产党的天下坐不稳，怕国民党卷土重来，怕地主、恶霸反攻倒算，因此，不敢当众公开倒苦水，不敢面对面控诉地主、恶霸的罪行，不敢面对面与他们作斗争。这就需要“根子”去串联和发动。这时老谭交给我一个艰巨的任务，要我动员母亲带头上台控诉，带动其他群众。开始，母亲坚决不同意，她也有同其他群众一样的顾虑。经过我耐心地做工作，她终于想通了，答应上台面对面控诉姓吴的伪保长的罪行。我母亲从伪保长抓壮丁，害得我父亲和大哥常年躲在外面不敢回家，使她一个小脚女人拖儿带女，担负着繁重的田间农活，讲到自己多次被抓到乡公所关押；从受地主剥削，“禾镰挂上壁，家里就没饭吃”，讲到吃观音土、椿树叶度日。她边哭边讲，声泪俱下，引起台下穷人的共鸣，一齐嚎啕大哭。台上台下，群情激愤，口号声此起彼伏：“打倒伪保长！”“打倒地主恶霸！”“打倒国民党反动派！”紧接着，台下穷人争相上台诉苦、斗争。这次诉苦、斗争大会，大获成功，我受到了李卡莉组长的表扬，由此进入工作组的视野，列为他们进一步培养的对象。

第四步，分配胜利果实，实现耕者有其田。阶级成分划定后，便是分配胜利果实。这是一项非常细致艰巨的工作，群众在斗争地主、恶霸时，目标一致，团结一心，但到分享胜利果实时，便争多嫌少，因此有大量的思想政治工作要做。那时，我们农会先将所没收地主、富农的财物登记造册，而后按土地、房屋、耕牛、农具、金银财物等，分成一份一份，再按贫困状况由雇农、贫农挑选，最困难的先挑。凡是农会干部公道、思想工作到位的地方，分配胜利果实都很顺利，而干部不公道、思想工作不到位的地方，则分不下去，甚至出现哄抢的现象。

第五步，建立新生政权，达到土改的根本目的。这也是检验土改是否成功的重要标志。经过前面四步工作，群众的阶级觉悟不断提高，阶级斗争经验不断丰富，涌现出一大批阶级立场坚定、工作能力强、可信任的人才，建立新生政权的条件已经成熟。在这个基础上，选举产生了乡农民协会和乡人民政府，选出三个半脱产干部——乡农协会主席、乡长、乡文书。我被选为乡文书，成为每月领取150斤大米薪酬的半脱产干部。

整个土改运动于1952年3月结束，北京工作团撤回。紧接着，下半年开展土改复查：查漏划（地、富）错划阶级，查不法地主、富农的反攻倒算行为，查地、富、反、坏四类分子的破坏活动，查农民协会是否混进坏人。这是一次巩固土改成果的扫尾工作，是土改工作的一个重要组成部分。这期间，我已调区委工作，成为做组织工作的脱产干部，负责花园乡的土改复查工作。

翻天覆地的土地改革运动，使长期骑在人民头上作威作福的地主恶霸被打倒，受苦受难的贫苦农民扬眉吐气，当家作主人。土改运动结束，标志着我国新民主主义革命反封建任务的完成。此后对农业、手工业和资本主义工商业进行三大改造，基本实现了生产资料私有制向社会主义公有制的转变，基本建立了社会主义制度，我国开始进入社会主义初级阶段。

亲历土地改革的全过程，使我深受教育和鼓舞。土改工作队那种坚定的无产阶级立场，密切联系群众、深入细致的工作作风，极大地影响了我。分得土地的农民那种欢天喜地的兴奋和空前高涨的热情，深深地感染了我。当年那一幕幕动人的情景，令我终生难忘。

一罐银元

1951年，轰轰烈烈的土改运动全面铺开。那时我在村农民协会当干部，学习政策，参加土地登记造册，参加划分阶级成分的工作。这项工作，既紧张又有序地进行。

一天晚上，同村的邵大伯手捧一个陶罐，乘着夜色偷偷来到我家对我说："我们都是乡里乡亲，在划阶级时，请你帮忙关照。这罐光洋送给你，万望收下。"我说："划阶级，是根据你家土地等生产资料的多少和经济状况来定的，这些都是明摆着的，是隐瞒不了的。再说还要通过大家来评，哪一个人说了都不算，何况我只是个农协组的组长。你要相信我们会公正地对待每一户，这光洋你拿回去，我是不会收的。"由于我坚决拒绝，他只好把装有几百块光洋的陶罐捧了回去。后来，经过大家评议，按政策邵家被划为富农。这件事汇报到北京派来的土改工作团，他们在大会上表扬了我拒收贿银的行为。土改结束后，便把我选到乡里当半脱产的乡文书。3个月后，又调区委，成为做组织工作的脱产干部。从此，我便走上了从政的道路。

我有幸参加了土地改革运动，是我参加革命的第一步，也是我学习革命道理、从事革命实践的第一步。它使我认识到：一是党的政策伟大。党的划分阶级成分的政策，分清了谁是我们的敌人，谁是我们的朋友，谁是我们的依靠对象，解决了革命的首要问题，由此制定了“依靠贫下中农，团结中农，孤立富农，打倒地主”的阶级政策。党的政策是党的生命，只有忠实地执行党的路线、方针、政策，才能完成党的任务。二是土地是农民的命根子。孙中山先生在《建国大纲》中就提出“耕者有其田”的口号，反映了农民对土地的要求。我们党在苏区的时候，就开展过“打土豪、分田地”运动，农民“分田分地真忙”。建国后的土地改革运动让“土地还家”，真正回到了广大贫下中农手中，使贫下中农翻身成为新中国的主人，使农村生产得到迅速恢复和发展。后来发展的互助组、合作社、人民公社直到改革开放中的“大包干”等生产方式的变革，一直是围绕着土地的使用权、管理权、经营权而不断变化。任何时候都要重视“三农”（农民、农村、农业）问题。三是革命必须大公无私，掌权不能贪图私利。只要手中有权，就会有人有求于你。当年我只是个村农民协会的干部，因为参加划分阶级成分工作，就有人给我送一罐银元。如果我当时收下了，就是贪利受贿，是阶级立场不坚定。只有立场坚定，全心全意为人民谋利益，不贪图私利，才能拒腐防变，革命到底。

“三反”运动是我的启蒙课

1952 年 8 月，进贤县根据上级的指示在革命队伍内部开展了“三反”运动，即反贪污、反浪费、反对官僚主义。

那是一场针对机关干部贪污、浪费和官僚主义的运动，也叫“打老虎”运动。中央已经批准枪毙了天津地委书记刘青山、专员张子善两只“大老虎”，他们都曾是老红军、老革命，所以震惊了全党全国。开始时，我们不理解，因为刚刚完成土地改革运动，大家都还处在斗地主分田地的兴奋之中，认为革命就是革地主的命，怎么革来革去革到自己头上来了？

我们第七区区委、区政府一共 29 人，加上通讯员才 30 人。

先是学习文件，知道“三反”是反什么，怎么反；然后自己交代有哪些贪污、浪费、官僚主义的表现，并发动群众检举揭发，人人都要过关；最后对每个人都作出鉴定。搞了半个月，这些程序走完了，区委向县委写了报告。但县委批回来，说是“走了过场”。当时传说凡没有打到“老虎”的，运动都不能结束。但我们认识很肤浅，我就同几个同志在一起议论过，我们一不管钱，二不管物，哪有条件贪污浪费？我们又不是领导，哪来的官僚主义？反“兵僚主义”还差不多，还搞得人人自危，这不是革自己的命吗？

过了几天，区里开大会，批斗副区长黄天明。黄是小商贩出身，有人揭发他在几个私营工商业者家里吃过饭，要他交代问题。批斗是残酷的，同土改斗地主一样，要黄跪到板凳上接受批斗。黄很胖，跪不到两分钟就跌下来。接着又跪上去，又跌下来，反反复复，最后躺到地上起不来了。后来他被开除了。打了黄天明这只“老虎”，大家认为运动可以结束了，可是县委还不批准。没过几天，又把副区长夏侯揪出来批斗，说他隐瞒参加三青团的历史，最后夏被撤职。

来势迅猛的“三反”运动，把大家都闹蒙了。到了每个人都要交代问题时，一个个给自己扣帽子，交代贪污多少粮票、菜金、饭钱，浪费多少电费、蜡烛，交代得多的得表扬。我因刚从乡里调到区里工作，实在没有什么问题可交代，几个要好的朋友给我出主意，说交代乡里的事情也可以。我说乡里是空的，只有一个公章用于开路条。那时农民出去卖猪、卖牛、卖谷子，到粮管所买老糠，都要到乡里开路条证明。他们说，你开那么多路条，就容易放走坏人嘛。结果在小组作自我鉴定时，我自己写了“乱开路条，放走坏人”八个字，其实是无中生有，纯粹是为了过关。没想到，这八个字随着鉴定放进了档案，影响了我10年的政治前程。

回忆这段经历虽说有点苦涩，但那毕竟是我的启蒙课。它让我明白了一些重要的道理。一是第一次认识到，革命不只是革阶级敌人的命,也要革自己的命。当年如果不在革命队伍内部开展“三反”运动,任由贪污、浪费和官僚主义盛行,如果不惩治刘青山、张子善等“大老虎”,革命队伍就难以保持纯洁,新生政权就难以得到巩固。从一些“老虎”的落马,自己也懂得了贪腐决没有好下场,任何情况下都要谨慎行事,清白做人,牢记自己既是革命的动力,也是革命的对象,牢记党的宗旨,认真改造世界观。二是第一次亲身经历了党内开展的批评与自我批评。那时候自己交代问题和相互揭发问题,都是严肃认真,摆在桌面上,自我批评不怕亮丑,相互批评不讲情面,充分体现了同志之间的真诚和光明磊落,生动地证明批评与自我批评是共产党自己解决自身问题的强有力的武器。当然,站在现在的角度来看,既要看到共产党在任何时候都注重加强自身建设,从当年的“三反”运动打“老虎”,到现在的反腐败斗争“老虎苍蝇一起打”,几十年来反腐败是一脉相承的;又要看到当年的“三反”直到以后的多次政治运动乃至“文革”,都不同程度地存在极“左”的行为,残酷斗争,无情打击。很长一段时间总认为“左”比右好,“左”是方法问题,右是立场问题,极“左”盛行,难免扩大化和造成冤假错案。解决这个问题的根本途径,一是坚持实事求是的思想路线,有左反左,有右反右;二是贯彻依法治国,用法制来取代政治运动。

乡下人进城看话剧

1953年冬,中共南昌地委在南昌市举办合作化干部培训班,准备在南昌地区各县创办农业生产初级合作社试点。那时进贤县归南昌地区管辖,县里选派5个区级干部参加培训,我是其中之一。培训后进贤县准备办5个初级社试点,即一区魏火仂初级社,由郑金海区委副书记驻社;二区邹哉则初级社,由区委组织委员邹罗则驻社；四区邓兆祥初级社，由副区长姜文胜驻社；七区危细仂初级社，由我驻社，当时我任区委宣传委员；十区章占先初级社，由区级干部吴来昌驻社。

我们5人都是第一次进南昌市，住在江西造纸厂车间。下午步行去逛街，走到胜利路一带，看到开阔的马路和一栋栋高楼，好像到了另一个世界，真是“乡下人进城，两眼看不赢”。

晚上到中山堂小礼堂看话剧，头一次“开洋荤”。话剧的名字叫《曙光照耀莫斯科》。我们看到台上全是外国人，一个个红头发、高鼻梁，女人穿裙子，但说的都是一口中国话。边看边议论，怪不得苏联是老大哥，个个都能讲中国话，比我们讲得还好，苏联人真聪明。

戏演到一半时，电闪雷鸣，大雨倾盆。我们没有带雨伞，急得要命，今晚回不去，到哪里去住？

演戏结束了，人们纷纷散去，唯独我们5个人坐在原位不动。剧院清场的人来了，赶我们走。我们请求在剧场坐一晚，等明天天晴再走。清场的同志说，你们说梦话，外面月色光明，哪来的雨？我们说，刚才看戏时电闪雷鸣，怎么一下子就天晴了呢？清场的同志说，那是演戏的灯光布景和道具的效果，不是真打雷下雨。我们以为清场的同志骗我们，把我们骗出去他好关门。我自告奋勇地说，你们几个坐着，我出去看看。

走到外面一看，果然众星朗朗，明月高挂，立即把4位同事叫出去。一路上5个人仍不解，明明打雷下雨，怎么一下子就晴了呢？

回到县里将看到南昌市路宽楼高的情景和看话剧见到苏联人会讲中国话当做新闻告诉别人。一些有见识的朋友则大笑说，你们真是乡下人看“西洋镜”，以假当真。那些苏联人都是中国人扮演的，化了妆就成了苏联人。不是苏联人会讲中国话，是中国人讲中国话。我们说，那打雷下雨怎么回事？朋友说，是灯光布景。

初次进城看话剧，闹了个大笑话。但我并不觉得耻辱，因为多了一次经历，也就多了一种见识。人都是从无知到有知，没有生而知之，只有学而知之。当年再有见识的人，能预见到今天载人航天飞船遨游太空吗？

第一次听说什么是社会主义

1953年冬，我在南昌地委举办的首次合作化干部培训班学习，参加培训班的都是区级干部（即现在的科级干部）。我就是在这个培训班第一次听说了什么是社会主义。

在培训班一共听了两个报告。第一个作报告的是省委农工部的领导。他说，土地改革结束后，农民分得土地，这是胜利果实。但是摆在农民面前有两条路：一条是走个体单干之路，一条是组织起来走合作化之路。前一条路是走回头路。因为农户之间劳力余缺不同，强弱不同，土地耕牛农具好坏和占有不同，遇到天灾人祸，势必产生两极分化，产生剥削与被剥削。第二条路是走合作化之路，也就是社会主义道路。合作化之路要分两步走，第一步办初级农业生产合作社，叫半社会主义性质，也就是土地、耕牛、农具作价入股，在总收入中划出40%参与分红，劳动力总分参与60%的分红，简称“四六”分红。这是照顾富裕中农的利益。第二步转为高级农业生产合作社，取消土地、耕牛、农具入股分红，实行多劳多得、少劳少得、不劳不得的政策，促使每个农民都积极参加集体劳动。对于孤寡老人丧失劳动能力的农户则实行“五保”，即保吃、保穿、保住、保医、保葬，简称“五保户”。这条合作化道路最大的优势是从制度上限制两极分化的产生，提高抗御自然灾害的能力，激发农民社会主义劳动热情。

第二个作报告的是南昌县一位名叫罗海保的农民。他到过苏联参观访问。他说，在苏联看到了什么是社会主义，就是没有单干户，都是集体农庄。“耕田不用牛，点灯不用油”，“楼上楼下，电灯电话”。当场有人不理解，问罗海保，耕田不用牛，用什么耕田，总不会用狗耕田吧？罗说，人家是用“铁牛”耕田，叫拖拉机。又有人问，“铁牛”会吃草吗？罗说，“铁牛”吃油。从此，农民把走合作化道路，“耕田不用牛，点灯不用油，楼上楼下，电灯电话”，作为奔社会主义的目标。

现在我们才知道，社会主义绝对不是合作化或“耕田不用牛，点灯不用油，楼上楼下，电灯电话”那样简单，什么是社会主义，怎样建设社会主义，是一篇需要几代人经历曲折、不断探索的大文章。

退社风波

1953年冬，我从南昌地委举办的合作化干部培训班学习回来后，进贤县开始进行创办初级社的试点。当时创办初级社试点，必须具备三个条件：一是有常年互助组为基础；二是以贫下中农为主体；三是有三至五个党员能成立党支部。我被派驻下埠集乡田畔村，负责创办危细仂初级社的试点工作，与社员同吃同住同劳动，称之为“三同”。

我首先从宣讲政策入手，让全体农户都明白，为什么要走合作化道路，怎样创办初级合作社。通过宣传，群众掌握了政策，成立初级社的各项工作有条不紊地顺利进行。

田畔村的后面有个湾俚村，与田畔村只隔一条铁路，距离不过两里路。湾俚村暗中自发成立了一个初级社。从制定社章，到评估土地、耕牛、农具入股，评定劳动力底分及记工分、扣工分等一套做法，都暗中学田畔村危细仂初级社的做法。这种自发成立的初级社全县出现多起，虽然反映了农民奔社会主义道路的极大热情，却不符合先样板引路然后全面推开的工作部署。

县委责令区委做好说服工作，要他们解散。不料湾俚村的初级社坚决不散，后来选出了由贫苦农民吴木仔担任社长，由抗美援朝退伍军人、共产党员吴先龙等人组成的社管委会，既符合章程，又组织齐全，经县委审定，批准他们为合法的初级社。田畔村和湾俚村这两个初级社都由我负责驻社。

意想不到的是，期间出现一次退社风波。

1954年夏，早稻抽穗扬花时，眼看初级社丰收在望，湾俚村初级社富裕中农、共产党员、社委委员吴将发却卧床不起，三天未出工。原来他看到自己田里的禾长得比别人家的好，感到入社吃亏，想要退社单干。其他几户富裕中农也扬言，只要吴将发退社，他们也要退社。一时间，社内人心波动，社外也风声四起，我这个驻社干部心急如焚。创建初级社试点，县委要求只能办好，不能办垮，办垮了要追究驻社干部的责任。如果湾俚村初级社办垮了，不只是自己个人前程毁于一旦，最严重的是会在全县合作化运动中造成恶劣的影响。我先后同吴将发个别谈心5次，同一床睡了3个晚上，同时发动党支部和社委会的干部都来做他的工作，使他明白，退社就是退社会主义，单干实现不了社会主义，更抵御不了天灾人祸，又要走两极分化的回头路。全国都要走合作化道路，潮流不可阻挡，今天退了以后还是要入社，那时谁敢收你？现在是初级社，土地等生产资料还参加分红，你吃不了多少亏，就是今后过渡到高级社，取消土地分红，你也要走社会主义道路，你是共产党员，更要带头走社会主义道路，不能带头走资本主义道路。吴将发终于想通了，他在党支部会、社委会和社员大会上作了检查，批判自己的资本主义思想，认识到自己违背了当初积极组织初级社的愿望，动摇了奔社会主义道路的决心，表示十分悔恨。其他几户富裕中农也受到教育，表示要同全体社员一道坚持走社会主义道路。

退社这场风波得以平息，县委表扬我的工作做得到位。但我反省自己工作中也有失误：我只看到农民走社会主义道路满腔热情的一面，没有看到有些人特别是富裕中农动摇的一面；只看到初级社禾苗长得好的一面，没有看到思想政治工作未及时跟上的一面。任何事物都有两面性，矛盾会不断转化，学习和掌握好唯物辩证法，才是做好工作的根本。

在农业合作化的高潮中，农民焕发出前所未有的劳动积极性。他们硬是凭着最原始的劳动生产力，发挥集体的力量，团结奋斗，肩挑手提，一锄一锹修了无数的水库和渠道，筑了一条条坚固的圩堤，扩大了旱涝保收面积，增强了抵抗自然灾害的能力。这些合作化的成果，经过几十年后，至今还在发挥作用。

当然，这种合作化的模式，在当时也暴露了一些弊端。比如，集体劳动缺乏责任制，容易产生平均主义，出工不出力，人们形容“出工一条龙，生产一窝蜂，收工打冲锋”，“出工人等人，做事人挤人”。在派工、记分和扣工分等环节，容易激发矛盾，影响生产，影响团结。到了人民公社化，上述矛盾更加突出。

走社会主义道路不会一帆风顺，曲折和坎坷在所难免。直到改革开放，农村首先带头改革，实行“大包干”生产责任制，撤销人民公社，这才进一步解放了农村生产力，走出了一条中国特色社会主义新农村建设的新路子，走进了年年丰收的新时代。

我在天安门看到毛主席

1956 年，全国展开内部肃反运动。进贤县成立肃反办公室，我被分到县教育战线专案组任组长。全组有 8 个成员，负责全县中小学教师肃反工作。

我们这个专案组掌握两个重点嫌疑对象，需要到黑龙江北大荒几个劳改农场去找其同事或同案人调查，证实其交代材料的真伪。这年 4 月初，县委批准由我带傅荣根同志就此事出差调查。肃反办公室和专案组的同志羡慕地对我说：人说“三生有幸”，而你是一次出差有“三幸”：一是可以去北京看看祖国的首都；二是有机会参加北京市“五一”劳动节的庆祝游行活动；三是在天安门检阅游行队伍时很可能见到毛主席。听同志们这么一说，我内心无比激动。

我和同伴从进贤县上火车，走了四天四夜才到北京。那时都是慢车，沿途许多站要停靠，旅客上上下下。说坐火车不如说是站火车，因为人很多，很拥挤，有时找到一个位子刚坐下，又上来一位老人，得主动让座。那个年代风气好，遇到老人或孕妇，一般都会主动让座。旅途再长再累，但一想到可以见到毛主席，心里就很舒坦。

到北京后，我们住在北京市公安局招待所，就在天安门广场的东面，相距不过一二百米。我们放下行李就往天安门广场跑。当时感觉天安门广场真大，走了半个小时还没走完一半。站在天安门广场中心，觉得看不清天安门城楼，一直走到金水桥下，才看清了城墙上一个一个正在修理城楼的工人。我和同伴说，到“五一”节那一天，一定要站到金水桥这边来。

距“五一”节还有 20 多天，我们得先到北大荒去完成调查任务。4 月的北大荒虽不是“千里冰封万里雪飘”，但早晚仍是零度上下。黄黄的枯草，厚厚的黑土，一望无际。这里没有公路，只有马车。坐着马车一路上只看到防火纠察员，一个岗哨接着一个岗哨，原来防火是北大荒的第一要务。来到劳改农场后，又遇上寒潮，北风骤起。为防火，农场一个星期不准开火做饭，每天吃的是事先备好的大馒头，一点点青豆当菜，这对我们南方人来说根本不习惯。我们到嫩江、牡丹江、友谊等几个农场去找证人，道路坑坑洼洼，还常常会碰到狼群的威胁。但不管生活怎么艰苦，心里一直想着“五一”节能看到毛主席，再苦也值了。经过十多天的努力，要找的证人都找到了，完成了任务，总算在 4 月 29 日回到了北京市公安局招待所。

我们在招待所兴致勃勃地议论着、设想着，“五一”那天，一定要早点出发，一定要站到金水桥边上去。招待所的老谭笑着说："五一"节你们根本进不了天安门广场，只有游行的队伍可以走过天安门广场接受毛主席的检阅。北京市几百万人口，参加游行的只有10万人，每个单位只能推选几个代表，早在半个月前就经过政审确定了名单。

老谭一席话，犹如晴天霹雳，我们俩差点晕过去。难道这趟到北京就白来了？见毛主席的梦想真的成了泡影？

4月30日，我们两人鼓足勇气去市公安局请求参加"五一"游行，理由有三：一、我们都是共产党员，政治上可靠；二、我们是基层来的，来一趟北京不容易；三、我们是外地来的，机会可遇而不可求，要求给个照顾。市公安局接待室的同志态度和蔼，耐心解释，回答还是游行人员半个月前就审查过了，不可以再加人。过了一阵子，换了一个同志值班，也劝我们回去，我们不肯。中午下班了，我俩还是坐着不走。直到下午3点，来了一位像是领导的同志，笑着对我们说："听说你俩为了参加'五一'游行饭都不吃，不能为了参加游行而绝食呀！来，我这里有一个条子，一号凌晨4点半，到市公安局集合，同我们的队伍一起参加游行。假如有人盘问你们，就把这张条子给他看。"我们两个连连点头，谢谢又谢谢，心花怒放，真是"山穷水尽疑无路，柳暗花明又一村"！这是真的吗？是不是要把我们哄走？打开条子一看，字迹潦草，看不清写的是什么，想再找他又找不到了。后来坚信他一定是位领导，不会骗人。当天整个晚上，心情激动，原本说好一个睡上半夜一个睡下半夜，结果两个人一起坐到4点半。

我们到市公安局的时候，天还未亮，参加游行的人员陆续聚集，谁也看不清谁。我们挤在人群中，心里想，公安系统分管治安，这回一定可以站到金水桥边。到6点半队伍才开始启动，一直往东走，大约一个多小时后，队伍停在一个叫清华公园的地方待命。那个场地好宽大，已经聚集了好多队伍。一直等到10点，广播喇叭里传出毛主席登上天安门城楼的消息，可我们离天安门还好远好远。我仔细听喇叭里在不断地解说，毛主席在检阅陆海空三军仪仗队，接着又是检阅民兵队伍、工人队伍、农民队伍、学生队伍，直到说党群政法游行开始，我们才向天安门进发。

一进入天安门广场，就有一排一排纠察队把守着。他们排成九条通道，我们这支游行队伍排在第七条通道，离天安门很远。看到队伍马上进入第七条通道，我两人商量着往右边通道钻过去，虽然有纠察队把住，我们还是艰难地站到了第三通道，还未靠近金水桥，人已经是汗流浃背、精疲力尽了。后面的人拼命推前面的人快走，前面的人到了天安门前又都不肯走，于是后脚推前脚，队伍行走缓慢。每个人都想多看看毛主席，人们带着笑容含着泪花，自发高呼“毛主席万岁”。口号声此起彼伏，还有许多人激动得嚎啕大哭。我终于看到了毛主席，只见他站在天安门城楼中心，不时向游行的人群挥手，或是手拿帽子向群众摇摆，以示对游行队伍的回应。我目不转睛地望着城楼上的毛主席，直到被后面的人群将我推着前行，离开了天安门城楼。

那一天，那一刻，永远铭刻在我的记忆深处，不能忘却。这也成为我坚定地跟着毛主席、跟着共产党走革命道路的强劲动力。

那个年月，毛主席不只是伟人，而且是人民心中的神，人民像崇拜神灵一样崇拜着毛泽东。我所记录的这次经历，正是那个时代千千万万个崇拜者的真实写照。

心中的偶像　学习的榜样

参加革命工作后，有一帆风顺，也有坎坷不断。但坎坷也能锻炼人，我就是在坎坷中成长起来的。在这个过程中，我始终要感谢一个同志，这个同志是我心中的偶像、学习的榜样。

1951年，我参加土改，担任过“农协会”的干部、乡文书、区委宣传委员。1952年8月，光荣地加入了中国共产党，先后被调到县委农工部、县委办公室、县委宣传部工作。1955年，县委决定将22岁的我派到第十区任区委书记。县委党群书记找我谈话时说，已上报地委，在正式通知下达前，要我先去十区，协助即将调走的区委书记洪连阶主持全面工作。洪因为要调走，把一切工作推给了我。我在十区放开手脚大干，搞调查，听汇报，作报告，布置、检查工作，各项工作开展得有声有色。可是，4个月后，党群书记又通知我回农工部工作，说是地委没有批准我当区委书记。1958年县委上报我任县委办公室主任，未获批准，只任副主任，主持全面工作。1959年春，县委上报我任县委宣传部部长，只批副部长，主持全面工作。后来又安排我到县委党校当副校长，主持全面工作(校长由县委书记兼任)。

这时，我也窝着一肚子气。联想到屡次要提拔我，上报地委都不批，究竟是什么问题，我不明白。有一位与我同一张通知书任命的区委委员，很快就当了区委书记，不久又提拔为县委副书记，我却一直提不上去，思想上想不通。现在又安排到党校，心里更是不舒服。人一患得患失，身体就出毛病，长时间失眠，情绪上也有点自暴自弃，就在家吃中药。有些人说风凉话:“叶学龄想提拔想得睡不着觉，都想疯了。”

1962年，蔡长庆同志(省农垦厅副厅长)到进贤接任县委书记。我在县委党校工作，这年进贤涨大水，县委派工作组下去救灾，我被派到大塘公社救灾，结束时撰写了“大塘公社救灾工作报告”。蔡书记看了很满意，就问是谁写的，工作人员告诉他是党校叶学龄写的。1964年初，蔡书记到宜春地委参加社教工作汇报会，交流面上社会主义教育的经验。地委从蔡长庆同志带去的一大包材料中只选中了我写的《贯坑大队社教如何发动群众》的经验在全区推广。蔡长庆同志认为我是个人才，亲自找我谈话，要调我到县委办公室工作，任县委办主任。这次上报到地委，和以往几次一样，仍然没有批。蔡长庆同志一面教育我要正确对待，一面亲自到地委组织部询问原因。组织部的同志说："叶学龄有水平、有能力，进贤多次报过提拔他，但都没有批，原因是他在"三反"运动中，曾在自我鉴定中写了'乱开路条，放走坏人'"，组织上结论"限制使用"。蔡长庆同志要求组织部派人调查核实。组织部的同志说："我们审干办已经撤了，就由你们县委去调查核实。"

蔡长庆同志回县后立即找我了解情况，这时我才恍然大悟，原来是我自己写的 8 个字，成了自己成长路上的"拦路虎"。我把有关情况向蔡书记作了详细的汇报：

那是 1952 年，全国在革命队伍内部开展反贪污、反浪费、反官僚主义的"三反"运动，每人都要检讨自己的问题，都给自己扣了一大堆帽子，不然过不了关。我在乡政府工作才 3 个月，调到区委又不久，既没有贪污，也没有浪费，更谈不上官僚主义，觉得没有什么问题可写，而不写点问题又过不了关。有的同志就给我出主意："你在乡里工作时，开了那么多路条，就不会放走坏人?"当时，出门都要路条，连农民上街卖猪、卖牛，到粮站买谷壳都要开路条。于是，我就写了"乱开路条，放走坏人"。当时确实是为了过关才这样写的，谁知这 8 个字就进了我的档案。

组织上对我说的情况进行了调查核实，并以县委的名义向地委写了报告。不久，地委就批准我任县委办公室主任，因县委常委名额已满，我只列席县委常委会，享受一般县级干部待遇。我从心底衷心感谢蔡长庆同志，是他认真负责，帮我澄清了这个有可能断送我一生的问题。

自此以后，我更加刻苦学习，勤奋工作。由于我是本地干部，对县里的情况了如指掌，说话有根有据，而且敢抓敢管，对一些人的不良行为也敢于在常委会上提出处理的建议，深得蔡长庆的信任和支持。

1966 年，"文革"初期，进贤县造反派确定全县 5 个打倒对象，我是其中之一。因我是县委机关党总支部书记，县委各部门和群团干部的入党、提拔、奖惩，都要经过我。按职务排不上我，但造反派认为，在进贤县蔡长庆是“当权派”，叶学龄是“实权派”，不打倒叶学龄，蔡长庆打不倒。因此他们刷出“打倒蔡长庆，斗臭叶学龄”的大标语。每次游斗时，我打白旗，上写“急先锋”，走在最前面；紧接着就是蔡长庆打黑旗，上写“黑司令”。在多次批斗中，我和蔡长庆都是分不开的“难兄难弟”。

1968年，根据上级部署，各级都要成立革命委员会，领导班子按照“三三制”的原则配备，其中三个领导干部、三个军队干部、三个群众代表。我和蔡长庆作为领导干部被结合进去，我又有幸和蔡长庆同志在一块工作。

长时间在一起的工作关系，让我对蔡长庆同志有了更深的了解。他是位抗战干部，当年40多岁，有一定的文化水平，起草文件、撰写讲话稿都自己亲自动手，从不要秘书代劳。他富有领导经验，摆脱繁琐事务，专注抓大事，而且遇事沉着冷静，办事有原则，讲分寸。他工作作风严谨朴实，经常下乡调查研究，扎根于群众之中。他对自己和家人要求严格，不搞特殊化，总是吃馒头、面条，从不到食堂揩一点“油”，三个儿子穿的衣服是补丁叠补丁。他为人正派，胸怀宽广，识才、爱才，唯才是用。他帮助同志，却从不表白自己的功劳。他始终保持着党的实事求是、联系群众、谦虚谨慎、艰苦奋斗的优良传统，保持着光明磊落、与人为善的优良品质。他对我既有知遇之恩，又是我的良师益友。他高尚的品德、宽阔的胸怀、朴实的作风以及高超的领导艺术，是我一生的榜样。

“文革”初期的我

1966年5月16日，中共中央发出关于在全国开展文化大革命的通知。以此为标志，“文化大革命”席卷全国，“革命无罪、造反有理”的口号声震响中华大地。

我当时，任进贤县委办公室主任，列席县委常委会议，本不属县委领导班子成员，只是县委一个部门的领导。面对席卷而来的“文革”大潮，县委开始很不理解，认为“文革”是上面的事，与下面无关。县委班子里没有走资本主义道路的当权派，县一级也没有反动学术权威。看到各地停课停工闹革命，看到红卫兵全国大串联，看到领导干部被“炮打火烧”，更不理解。县委希望进贤不要出现类似情况，于是要求干部个个表态，稳住阵脚，稳定人心，努力搞好生产和工作，做到上乱下不乱，人乱我不乱。当时采取了一系列措施：一是注意学生和机关干部的思想动向，凡跃跃欲试想起来造反的，各级党组织必须找他谈话，从源头上抓起，做好工作，正确引导；二是外地寄来的传单、信件等，要向组织报告，并将传单和信件交上来，不许复制；三是一律不准停工停课，工厂停工者开除公职，追究领导责任，学生有想停课者，发动其父母做好工作，或将其领回家中。我和县委领导同志的认识一样，并坚决贯彻县委采取的措施，上传下达，收集综合情况都由我负责，出头露面的也都是我。当时周边地区已经闹得热火朝天，领导干部大部分被批斗，进贤县却一直没有动起来，县委领导为自己的做法感到自豪。县委书记是抗战干部，他说，现在省委领导被冲散了，地委也联系不上，形势有点像当年的抗日战争，各自为战，我们一定要稳住阵脚。一直稳定了半年，在这半年中县委领导成员中下乡的下乡，住院的住院，由我负责成立了县委文革办公室，接待各地串联的学生，回答他们的各种问题。

1966 年冬，南昌一批大中学校的红卫兵听说进贤县还是一个运动的死角，来到县里发动学生起来“闹革命”。他们把县委的领导抓到大礼堂，戴上高帽，先进行批斗，后游街示众。我因抛头露面多自然也在其中，而且被定为“反对毛主席革命路线的急先锋”，头戴高帽，手举白旗，走在队伍前面开路；县委蔡书记则被定为“黑司令”，头戴高帽，手举黑旗，走在我后面；其他领导都属黑线人物，紧随蔡书记其后。从此，我与县委领导同志一起，成为被批斗的对象。

我虽不是县委班子成员，只是列席常委会议。但县委办公室处在县委工作的中枢位置。平日又紧随蔡书记左右，处处出头露面。造反派认为我是“实权派”，进贤的问题，我了解最多最全面，只要打倒我，一切问题都迎刃而解了。因而我的大字报最多，批斗也就成了他们的首选对象。他们把我拉到县大礼堂举行专场批斗大会，批斗完就游街，而后是监督劳动。我的办公室被封掉了，家也被封。我一家七口人，原住两间各12平方米的住房，此时被造反派占用一间，我岳父母和三个儿子被迫转移到农村，自己晚上才被允许回到家里。无休无止的批斗，没日没夜的劳动，扫街扫院扫厕所，挑砖挑瓦挑大粪，什么脏活累活都要干，我深感莫大的委屈和不平。思前想后，怎么也想不明白，我一个解放后党培养的干部，政治上可信可靠，工作上勤奋努力，生活上艰苦朴素，怎么一下子就成了走资本主义道路的“实权派”和反对毛主席革命路线的“急先锋”呢？我满怀着有话无处说、有理无处辩的悲愤，曾经想过，与其屈辱地活着，不如自我了断，一了百了。但转念又想，毛主席发动这场史无前例的运动，必有他的理由。跟着他老人家闹革命，遇到一点挫折，受了一些屈辱，怎么就悲观失望了呢？应该相信群众相信党，总会有正本清源的那一天。

1967年3月，一张大字报贴到县委大院，勒令我第二天必须赶到西湖公社，接受群众批斗。西湖公社是十年前我带领县委工作组蹲点的地方。1957年，西湖公社浮夸风、强迫命令风、平调风十分严重。我根据上级的部署，带工作组到这里整风整社（人民公社），曾批判过一些基层干部，也批判过一些所谓思想落后的群众。时隔10年，那些当年曾被批判的干部和群众现在是否会挟嫌报复呢？心中实在无底，此去吉凶难卜。我向妻子打了个招呼，要她与家人多保重，自己拿了一把雨伞，步行30余里，前去接受批斗。

到了公社，我不知找谁报到，又不敢离开。万家生产队的一伙人来买酱油碰到我，要拉我到他们队里去接受群众批斗。一位姓吴的公社干部，当即喝住他们说："叶学龄是全县的当权派，又不是你们队里的当权派，不是你们叫走就可以走的！万一出现什么问题，你们交代得了吗？"他义正辞严，吓得那些人灰溜溜地走了。随后又闯进来一个中年人，拿着一根绳索，朝我面前一丢，说："今天你自己了断吧！"我认识他，当年曾因偷了集体的南瓜而被群众勒令打锣示众。还是姓吴的这位同志将此人喝住，支走了他。吴与我素无来往，却挺身而出保护了我，使我深受感动。夜幕降临，一位姓刘的大队书记偷偷对我说，"你不要怕。公社张书记靠边站了，但他交代炊事员每天晚饭煎两个荷包蛋，放在炉灶的烟囱旁，你自己去拿。"我知道这是公社书记自己不便出面，暗中安排人关照我。

晚饭后，又来了四五个年轻人，很和善地对我说，你不用怕，明天开大会，我们会保证你的安全。他们简单交代几句就走了。我一人呆在公社昏暗的办公室，心里琢磨着明天的批斗会不知是凶是吉，一夜未能安睡。

第二天的批斗会场面很大，当民兵押着我走进会场时，只见黑压压的露天广场数千人。按照造反派的安排，我站在台上低着头接受批判。第一个上台的是当年被撤职的生产队长。他手里握着一块石头，一上台就对我说，"你还认识我吗？想起当年的事，我真想用这块石头砸死你！"马上被台上的民兵挡住，推了下去。第二个上台的是一名妇女，她对我说："当年你批判我男人，你还记得么？"我抬头望了望，道歉说："对不起！"她从口袋里拿出一把纳鞋底用的钻子，在我面前比划着说："要不是看毛主席的面，我用钻子钻死你！"又被民兵喝住了。造反派怕闹出事来,便叫大家不要上台,就在下面控诉。一时台下闹哄哄,但再也没有人站出来揭发批斗,不少人也纷纷离场,不到半小时,人就都散了。

原定下午继续开批斗大会,也没有开起来。我对造反派头头讲,不开批斗会,你们就带我去对我有意见的群众家,上门接受他们的批判。第一家就是上午上台批斗我的那位妇女家,想不到她很热情,偷偷对我说:“你莫见怪,上午是他们安排的,要我上台说一说,我也就是做个样子。我晓得,你当年在这里蹲点时,政策掌握得好,联系群众又好,我们大家都敬重你,运动过后你还会步步高升。”客套一番后,很有礼貌地送我出门。第二家是当年任大队书记时因工作保守而被撤职的刘某某。他一见面就对我很热情地一再说没有什么意见。随后,我去他家菜园小便,突然有人将一个纸条往我手心一塞,转身就走。我只见到他的背影。打开纸条一看,写着这样一行话:“你不要害怕,安全没有问题。我在县中读书时,听过你作报告,知道你是个了不起的人。”在绝望的时候有人相助,心存万分感激。这件事直到后来我被解放出来,找到公社张书记,询问塞纸条的人可能会是谁,他想了想说,西湖李家只有一位青年在县中读过书,现任生产队保管员。我对张书记说,“那时我是墙倒众人推,难得此人有情有义,以后要好好培养。”这位青年后来到大队当民兵副营长,转干之后,逐级升任,一直成长为正厅级领导干部。我们虽有工作上的接触,但君子之交,谁也没有提及当年我落难时的这桩往事。

晚上,几个大队干部偷偷请我去他们家吃饭,我怕连累他们,婉言谢绝,而是到原先蹲点时住过的房东家吃晚饭。房东煮了碗面,里面放了两个鸡蛋招待我。待我晚饭后再回到公社时,干部散了,造反派也散了。这次批斗就平安过去了。一位相识的生产队干部,用船将我渡过青岚湖,我再步行 20 余里地,于深夜回到了家中。

到西湖公社两天的经历，使我深深感到，群众就是自己的保护神。

1968年1月起，全国各地陆续成立革命委员会。进贤县在支左部队和县人武部的领导下，也紧锣密鼓地筹建县革命委员会。按照上级部署，革命委员会常委会实行"三三制"，即由三名军队成员、三名领导干部、三名革命群众代表组成，称为"三结合"。军队成员由军队指派，三名领导干部和革命群众，由造反派协商提出名单，上报地区革委会党的核心领导小组批准。在提名的过程中，三名革命群众人选争斗激烈，无法平衡，最后由支左部队决定。三名领导干部由造反派协商提出，究竟提谁，造反派内部争斗也十分激烈，先后上报两次名单都未获批准。支左部队着急了，向地区请示，询问在造反派要"打倒"的领导干部中可否选择提名？上级答复是：所谓要"打倒"的，是造反派要打倒的，并非组织上决定要打倒的。你们可以与造反派商量，要"打倒"的原因是什么，据此进行调查，再决定可否提名。造反派坚决不同意从他们列为要打倒的对象中提名。支左部队为了慎重起见，召开全县贫下中农代表大会，请代表提名选出三位领导干部。结果80%以上的代表提名原县委书记蔡长庆、原副书记易某和我三人作为候选人，而我们恰恰是要被打倒的"蔡、易、叶"。

1968年6月，地区革委会党的核心领导小组批准了进贤县革命委员会常委会组成人员名单并正式挂牌成立。革委会领导班子由8人组成，即军代表3人(支左部队1人，武装部2人)，领导干部2人(蔡与我)，革命群众代表3人。在革委会内部成立了党的核心领导小组，由5人组成，即军方3人，领导干部2人，实际工作是由3人主持，即蔡与我、武装部1人。

我从一个被批斗的"实权派"的打倒对象，一下子走进了革委会的"三结合"领导班子，当时心中有一种噩梦醒来是早晨的感觉。噩梦中被批斗的屈辱画面还历历在目，"斗臭"、"打倒"的叫喊声还回响在耳，这一切真的就这么过去了吗？是的，是党和群众选择了我，没有贫下中农代表大会80%的人推荐提名，没有党组织的调查、核实和批准，我也许还在噩梦中游荡。现在终于醒了，早晨的阳光驱走了黑暗，我又能堂堂正正挺胸做人了。

坏事可以变成好事。“文革”中的批斗，不仅带给我肉体上的摧残和精神上的折磨，也是一次极难得的意志磨炼。更重要的是，它让我真正懂得了在任何情况下都要相信群众相信党。我暗下决心，今后一定要更加忠于人民忠于党，在党的领导下俯下身子当好人民的孺子牛。

临川记忆

前进大队二三事

1971 年 2 月的一天，我只身一人从抚州来到临川县革委会报到，任县委副书记、革委会副主任。

那天，县委、县革委会领导都不在家，办公室干部黄同保接待了我。他看过我的介绍信后说："叶书记，真不凑巧，今天领导同志都不在家。"我说："没关系，你能走得开吗？"黄同保说："可以。""那你陪我下乡。"就这样，走马上任的第一天，我就在黄同保的陪同下，步行到县城附近的上顿渡公社前进大队调研。

黄同保告诉我，前进大队是全县的红旗大队，大队书记邓牡英是全县劳动模范。下午 3 点多钟，我们来到前进大队所辖的熊家村时，远远看见一个 30 来岁的中年妇女迎面走来。待到近前，黄同保问："这里归前进大队管不？"

中年妇女说："是，我就是前进大队的人。"

"你们大队书记是叫邓牡英不？"

"是啊，我就是邓牡英。"

黄同保高兴地说："久闻你的大名，今天总算认识了。"

我也立即上前与她握手。黄同保赶忙介绍："这是新来的县委叶副书记。今天是他报到上任的第一天，办公室的门都没有进就到你们大队来了。"

听了黄同保的介绍，邓牡英非常感动，双手握着我的手说：

"感谢领导对我们的关心。我刚刚从大队部开完会回来,请到我家去坐坐。"

我们欣然同意。一路上,我向邓牡英了解前进大队的基本情况,多少生产队、多少人口、多少耕地;粮食亩产多少、总产多少,人平收入多少……邓牡英对答如流,如数家珍,让我非常满意。

到了邓牡英家,我叫她找些社员来座谈。听说县委领导来了,在家的男女老少很快聚集到邓牡英家。我与他们拉家常,谈生产,他们也无拘无束地你一言我一语说个不停,气氛和谐而热烈。一直谈了两个多小时,夜幕将临,我与乡亲们告别。邓牡英执意要安排我们俩吃晚饭,我婉言谢绝了。从路上的奇遇和小型座谈会,我发现邓牡英工作能力很强,情况非常熟悉,与群众的关系也很融洽。

此后,由于前进大队离县城近,我经常会去。一天,我到前进大队搞调研,大队书记邓牡英陪同走了几个生产队。当来到傅家村时,一个20多岁的男青年一拐一拐地来到面前,哭丧着脸说:"邓书记,我是个无用的人,连自己的口粮都赚不到,你要帮我找个力所能及的事情做。"我问邓牡英是怎么回事,邓牡英说:"他叫傅香华,小时候患小儿麻痹症,现在田里的事不能做,其他重活也干不了,快30岁的人了,还没有找到老婆。"我一边安慰傅香华,叫他不要自卑,一边对邓牡英说:"小邓,你想想办法,一定要帮他解决困难。"回到县委后,我还打电话过问这件事。邓牡英根据傅香华具有初中文化的情况,把他安排在大队小学当民办老师,使他有了收入,娶了老婆。后来每当谈及此事,傅香华总是动情地说:"我能有今天,多亏了共产党,要在旧社会,我注定是要讨饭的。"

又一次,我到前进大队搞调查,邓牡英在汇报工作时谈到樟树山胡家生产队队长胡先喜重病卧床。生病期间,仍牵挂队里的工作,常把其他干部叫到床前开会商量队里的生产。我知道胡先喜是个优秀的队长，他领导的生产队各项工作都走在全大队的前列，所以我执意要去看望。来到胡先喜家，我拉着胡先喜的手询问他的病情。胡先喜流着泪说："我患的是骨癌，恐怕是治不好了。"我听后心情十分沉重，一面安慰胡先喜，一面从口袋里拿出钱包，将几十斤粮票和十几元钱全部拿给了胡先喜的爱人，夫妻俩感动得热泪盈眶。临走时，我一再嘱咐同来的邓牡英等大队干部："要多关心胡先喜同志，他有什么困难，大队一定要尽力帮助解决，大队解决不了就来找我。"

像邓牡英、胡先喜这样的基层优秀干部，我接触过很多。他们是我们党在基层联系群众的桥梁和纽带，在执行党的路线、方针、政策时发挥着先锋模范作用。他们的一言一行，群众都看在眼里，记在心里，直接影响党和政府的形象和威望。我乐意和他们交朋友，也体谅他们工作中的实际困难。正因如此，至今仍有许多当年的基层干部会到南昌来看望我，我倍感欣慰。

外婆拦车

俗话说，男儿有泪不轻弹。我却曾在半天之内三落泪，至今记忆犹新。

那是1973年，我在临川县委工作，有一次回进贤老家看望父母。刚一进门，母亲先是愣住了，接着便热泪盈眶。我以为这是因为我有半年多没回家，事前又没打招呼，乍一见我，所以惊喜而泣。谁知过了一会儿，母亲竟嚎啕大哭起来。我一时不知所措，心想定是受了什么委屈。我好言安慰她，询问究竟所为何事。母亲哭了一阵，渐渐平静下来，这才说："都是因为你，让我把亲戚朋友都得罪了！"

母亲诉说着："亲戚朋友一个个来找我，要我给你带话，要我帮他们求情，甚至逼着我带他们去找你，有要解决商品粮的，有要求安排工作的，有要批钢材木材的。我知道党有政策，国有法规，不能答应。但乡里乡亲的，抬头不见低头见，我总不能天天说狠话。”

我十分理解母亲的苦衷，她说的情况我也知道一些。远的不说，我自己的父母70多岁了，还在农村老家种田、养猪，劳苦艰辛。我的亲哥哥在公社卫生院当院长，属于大集体编制，只要转成商品粮户口，便可转为国家干部，我没有办，就因为这件事，每每我回家看望父母时他都避而不见。我一个姑父，托我帮他儿子解决工作问题，我没做到，他当着许多人的面骂我“六亲不认”。在那个年代，国家物资匮乏，就业形势严峻，工农矛盾、城乡矛盾突出，亲人们的诉求，都是一时难以解决的问题。他们找我，无非是因为我在外面当“官”，手中有权，希望我运用手中的权力帮他们办事。我若办了，就是滥用职权；若是不办，则是“六亲不认”。母亲在家里，面对的压力、承受的委屈可想而知，她这都是代我承受的呀！

我正在沉思，母亲擦了擦眼泪，对我说：“我也就是说说而已，哭出来心里好受些。既然得罪了，也就罢了，我能应付。你千万不能松口，宁可得罪人，也不能犯错误！”

我紧紧抱着母亲，内心再坚强，也止不住眼泪唰唰地流下来。有这样深明大义的母亲，我感到无比的幸福和自豪。

吃过中午饭，我要返回临川去。母亲送我到家门口，目送我上车。当我打开车窗门向母亲告别时，看见母亲泪流满面，不停地挥手叫我快走。我坐在车里，眼泪又一次夺眶而出。

车行不远，快到邻村时，远远看见有人坐在公路中间。我叫司机减速慢行，待到相距30米左右，我看清了那是住在邻村的外婆，穿一身褐色的衣服，手拿一根小竹竿。我赶紧下车，快步走到外婆身边，叫了她一声。不料，外婆起身扬起手中的竹竿朝我当头打来。我头一歪，自然没事，再说她也并不是真的要打我。

我对外婆说："阿婆，不要生气，有话好好说。"

外婆好像憋了一肚子气，发狠地说："听说你回来了，知道你会走这里过，就在这里等你，今天不解决问题不能走！第一，帮我转吃城里的商品粮；第二，你几个表兄弟都在家里种田，你带他们出去找工作；第三，给我批20立方米的木材指标。"

我对外婆解释说："阿婆，国家有政策，你总不能叫我违背政策去帮你办事吧。"

外婆说："那为什么别人都帮亲戚朋友办了很多事？你当了官就六亲不认了！"

我说："不是不讲亲情，是不能违反政策，你总不能叫我去犯错误吧。"

外婆说："哪个叫你去犯错误！我希望你步步高升。"说着，忽然伤心地哭了起来。哭了一会儿，她哽咽地说："别的都不指望你，只可怜我都80多岁了，做棺材的木头都没有。"

我心里十分过意不去。我知道外婆也并非要我去违反政策，和母亲一样，是心里有事，一定要当面诉说一番。他们承受的压力和委屈，不向我诉说又向谁去诉说呢？我当即对外婆说："我会作为特殊情况处理，帮你申请一个立方米的木材指标做寿材。"

外婆站在那里没吭声，我想搀扶她老人家回家，家就在前面不远的土屋。

外婆收住了哭声，推了我一把，说："你赶快走吧，我不要你管！"

外婆转过身，手扶那根小竹竿，迈着一双小脚，一步步向土屋走去。我看着她的背影，发现她身体有些佝偻，步履变得缓慢。外婆确实老了，我关心她太少了，刚刚在母亲面前流过泪的双眼，又一次被泪水模糊。

一篇散文勾起的回忆

翻看过去的文档，一篇刊登在《江西日报》的散文《绿色的思念》展现在我的面前。那是抚州《赣东报》记者戈克 1990 年写的，当时他寄给我，说这篇文章是应临川干部群众的要求写的，代表了许多人的思念。现在看到这篇文章，又勾起我对几十年前那段岁月的回忆。

那是 1973 年冬，我在临川任县委书记、县革委会主任。当时还处在“文革”时期，许多地方生产和生活秩序还没有恢复正常。比较而言，因为县委一直强调响应毛主席的号召坚持抓革

针锋相对扬正气

命、促生产，所以临川还算稳定。这天，我到地处腾桥公社的界山岭调查研究。当地干部群众一看到我，就围着我提要求：生产队长要求我批点木材修理农具，有的群众要求我批几根木头支撑那倾斜欲倒的房屋，老年人要求我批点指标做寿材。干部群众的要求都合情合理，可是，临川是个缺材县，哪有木头批给他们呀！我到临川工作以来，听到群众反映最多的是要求批木材，处理最多的纠纷是山林纠纷，干部犯错误也往往是在木材指标问题上栽跟头。想到这些问题，我感到十分揪心。看着周围光秃秃的山头，我向他们了解情况。他们说，界山岭过去是古木参天，郁郁葱葱，后来遭受两次劫难。一次是"大闹钢铁"时，树几乎被砍光了，以后慢慢地在恢复。可"文革"一开始，无政府主义思潮泛滥，没人敢管山林，界山岭和周围其他地方一样，又一次被狂暴的刀斧剃了光头。他们表示，"只要县委下决心带领我们植树造林，我们一定能让山岭重新绿起来。"

从界山岭回来后，我同县委一班人商量，只有狠抓植树造林，才能从根本上解决临川缺木材的问题。而动员群众植树造林，一定会得到群众的拥护，也一定能把群众的积极性引导到抓革命、促生产上来，从而排除造反派的干扰，维护社会稳定。县委决定，从1974年开始，用两年时间，在全县造林、种果10万亩。

12月6日，在全县三级干部大会上我正式提出："春节前后集中一段时间，打一场植树造林的人民战争。各地要订出规划，明确任务，并要求保证质量，栽一棵活一棵。"会后，县委、公社、大队三级都成立了"植树造林指挥部"。这时，造反派出来干扰，他们说："叶学龄是在分散革命群众的注意力，用生产压革命，用造林抵制'造反'。"我针锋相对地回击他们："毛主席号召'抓革命、促生产'，革命抓得好不好，最终是看生产上没上去。我们大搞植树造林、开荒种果，就是认真落实毛主席'抓革命、促生产'的指示。"

1974年农历大年初三，许多地方还处在拜年喝酒的浓浓年味中，我们排除造反派的干扰，破除“元宵节前不上山、不下地”的千年陈规，带领全县三级干部，指挥千军万马齐上阵，落实当年的造林、种果计划。宜林则林，宜果则果，腾桥、东馆、茅排、连源、荣山、鹏田等公社以造林为主，大岗、桐源、展坪、三桥、高坪、温泉、红旗桥等公社以种果树为主。我亲临界山岭现场，县委其他领导和各公社、大队干部也都披挂上阵，县、社、大队三级书记任总指挥。各地在“苦战半个月，保质保量完成任务”战斗口号的推动下，纷纷开展劳动竞赛，工地上红旗招展，热气腾腾。“尖刀班”、“突击队”、“铁姑娘”、“老愚公”处处可见，你追我赶，谁也不甘落后。他们说：“为了改变现状，宁愿苦干，决不苦熬。”许多地方规定早晨5点钟起床，可群众4点钟左右就干起来了。而干部们更是起得比群众早，睡得比群众晚，干得比群众多，群众评论干部“过去是光说不干，现在是又说又干，说到做到，不放空炮。”不少干部群众无比感慨地说：“过去元宵节前是喝喝酒、烤烤火，走亲访友轻松过；今年在工地上是抓晴天，抢阴天，热火朝天像夏天。”

为了保证质量，我们要求层层验收，最终要经“县造林指挥部”验收合格后方可收兵。当时大岗、红旗桥两个公社未经县指挥部验收就自行撤兵下山，我们硬是要求他们重新上山补课，直到县里验收合格为止。

由于第一年积累了经验，第二年的工作更顺利。两年时间，胜利完成了造林、种果10万亩的计划。在当时那种周边还在动乱的年代，临川县居然还能组织大规模的“兵团作战”上山植树造林，这是很多人想象不到的。这年，《江西日报》重点报道了临川县抓革命、促生产的经验，临川成了全省抓革命、促生产的先进典型。

这期间，我还亲自抓了红旗桥公社、七里岗垦殖场、唱凯寿亭岗等5个“千亩果园”的典型。为了保证所栽杉树和果树成活，专门设立了管护机构，配备了管护人员。

后来我虽然调离了临川，但心中仍然牵挂着那 10 万亩林果。通过几十年的精心管护，界山岭等地的杉树已繁茂成林，各地的果园亦硕果累累，我当然感到十分欣慰。

如今，读着散文《绿色的思念》，回忆当年的往事，我更加体会到，只要为人民做了好事，人民是不会忘记你的。

附：绿色的思念

戈　克

界山岭网着浓酽的绿色。每当我乘车经过这里的时候，都会情不自禁地探身窗外，真想把这绿色看个够……

这界山岭不算很高。在很远很远的时候，也是莽莽苍苍的。记得我还是孩提时，无数次听到父辈们绘形绘色地讲述“绿林好汉”在界山岭剪径过往行人的故事。后来，狂暴的伐木斧撕下了她的绿罗裙，扯掉了她的绿披肩。从此，她变得像衣衫褴褛的老妪，哭泣无泪。

在那动乱的岁月里，有一位县委书记来到这里。乡亲们围着他，苦苦地求着他，这个请他批点木材修犁耙，那个拉他到倾斜的屋里，请他批根木料撑持一下房屋。这位县委书记手中虽然有权，却因为没有木头而感到揪心的难受。作为党的干部，还有什么比不能为群众解难更难受呢？面对这样的情景，县委书记满脸愧疚。

从界山岭回来后，他便同县委一班人带领群众上山了。一个山头一个山头播下了绿色，又组织人员看护。冬去春来，山头由淡绿变成翠绿，由翠绿变成苍绿。山泉鸣唱了，山雀飞翔了，山花绽开了。这时，县委书记调走了。从此，他没再来，人们只从报纸上看到报道，他又在新的地方播绿了。

绿色的事业是常青的，绿色的思念是常新的。我禁耐不住绿色的诱惑，来到界山岭北麓的一个林场，看到一堆堆间伐的杉木，看到农民一张张笑脸，我思念起那位县委书记。我似乎看到了那位县委书记又来到界山岭，穿行在密密的树林中，攀登着、攀登着，愈走愈远，溶进了那绿色的林海，变成了林海中的一片绿叶……

（原载 1990 年 10 月 17 日《江西日报》）

李井泉回乡

上世纪七十年代，我有幸在革命前辈李井泉的家乡临川县工作，并在接待他回乡探亲时与他有过几次接触。

李井泉出生在江西临川县唱凯镇仓下村。1930年加入中国共产党，参加过二万五千里长征。新中国成立后，担任过中共中央政治局委员、全国人大常务委员会副委员长等重要职务。他曾于1974、1977、1979、1983年四次回仓下村探亲。

最让我难以忘怀的是第一次在仓下村接待他。那是1974年2月，春寒料峭，点点嫩绿已在江南大地萌发。刚刚从被"四

李井泉回乡

人帮”隔离审查中解脱出来获得人身自由的李井泉，忽发思念故乡之情，在离家40多年后首次回到仓下村。我当时是临川的县委书记、革委会主任，负责接待工作。

李井泉回到仓下村，抚今追昔，感慨万千。他关心家乡的山山水水、一草一木，关心家乡的生产、群众的生活。我们陪同他挨家挨户地走访，每到一户他都要嘘寒问暖，乡亲们激动得热泪盈眶。在村小学看望师生后，召开了村干部和群众代表座谈会。村干部汇报了村里的情况和变化，他不时地插话，问长问短，并再三询问还有什么困难。有人就反映说，村边东乡河上的万年桥倒塌了近百年，一直没有重修，河两岸群众生产生活十分不便，建议重修万年桥。李井泉高兴地说：“你们这个想法很好，正合我意。”当时就把陪同的省、地、县、社四级负责同志找到一起商量，研究落实项目和资金，并指着我说：“这件事就由小叶具体负责操办。”他这种倾听群众呼声、为解决群众困难说干就干的作风着实令人钦佩。万年桥复修后，李井泉还为大桥题写了“发展经济、方便交通”八个大字。群众赞颂他的恩德，在桥头题了四句诗：“万年桥复通，开国大臣功。掌权不忘民，井泉万代颂。”

座谈会上有人告诉李井泉，村民李玉祥的父亲病得快不行了，家境困难，想买口棺材都没钱，李井泉立即交代秘书从自己的收入中掏钱替李玉祥家买树做寿材。看到李井泉如此热心地为集体、为乡亲解危济困，他一个在公社当干部的堂弟嗫嗫嚅嚅地对李井泉说，他的家属想要从农村户口转成商品粮户口，希望堂兄在县领导面前帮说句话。不料，李井泉严肃地批评了他，说：“这种事，应该按政策办。”李井泉关心集体、关心群众，而对自己的家人却严格要求，不徇私情，这种公私分明的品格，让在场的所有人都啧啧赞叹。

第二天，我们陪同李井泉参观了临川县农机厂、化肥厂和红旗桥镇柑橘园，参观了当地的农田基本建设。当来到水库时，正值水库抽水起鱼。李井泉看到一条条活蹦乱跳的大鱼，非常高兴，笑着对我说："能不能给我一条大鱼，我要请村民们吃餐饭。"我说："没问题，别说一条，要几条都可以。"临走时，我让工作人员给他买了两条大鱼。下午4时许，李井泉在自家的老屋前摆置酒席。按照随同人员的安排，摆了两桌，一桌坐亲属，一桌坐基层干部和村民代表。李井泉感觉似有亲疏之嫌，便提出将两桌并成一大桌，并说："这样大家更亲热些。"席间，李井泉频频举杯，劝酒劝菜。他指着桌上的鱼说："这餐饭是以我的名义请的，但这鱼不是我买的，是县委出的钱。"说得大家哈哈大笑，气氛十分融洽。

李井泉下榻在抚州地区招待所。他的妹妹从东乡县占圩乡赶来看望，李井泉和夫人杨荫梧陪妹妹三人一起吃了一餐饭。饭后，他交代招待所的工作人员："我的亲属在这里用餐，费用记在我的账上，由我付钱。"尔后，他对妹妹说："你们看过我了，也吃过饭了，就回去吧!"妹妹恋恋不舍地离开了。但过不多久，妹妹又折回来了。我问她有什么事，她说想同她哥哥照张相。我把她的要求告诉李井泉的夫人，杨荫梧立即转告正在休息的李井泉。李井泉说："照相就不必了。"杨荫梧不解，说："你老人家也真是的，跟那么多人都照了相，跟妹妹照张相就不行?"李井泉说："你知道什么！我与其他人照相，是因为他们为我服务，付出了辛劳，我要感谢人家。跟妹妹照相也不是不可以，我是怕她的儿子将来拿着照片到处张扬，干出不好的事情来。"李井泉硬是没有与妹妹合影，妹妹只好带着遗憾回去了。

李井泉下榻地区招待所期间，抚州市和临川县一些造反派闻讯赶来，围着李井泉住的房子呼喊口号："我们要见李井泉！我们要落实政策!"李井泉问我："他们是些什么人？他们要落实什么政策?"我说："他们是造反派，要到地区和县革委会来上班。"李井泉说："不见！他们想打着我的牌子来压地方党委，办不到!"

李井泉四次返乡，说明他恋故乡、恋亲情，心怀故土，心系百姓。我四次陪同他回乡探亲，耳濡目染他的一言一行，深受教育，终身受益。他公私分明、是非分明、爱憎分明，重亲情但更重原则。他爱家乡、爱祖国，逝世前还留下遗言，要将骨灰一半安放八宝山，一半安葬在临川唱凯仓下村。不论做人还是做官，他都是我们的楷模。

“先栽禾后让路”

1974 年 4 月的一天，风和日丽，鸟语花香，正是栽插早稻的大忙季节。我像往常一样，头戴草帽，脚穿草鞋，推着半新不旧的自行车出了家门。

我是要到距县城十多公里远的秋溪公社去出席公社三级干部会议。一路上，看见公路两旁新栽的秧苗横平竖直，疏密得当，规格合理，心里十分高兴。但又想，公路两旁的禾苗栽得好，偏远的地方又怎么样呢？

当我骑车路过连城公社大兴大队时，看见离公路不远处的田野里有一群男女社员正在插秧，便将自行车龙头一扭，离开公路，拐上田埂，朝前骑去。谁知，车到社员插秧的田头，田埂上堆放着 10 多担秧苗，我便下车，笑着对迎面挑秧过来的小青年说：“小伙子，请你帮个忙，把田埂上的秧苗挪一下，让我过去。”

“帮你挪一下，你是什么人？”

“我是一个过路人，要到秋溪去。”

“大路不走走小路，你吃了没事，游手好闲的吧？”

此时我不想解释，更不想暴露自己的身份，只是微笑着与他商量。

正在插秧的另一个青年直言不讳：“牛作田，马吃谷，乡下人辛苦，城里人享福。不能让他过去。”

"哪有不让人过路的道理?"

"除非你帮我们栽一畦禾才能让你过去。"

我想,这小伙显然是在刁难人,但栽禾绝对难不倒我。于是问:"说话算数不?"

"当然算数,一言既出,驷马难追!"

我放好自行车,脱掉草鞋,卷起裤筒就下田。社员们都停下手中的活来观看,只见我栽得又快又直,随着两脚交替移动,六行禾苗均匀地向后延伸,于是不断爆发出"啧啧"的称赞声,他们与我这个陌生人感情上的距离一下就拉近了。

那个刁难我的年轻人心里一惊,后悔刚才自己的鲁莽,也由衷地说:"这个人还真是个作田的行家!"

这里的生产队长扛着锄头从秧田那边走过来,老远望见田里多了个戴草帽的人,近前一看,认得是我,连忙喊:"叶书记,你怎么在这里? 快上来! 快上来!"

我抬起头笑了笑:"不行,我还没有栽完这畦禾呢!"

听到生产队长和我的对话,社员们都惊呆了。那挑秧青年悄悄地问队长:"他是县委叶书记? 你怎么认识的?"

队长说:"我参加过全县四级干部大会,听过叶书记作报告。"

当我栽完一畦禾洗脚上田塍时,小伙子早已把拦路的秧苗搬开了。

队长一边同我握手,一边大声呵斥怯生生站在一旁的小伙子:"还不快向叶书记赔礼道歉!"

我笑着说:"不要怪他。大家都上来休息一下,我们开个简短的田头座谈会。"我想,正好借此机会,与农民兄弟交流一下,既了解情况,又解开他们心中的疙瘩。

社员们在田角处稍稍聚拢,有的站着,有的用斗笠垫地坐着,几个男的还拿下挂在腰间的竹壳烟袋抽起烟来。我也摘下草帽垫地而坐,先叫队长谈了一下春插的进展情况以及存在的困难和问题，尔后征求大家对县委工作的意见和建议。我说：“我栽了一畦禾，你们每个社员给我们县委提一条意见或建议。这也叫等价交换吧！”几句幽默的开场白把大家逗笑了，社员们紧张的情绪一下子就放松了，场面也顿时活跃起来，你一言、我一语地说：“我们面朝黄土背朝天，一年到头扁担不离肩，一天还赚不到一包烟；国家干部一份报纸看半天，一个月工资抵得我们干半年。”“作田人靠的是一双肩头两只手，一天不做就冒有。”

看到大家发牢骚，吐怨气，队长站在一旁急了：“叶书记，他们口无遮拦乱说，你莫见怪。”我说：“毛主席教导我们，言者无罪，闻者足戒，有则改之，无则加勉。让大家把心里话都说出来吧！”在我的鼓励下，社员们又心平气和地讲了很多心里话，提了一些意见和建议。

打铁看火候，穿衣看气候，谈话看时候。我看到大家把心里话都说出来了，觉得是自己该讲话的时候了。于是，我首先表扬大家的劳动干劲，感谢大家把自己当朋友，讲了那么多心里话。然后，话锋一转：“工人做工，农民作田，医生看病，老师教书，机关干部为群众办事，就像在马路上，有开汽车的、骑自行车的、拉板车的、推独轮车的，也有步行的，但大家都是走同一条路，叫社会主义道路，只是社会分工不同。不论哪个行业的人，都是在干社会主义，不能认为只有种田的人是搞社会主义，其他人就是光享福。比如：我今天是去秋溪公社参加他们的三级干部会，去作报告，你们栽禾，这也是社会分工不同。现在我栽了一畦禾，挑秧的小伙子你给我到秋溪去作个报告。”我的话音一落，社员们就对着那个小伙子起哄：“快去作报告！”“快去呀！”小伙子腼腆地低下了头。接着我又说：“刚才有人讲到机关干部养尊处优的现象，那只是极少数人，县委正在采取措施，加以解决。”我向大家介绍了有关情况：“县委常委除了两人在机关主持日常工作外，其余都深入基层蹲点，要求蹲好一个点，抓好一个社，带好一个片，管好一条线，劳动60天。机关干部三分之一的人在单位处理日常事务，三分之二的人下到农业第一线，与社员同吃、同住、同劳动。”话音刚落，大家热烈鼓掌。

一畦禾苗，成了社员与我亲密联系的纽带。一个座谈会，在我与社员间架起了信任的桥梁。临走前我交代生产队长，不要责怪那个小伙子。当我推着自行车挥手与大家告别时，社员们异口同声高喊：“叶书记，欢迎您再来！”

一路上我想，群众虽然有些怨气，还是通情达理的。只要动之以情，晓之以理，说明情况，因势利导，就能理顺情绪，化解矛盾。

穿草鞋引起的误会

在临川工作期间，我下乡调查研究时通常都是头戴草帽，脚穿草鞋，背一个内装笔记本的挎包，骑一辆自行车。这“四件宝”既实用又方便，天晴下雨都不怕，大路小路都可走，想去哪里就去哪里。有时，将草鞋一脱，就可以下田与农民群众一起劳动。当然，由于这身穿戴，也曾引起一些误会。

1974年秋的一天清晨，我骑着自行车从蹲点的温泉公社六岭大队出发，沿着乡间公路检查铲草积肥工作。当来到三桥公社与高坪公社交界的一个村庄时，忽然听到身后有两个青年男女对话。

男的说：“莫道君行早，更有早行人。”

女的说：“这人八成也是去赶集的。”

我听他们说话文绉绉的，觉得蛮有意思，就停下车来等他们。当他们赶上来后，我主动搭讪：“你们这么早是要去哪里呀？”

男青年说：“到高坪赶集去。”

我说：“还以为你们是去上学呢。”

女青年说："毕业了，回乡啰。"

男青年说："县委号召积肥造肥，要求山上铲草烧灰，田间清沟集污，池塘放水取泥。我们这就是去买畚箕，准备挑塘泥用。"

我正是要检查铲草积肥工作，听他们这样说，恰似瞌睡碰到了枕头，于是说："你们那里积肥造肥工作抓得蛮紧嘛。"

男青年忽然问："听口音你不是本地人？"

我说："我从六岭来。"

"你这么早要到哪里去？"

"我去高坪公社办事。"

女青年说："是啊，去晚了，公社干部都下到大队、生产队去了。毛主席说'深挖洞，广积粮'；县委叶书记说'多积肥，多打粮'；公社干部说'庄稼一枝花，全靠肥当家'，弄得我们一年到头莫想歇一下。"

男青年接着说："老辈人说种田难，种田难，半年辛苦半年闲；现在是铲草积肥，农闲季节也不得闲。"

听他们的议论，似乎有点怨气。我说："抓紧完成任务不就可以歇歇了。"

一说到任务，他们就说，任务层层加码，要"抓阴天，战雨天，晴天一天当两天"，超了还要超。我顺便就了解了他们队任务多少，完成多少，积肥造肥有什么新招。

结伴而行觉路短，不一会儿就来到高坪公社大院门口。公社武装部邹部长与我打招呼："叶书记，您这么早就来了！"

"天啦，他是县委叶书记！"男青年伸了伸舌头，女青年做了个鬼脸，尴尬地掉头就走。

后来听说，当天晚上他们村为这件事发生了争吵。有人怪他们："当着县委叶书记的面发牢骚，这下村里丢人丢大了。"他们争辩说："我们又不是故意的，是他穿草鞋惹的'祸'，谁知道他是叶书记。"他们担心村里会挨剋，一个小伙子说，"今年

‘双抢’期间，叶书记赶去唱凯公社，走到黄泥岗粮站时自行车没气了，就到粮站去借打气筒。粮站几个职工正在聊天，不认得叶书记，硬是没有把打气筒借给他，第二天就被罚去参加‘双抢’劳动，黄泥岗粮站也被通报批评。”生产队长说：“那不一样，县里决定各行各业都要下去支援‘双抢’，他们却坐在单位聊天，挨通报批评活该，跟借打气筒没关系，叶书记哪会那样报复人？”

作为一个县委书记，戴草帽、穿草鞋、挎背包、骑自行车，引出一些误会，在所难免。我并不因此而感到委屈，反而觉得自豪，因为老百姓完全不把自己当“官”看待，说明自己还保持着劳动人民的本色。老百姓也愿意与自己交朋友，对自己讲真话、知心话。

莫小看了一餐饭

上世纪七十年代，机关干部下乡蹲点调查，都是在群众家里吃“派饭”，并要求与群众实行“三同”，即同吃、同住、同劳动。

1975 年，我带几个干部到临川县温泉公社六岭大队大塘塍生产队蹲点。去之前，在吃饭的问题上我与大家约法三章：一是吃“派饭”，不吃“招待饭”；二是轮到哪家就在哪家吃，不挑供饭户；三是碰到什么就吃什么，不加菜。我自己带头做到，每次在群众家里吃饭，只吃素菜，不吃荤菜，而且快吃快放碗。开始时，大家都能严格执行。

有一天，我到县委开会回到村里，生产队长对我和几个蹲点干部说，今天晚饭换一户人家。我问为什么，队长说：“轮到的那户屋里太脏，鸡蹲在板凳上拉屎，小孩鼻涕吊到嘴边，老人患气管炎不停地咳嗽，谁见了也吃不下饭。”

我说："轮到哪家就应该到哪家去吃，不能跳过。假如跳过一户，就是对人家的不尊重，会伤害人家的自尊心。还不只是伤害了群众，也暴露了我们世界观改造不够的问题，千万莫小看了一餐饭！"

几个蹲点干部说："队长是从卫生的角度考虑，没有别的意思。"

我说："人家屋里不卫生，要教育帮助他们讲卫生；人家老人有病，我们要帮助找人医治，决不能嫌弃他们，而要关心他们。"

队长说："今天就违规一次，下不为例。"

我说："不行，就从今天做起！"

队长说："原打算跳过这户，现人家连茶都没准备。"

我说："还准备什么？他们吃什么，我们也吃什么。"

在我的坚持下，我们还是到原先轮到的那户人家吃晚饭。

这年冬天，我和蹲点村的社员一道在范源山上参加大队组织的开荒种树。中午的饭由各生产队在村里集中煮好送到山上来吃。第一天中午，大队带队的副书记章香金要我到大队去吃，我不同意。

章香金说："我们保证按你的规矩办，就炒几个素菜，决不超标。"

我说："不是超不超标的问题。我们蹲点要'三同'，怎么能'吃小灶'？'小灶'一吃，就是言行不一。"

章香金拗不过我，只好由我与社员一道在山上吃饭。我蹲点的村送来的是三个菜：萝卜烧肉、芋头、青菜。香喷喷的饭菜，热腾腾的气氛，大家有说有笑，吃得有滋有味。一个社员从萝卜中夹出一块肉来，俏皮地说："今天这餐饭真有味道，还有叶书记同我们一起在萝卜田里赶猪（当地的歇后语，意思是萝卜多猪肉少）。"

一餐饭，吃出了我们的真诚，吃出了我们与群众的感情，也吃出了群众对我们的信任。

选配班子费思量

1975年上半年，临川县委研究，鉴于鹏田公社领导班子不团结，严重影响工作的情况，拟将其一、二、三把手同时调出，另选贤能。根据平时掌握的情况，已有几个人选，但这些人究竟行不行？哪几个人搭配才是最佳组合？我打算亲自面对面地考察，同时听听群众的反映。

当我来到地处临川县最西边的桐源公社黄源大队调研时，这里的干部群众普遍反映，该公社39岁的副书记黄同保有水平，有能力，工作积极肯干，能吃苦耐劳，能打硬仗、攻难点，善于做群众工作，能与群众打成一片。于是，我决定与黄同保进行一次深入的面谈。当晚，我骑自行车赶回公社，与黄同保同床共寝。我们俩拉家常，谈工作，探讨问题，交换意见，一直谈到半夜。通过长谈，我发现，黄同保不仅对全公社的情况熟悉，而且工作思路清晰，对一些问题有独到的见解。更可贵的是，他心胸开阔，能团结人，善于调动大家的积极性，是个能当“一把手”的材料。我准备推荐其担任鹏田公社书记。

鹏田公社原班子不团结的教训就是一、二、三把手各吹各的号，各唱各的调，互相之间不是“补台”而是“拆台”，不是同心同德、同舟共济，而是同床异梦、同室操戈。因此，我在选定主政鹏田的一把手候选人后，又下意识为其考察配备好的“搭档”。经过多地考察，多方了解，多人对比，最终选择提拔太阳公社32岁的革委会副主任艾祥珍、嵩湖公社29岁的一般干部戴俊文为鹏田公社副书记的候选人。

然而，当组织部门对以上三人考察时，有人反映戴俊文的父亲曾当过伪保长。在那个年代，当过伪保长就属有历史问题，其子女是不能提拔重用的。怎么办？县委班子中大多数人都主张另找合适人选。我想，戴俊文是在家乡七里岗公社由优秀的大队书记转为国家干部的，如果父亲有历史问题，当年怎么能当上大队书记呢？是组织上疏忽了还是本人隐瞒了？是否还有别的原因？正好我要去七里岗公社，顺便做个调查。于是，顶烈日，冒酷暑，骑着自行车来到七里岗公社丰溪大队。经向大队会计万寿南等人了解，戴俊文父亲当伪保长一事，子虚乌有，纯属造谣。为什么会空穴来风呢？原因是戴俊文为人正直，加上年轻气盛，对一些不良行为看不惯，肯提意见，触及了个别人的切身利益，此人便在关键时刻捏造事实报复他。假如不认真调查核实，谣言很可能伤害戴俊文一辈子。

县委经过讨论下达了对黄同保、艾祥珍、戴俊文的任命。他们同时赶到鹏田公社报到，见面后风趣地说："我们三人年龄相加，正好 100 岁，因此，要使出百分之百的劲头来工作，不负重托，为鹏田人民造福。"实践证明，他们说到做到。走马上任之初，三人分头深入各村调查研究，在充分掌握情况的基础上，作出了两项大胆的决定：一是根据本地的气候和土壤情况，引进西瓜种植，一炮打响。一时间，"鹏田西瓜"走俏抚州，鹏田路上车水马龙，购瓜者纷至沓来。二是他们了解到地处界山岭东北面的刘家、陈坊、符仓、余家四个大队有 5 000 多亩深脚冷浆田，自从种一季水稻改为种植双季后，产量一直上不去，两季相加每亩产量才 400 斤左右。原因是早稻要到立夏左右栽，日照时间短；晚稻立秋左右栽，难避寒露风。于是，他们果断决定改回种植一季，引进优良品种"早广 2 号"。这一举动在当时被批评是"倒退"、"复辟"，但我却赞赏他们实事求是的精神和勇气。结果，这片冷浆田喜获丰收，平均亩产 800 多斤，不少田块高达 900 多斤，一季"跨纲要"（即 1956 年制定的我国农业发展纲要四十条，规定长江以南粮食亩产达到 800 斤），远远超过了原双季的产量。几年下来，鹏田的各项工作均走在全县的前列，地、县有关部门纷纷到鹏田总结经验。

鹏田公社领导班子配备成功，使我深深地体会到，领导在选拔和配备干部时，不能光听他人介绍，一定要多方考察，既要当面听其言、观其行，又要广泛听取群众的评价。对个别别有用心之人的诋毁之言，要认真甄别，分清真伪，否则，不仅会影响干部个人的前途，也会影响干部队伍建设。

平息“转正”风波

1975年，还是“文革”动乱的年月。这年8月的一天，在临川县七里岗共大分校内闹了一场风波。

这天上午，我到省城办完事后，坐着吉普车急匆匆地赶回临川，准备到七里岗共大分校参加全县教育工作座谈会。当车子路过七里岗公社开往共大分校的路口时，几个公社干部拦住车子，劝我不要进去。他们告诉我：“有几百人在共大等你，扬言要把你‘抓’到县磷肥厂去解决问题。”原来，县磷肥厂、化肥厂、农药厂、水泥厂几百名“亦工亦农”不在编制内的工人，在造反派的煽动下，掀起了一股大闹“转正”的风波。他们先把县委副书记龚桂珍、赵蔚文扣押起来，然后到处找我。当打听到我去了省城办事，下午会赶到共大七里岗分校出席教育工作座谈会时，便开着三辆大卡车，拉了200多人赶到七里岗共大分校守候。

司机郑彝高听到这一情况后，对我说：“叶书记，共大不能去，我们先到七里岗公社吃中饭，避一避再说。”说着就要掉转车头。

我赶忙制止他：“小郑啊，我答应了参加会议又不去，这不是失信吗？再说，我不去，那出席会议的其他领导被围在里面怎么办?”

郑彝高急了,“他们要抓的是您,不是其他领导,您去了有危险。”

“有危险也要去。我是县委书记,如果碰到问题就躲避,那全县不就乱套了?”

郑彝高见我态度坚决,只好硬着头皮把车子往七里岗共大分校开。刚到共大校门口,一伙人便潮水般涌了过来。他们拦住车子不让进校门,并大声吆喝:“叶学龄下来!”“叶学龄跟我们到厂里去解决问题!”“把他拉下来!”一时间,进校门的路被堵得水泄不通,喊叫声一声比一声高。有个家伙把汽车的钥匙抢走了,生怕我跑了。

面对这乱哄哄的局面,我大声说:“你们不是要解决问题吗,那要先让我进去,堵在这里怎么能解决呢?”“不行,不能让他进去!”“不答应给我们转正就打他!”有几个家伙躲在人群中煽阴风。

听到这里,我怒火中烧,气愤地走下车来,面对刚才叫嚣的方向说:“你们人多,可以把我打死,但只要是在共产党领导下,你是逃脱不了的。那时我是烈士,你是现行反革命,必须枪毙。你如打不死我,我还是县委书记,我就要把你打入坏分子行列。”

这一席话,把少数坏人镇住了,也把跟着起哄的群众点醒了,他们纷纷后退,让我进入校园。当走到共大办公楼前时,参加教育工作座谈会的同志一部分保护我上楼,一部分堵在楼梯口不让闹事者上去。

我快步走到二楼阳台栏杆边,向着楼下黑压压的人群高喊:“同志们,请你们先回去,你们提出的问题,只要符合政策,我们一定会考虑,如不符合政策,闹也没有用。今天天气这么热,大家要防止中暑……”

“不能回去,不要上他的当!”“今天不解决问题就不走!”人群又开始骚动起来。

这时，县革委会政治部主任何金元和县教育局长李道芳也站在我身旁对着楼下做工作：“大家听叶书记的，先回去，问题要慢慢解决，聚集在这里不是办法……”

“我们不走，走了问题就会不了了之。”

望着情绪激动的人群，我担心一小撮坏人继续兴风作浪，使局势越搞越乱，便大声说：“你们中间有共产党员吗？共产党员请到楼上来。”

底下没有人应答，也没有人敢上楼来。我继续说：“如果有人是共产党员而又不敢站出来，以后被我查出来了，那就宣布除名，因为你不承认自己是共产党员，连你的入党介绍人都要受到处分。”

话音刚落，立即有10多个人从人群中走了出来。我叫何金元把他们带到会议室，先是严肃地批评了他们的行为，而后吩咐他们带着大家回去，并答应：“只要你们放了龚桂珍和赵蔚文，恢复生产，烟囱冒烟，明天我就会到厂里去。如果做不到这两条，我就不去。对少数煽阴风、点鬼火的坏人，我将派保卫部的人把他们抓起来。”

经过说服教育，党员们开始认识了自己的错误，一个个下楼去做工作，把我的话传达给大家，并带头爬上汽车，其余的人也就陆陆续续跟着上了车。

望着满载而去的三辆大卡车，我和在场的人都感到如释重负。这时，已是下午两点多钟，只觉得肚内饥肠辘辘，匆匆吃了一大碗饭，准备下午到教育工作座谈会上作报告。

谁知一波刚平，一波又起。据说，当三辆卡车把那批闹事的人拉回磷肥厂时，留守在厂里的另一批人便围上去问：“你们把叶学龄抓来了没有？”“还说抓他，他反倒要抓我们呢！”“怕什么，我们还怕当权派？”“你们是投降派，没有用！看好龚桂珍和赵蔚文，我们去！”

我和参加“座谈会”的同志刚走进会议室准备开会，就听到校门外汽车喇叭声。何金元走到门口一看，又见两辆卡车载着满满的人冲进了校门，赶忙对我说：“叶书记，你快避一避，又来了两车人。”“不行，我一走，这里还不知道要被他们闹成什么样子。”说完我便毫不犹豫地走到阳台上。

只见两车人纷纷跳下车来，边跑边叫：“叶学龄，你跟我们到厂里去！”“不达目的誓不罢休！”他们乱哄哄地往楼梯口冲来。这时，参加座谈会的戴俊文等人早已把守在楼梯口，厉声喝退他们：“你们有事说事，不能乱来！”

我说：“你们派10个代表上来谈。”

“不行，我们派20个代表上去。”

“可以！”

少顷，20个代表走进了会议室。何金元招呼他们坐下，要求他们心平气和地谈谈自己的想法。马上有一人站起来说：“我们平时背着米袋子到工厂上班，农忙季节又要回去参加农业生产，工人不像工人，农民不像农民，不荤不素。要求很简单，就是吃个商品粮，转个正式工。”

“我们没有别的想法，就是这个要求。”其他10多个人一齐附和。

我接过他们的话题说：“你们的情况我了解，你们的心情我也理解，你们的要求能不能达到，我说了不算。我已给前面来的人讲了，第一，只要符合政策的事情，我们一定会积极办，不符合政策的事情，坚决不能办，你们闹也没有用，你们今天就是捉着我的手签了字也是无效的。第二，明天我会到你们厂里去，但有两个前提条件：一是立即把龚桂珍、赵蔚文两同志放出来抓工作，二是立即恢复生产。如果做不到这两条，明天我也就不会到你们厂里去。”

“不行，今天你不去，我们无法向弟兄们交差。”

“今天你不去，我们就不走。”

望着几个叫得最凶的人，我灵机一动："你们这些代表是哪个公社哪个大队的人？"

"我是桐源公社黄源大队的。"

"我是湖南公社春光大队的。"

"我是龙溪公社张家大队的。"

我对何金元说："何主任，你分别给黄源大队书记邹旺发、春光大队书记刘和生、张家大队书记张象生打电话，通知他们赶过来把本大队的人接回去。"

在场的人听了都非常惊讶，悄悄议论："全县300多个大队，书记的名字他都知道！"那些"代表"们更是紧张，因为他们知道"县官不如现管"，真要是大队书记来了，那就只能吃不了兜着走。他们面面相觑，轻声嘀咕："善人怕恶人，恶人怕高人，叶学龄是个高人，我们斗不过他。算了吧，还是先回去，不要弄得鸡没偷到反倒蚀把米。"

他们软下来了，态度来了180度的大转弯，再也不叫"叶学龄"，而是叫"叶书记"。有人说："莫吵、莫吵，听叶书记讲。"有人说："叶书记，那你说怎么办？"也有人说："叶书记，你说明天到我们厂里去，说话算数不？"

我说："当然算数，只要答应我说的两个前提条件，烟囱冒了烟，明天就是要杀我剐我我都会去，否则，我坚决不去。"

"好，我们一定照办，立即放人，立即恢复生产。"

就这样，一场风波终于平息了。

第二天，我准备赶往磷肥厂，许多人都劝我不要去，说："您一去就脱不了身，是送肉上砧。"我说："承诺了的事情就要兑现，否则，就会失信于民。"我认为，昨天闹事的人中绝大多数是受蒙蔽的，躲在后面煽风点火的坏人只是极少数。

当我驱车来到红旗桥镇河对面的上顿渡公社梁宪大队时，看到化肥厂、磷肥厂等几个工厂的烟囱都在冒烟，心中一阵喜悦。我先到磷肥厂，召开党员座谈会，和大家一起学政策、摆情况,讲道理,动之以情,晓之以理,严肃地指出他们的错误和造成的危害,批评他们的鲁莽行为。我语重心长地说:“毛主席说在党委领导下闹革命,号召抓革命、促生产,你们却带头闹事,停工停产,违背毛主席的指示,搞无政府主义,算什么共产党员?我要审查你够不够格。你不想当个好党员也要当个好工人,不想当个好工人也要当个好农民。”一席话,使他们对自己昨天的行为感到十分愧疚,后悔不已,说自己忘了本,忘记了自己是共产党员,并表示一定改正错误,坚持带头“抓革命,促生产。”

身处此境,我感慨万千:共产党员还是有觉悟的,只要我们把情况说清,道理讲透,他们是通情达理的。最后我说:“现在是运动中,闹也不能解决问题,等到运动结束后,凡是符合政策可以解决的问题,我们都会给你们解决。”他们热烈鼓掌。

平息这场风波,靠的是什么?靠的是相信和依靠群众中的大多数,靠的是共产党员和基层干部,靠的是正义在胸,坚信邪不压正。作为一名领导干部必须做到面对是非不含糊,原则问题不放弃,矛盾面前不回避,风险面前不畏惧。

“我们就是你的亲人”

1975 年 9 月的一天,我到县二轻局调研。一进局长办公室的门,就看见一个操着外地口音的年轻人正在和局长邓和堂交谈。

“叶书记,您来了!”邓和堂一边上前与我握手,一边摆手叫那年轻人出去。

我示意年轻人坐下,说:“没关系,你们先谈完吧!”

那年轻人腼腆一笑,继续着刚才的谈话:“我是湖南人,大学毕业后分配在临川工作,爱人是吉林省长岭县太平川镇五金厂大集体职工。我们结婚几年，现有两个孩子，大的3岁，小的1岁，夫妻分居南北两地，相隔几千里，过着'牛郎织女'的生活，家庭十分困难。我是个外地人，在这里举目无亲。所以，万望领导帮忙，把我爱人调来临川工作，或让我调到吉林去，解决我的后顾之忧，我们全家将感激不尽。"

我听完年轻人的情况介绍便问："你叫什么名字？在哪个单位工作？"

"我叫谭德荣，在七里岗共大分校当老师。"

"你的情况确实很特殊，写个报告给我，我来帮你想想办法。"

谭德荣喜出望外，当场就写。这时，我又对他说："小谭，我要批评你，你说在临川举目无亲，这话说得不对，生活在社会主义祖国这个大家庭，处处都有亲人。在临川，我们就是你的亲人。"

谭德荣连连点头："叶书记，您批评得对。"

谭德荣把写好的报告交给我就走了。我与邓和堂商量，打算把谭的爱人调到上顿渡板钳厂。我在谭德荣的报告上签署了意见，交由分管工业的副书记吴和昆去亲自处理。

处理完这件事后，我心情久久不能平静。心想，全县干部中像谭德荣这样的"牛郎织女"还有不少，我们应主动去了解他们、关心他们，帮助他们解决实际困难。为政之道，在于安民；安民之要，在于察其疾苦。我在县委领导班子会上讲述了遇见谭德荣的故事。我说：领导干部要有济世情怀。范仲淹以"先天下之忧而忧，后天下之乐而乐"自勉。我们领导干部要把实现群众愿望、满足群众需求、解决群众困难作为自己工作的出发点和落脚点。要"上半夜想自己，下半夜想别人"。常言道，"为官一任，造福一方。"既然为官，就要在有限的任期和职权范围内，为人民群众尽量多做好事和实事。如没做好，就应愧疚。清代郑板桥做县令时，曾为做善事力不从心而负疚，故有"衙斋卧听萧萧竹，疑是民间疾苦声”之感慨。而今，我们共产党人是为人民服务的公仆，比封建社会的官吏觉悟应更高，境界应更高，对自己的要求也应更高。要时刻看到自己工作上的差距与不足，常怀歉疚心和欠账感。在这个会上，我要求领导班子成员和有关部门按各自分管的行业进行调查，了解全县尚有多少“牛郎织女”，各自情况如何，并提出具体解决办法。

会后，分管领导及有关部门立即行动，深入调查，很快掌握了第一手情况，并就有关问题，区分轻重缓急提出了解决的意见。有的家在外省、外地区、外县的，我们主动与对方联系，帮助将其配偶调来临川，少数由于种种原因配偶不能调来的，我们则不设卡强留，允许其调出，回原籍或到爱人所在地工作。我们通过帮助办理工作调动、帮助解决配偶“农转非”等措施，解决了一批“牛郎织女”两地分居的困难，仅教育系统就解决了几十位老师的问题。县委这一举措，使“牛郎织女”们深受感动，他们心怀感激地说：“县委就是我们的亲人，我们一辈子都不会忘记。”

“牛耕田”入党

1975年10月，临川县化肥厂职工议论纷纷：“牛耕田”入党了。多数人说：“牛耕田申请入党多年，现在终于获得批准，真是大喜事。”也有人说：“他的父亲在国民党部队当兵，现还在台湾，怎么能让他入党呢？”更有人说：“人家虽有海外关系，但也有上头关系呀，正月初一，老厂长还陪同县委叶书记去看望他。”

“牛耕田”，何许人也？他本不姓“牛”，而是姓“郑”，叫郑耕田，是县化肥厂合成车间的一名青年工人。因工作积极肯干，任劳任怨，而且还有股牛脾气，领导交给他的任务，再困难也要想方设法去完成,从不退缩,从不言败,被工人们誉为“一头犟牛”,所以戏称他“牛耕田”。随着时间的推移,久而久之,人们渐渐忘记了他本来的姓,都叫他“牛耕田”。

1975年正月初一,县委副书记、原化肥厂厂长赵蔚文陪同我到化肥厂看望节日坚守岗位的职工。当来到合成车间时,赵问现任厂长王钦荣:“‘牛耕田’呢?”

王回答说:“昨天他上晚班,现正在家里休息。”

我好奇地问:“‘牛耕田’是谁?”

赵说:“就是我曾与您说过的那个父亲在台湾的青年职工郑耕田。”

我想起来了,那是赵蔚文任厂长期间,一次汇报工作时说:“我们厂有个青年工人,平时喜欢看书看报,工作主动积极,对不良现象敢说爱管,干部职工对他反映都很好,可就是有海外关系,父亲在台湾。他想入党,行不行?”我说:“当然可以,关键是看他是否够党员条件。”

听赵蔚文和王钦荣又说到这个青年,我便说:“走,到他家里去看看。”

我们来到郑耕田家里,一看就知他是个精明强干的小伙子。见我们来了,他有点局促不安。王钦荣赶忙说:“今天是农历新年第一天,老厂长陪同县委叶书记来给工人们拜年,特意来看看你。”

“不敢、不敢,我应给领导拜年。”他显得很激动。

我问他:“小郑,今年多大了?”

“过年又大了一岁,28啰!”

我们拉了拉家常,也聊了聊工厂里的情况,他给我的印象很不错。临别时,我拍拍他的肩膀说:“小伙子,好好干,厂领导对你不错,别辜负了他们。”

“决不辜负领导的培养!”

回来的路上,我对王钦荣说:“是棵好苗子,你们要好好培养。”

王钦荣却很不高兴地说：“怎么培养，厂里要发展他入党，报上去却不批！”

“什么原因？你们去问了吗？”

“问了，说是有海外关系，不能批。”

“具体情况搞清楚了吗？”

“早就搞清楚了！”赵蔚文接着介绍说：“郑耕田生于1947年，不到2岁父亲就被抓壮丁去当兵，后听说随国民党部队去了台湾，但一直杳无音讯，因此母亲便带着他改嫁。”

“他继父情况怎样？”

“他继父叫黄祥珍，是土改出身的干部，现任湖南公社党委委员、副社长。”

假期结束后上班的第一天，我便找来组织组负责人老何，详细了解郑耕田的情况，与赵蔚文同志所讲一致。老何说：“讨论时大家意见不统一，不少人认为郑耕田本人符合党员条件，但父亲在台湾，属于有海外关系，为了保证党组织的纯洁，不宜发展。”

我批评老何同志：“你们也不会动脑筋想想，被国民党抓壮丁后又被逼去台湾的人，本身就是受迫害，至今很多人都下落不明，还不知道是死是活。即使活着，是否与家人有通信来往？这是其一。其二，社会关系主要看影响，当年去台士兵的子女都很小，长大后思想和行动上没有受其任何影响，像郑耕田，影响他的不是生父而是继父。具体事情要具体分析，不能谈‘海’色变啦！”

一席话说得老何连连点头：“叶书记，您的话使我茅塞顿开。下次开会研究时，我就用您这番话来开导大家。”

事后，组织组的同志认真贯彻党的“有成分论，不唯成分论，重在政治表现”的政策和周恩来总理关于“个人的出身不能选择，但前途是可以选择的”指示，对原来因家庭出身不好、社会关系复杂和历史上有些问题的发展对象，一个个进行了具体分析和甄别，使一批像郑耕田那样表现突出的优秀分子入了党。

针锋相对扬正气

1975年冬的一天，我得到一个“紧急情报”：本县不同观点的两伙造反派纠集了几百人，将在近两天进行一场火并，双方剑拔弩张。

怎么办？我立即召开紧急会议研究对策。会上，有的人认为，这是造反派与造反派之间的械斗，县委不要去管它。也有的人建议，组织基干民兵出面制止。我想，这两种意见都不行。第一，虽然是造反派之间的械斗，但是在临川境内，县委如知情不管，属于渎职。第二，这场械斗如发生，必将两败俱伤，酿成流血事件，受伤害的还是无辜百姓，造成的后遗症不堪设想，临川的大好形势将遭到严重破坏。因此，县委一定要出面制止。但动用基干民兵硬性干预肯定不行，弄得不好，会造成更大的乱子。看来只能智取。我们了解到，这场械斗的始作俑者，是两个公社书记，他们分别是两伙造反派的头头。只要想办法先把这两个人控制住，两伙造反派就打不起来。

于是，县委发出紧急通知，要求各公社书记立即赶到桐源公社开会，不得迟到、缺席。那两个公社书记也不得不来参加会议。待人员到齐后，我突然宣布：今天组织大家到大寨去参观学习，这期间，你们家里的工作县委会指定其他同志负责。当时通讯不发达，那两个公社书记无法与其他造反派联系，急得像热锅上的蚂蚁。两伙造反派群龙无首，这场一触即发的械斗就此流产了。

由于走得匆忙，公社书记们都没有带参观的经费，参观学习结束后，已无钱买票返回。我吩咐工作人员给县委办公室拍电报，请速汇款。谁知办公室的同志打来电话称，银行的造反派肆意刁难，说你们当权派在外面游山玩水，不同意办理汇款手续。我听后，交代办公室人员打电话到省委办公厅求援。在省委办公厅军代表的干预下，银行造反派只好同意把钱汇出。

回县后，县委召开三级干部大会，听取“参观团”赴大寨参观学习的情况汇报。当得知银行的造反派曾蓄意刁难时，一些基层干部出于气愤，将银行的两个造反派头头带到会场，接受与会代表对他们的批判，迫使他们老老实实承认“破坏农业学大寨”的错误。尔后，用拖拉机把他们拉到距县城30多公里外的龙溪公社一个边远大队监督劳动。这件事轰动全县，老百姓把它作为一个传奇故事讲述。他们说：“到处都是造反派斗‘当权派’，只有临川县敢斗造反派。”

临川的造反派恨透了我，他们大闹县委，要我出来回答他们的问题。我说：“可以，装上两个麦克风，你们一个，我一个，让你们先讲，咱们当众辩论。”可是，他们不敢来。

抚州地区的造反派扬言：“一定要打倒叶学龄！把临川的阵地夺回来！”他们来势汹汹，先是在县城贴标语、刷大字报，而后酝酿扰乱县委的大型活动。这激起了临川革命群众的义愤，坚决支持县委，自发地与造反派作斗争。造反派贴标语、刷大字报时，县城所在地上顿渡公社的基干民兵就手拎浆糊桶在后面覆盖。造反派写“打倒资产阶级吸血鬼！”民兵马上盖掉，写上“抓革命，促生产！”“在党委领导下闹革命！”造反派写“野火烧不尽，春风吹又生！”民兵又盖掉，写上“谁破坏抓革命促生产，谁就是我们的敌人！”每当在县城召开大会或举行大型活动时，上顿渡公社的基干民兵荷枪实弹在现场维持秩序，使造反派无法干扰。造反派因此污蔑我“挑动群众斗群众”，并逼着省、地领导给我打电话，“不准挑动群众斗群众”。我说：“写大字报、贴标语不是造反派的专利，广大群众都有这个权力，我既没有发动他们，也不能压制他们。”

县委硬起来，造反派就软下去了。从此，不管周边地区被造反派搅得多乱，临川乱不起来。各项工作热火朝天，工农业生产蒸蒸日上。我想，在当时“四人帮”横行的情况下，临川能动而不乱，工作井井有条，依靠的是毛主席“在党委领导下抓革命、促生产”的指示，依靠的是县委一班人坚强有力，依靠的是各级党组织的战斗堡垒作用，依靠的是党员、干部的积极带头，依靠的是广大群众维护县委的权威。

那年除夕

1976年除夕那天的下午，我处理完最后一封群众来信后，想起要理个发过年，于是，便迈步向机关理发室走去。

理发室里，已有一人正在享受理发师龚师傅的服务，还有三个人在等着。他们看见我来了，赶忙站起身说：“叶书记，您也来理发呀？”

我说：“是啊，你们坐吧！”

龚师傅停下手中的推剪说：“叶书记，您先坐一下，我马上给您理。”又对正在等候的三人说：“你们说行不行？”

三人异口同声地说：“叶书记忙，先给他理吧！”

我忙说：“你们今天才来理发，说明都很忙，还是按先后次序吧。”我怕他们执意要我先理，便找了个理由说：“龚师傅，我到医院去看个病人再来。”此时我还真的想起了前几天碰到的一件事。

那天傍晚，我下乡回到县城，走到县医院门口时，碰见上顿渡公社前进大队书记、劳动模范邓牡英。她心情沉重，边走边哭。我关切地问：“小邓，出了什么事？你为什么哭？”

邓牡英哽咽着说："我婆婆胃出血，很危险，刚把她送来医院住院。"她用衣袖揩了揩眼泪接着说："这些年我当干部，家务全丢给她老人家，她是累出来的病，若有个三长两短，我……"

我看着邓牡英非常难过的样子，便安慰说："不要急，你带我去看看老人家。"

到了住院部，我先向医生询问了老人的病情，而后拉着老人的手说："婆婆，你有一个好儿媳，她对你非常关心。你现在安心住院，等过了年，我派车子送你去南昌治病。"

邓牡英赶忙对着婆婆说："这是县委叶书记，他特意来看你。"

老人听后，嘴唇颤抖着微笑了。

老人的病情非常严重，没过两天就去世了。

趁着等理发的空当，我想再去看看其他的病人。当我来到另一位熟悉的老人的病房时，这里已是人去床空。值班医生告诉我，老人昨晚已去世了。我心里一阵难过。耳畔传来噼噼啪啪的鞭炮声，眼前浮现家家户户喜贴春联的情景，我不禁想起王安石的《元日》诗："爆竹声中一岁除，春风送暖入屠苏。千门万户曈曈日，总把新桃换旧符。"在这万家团圆、辞旧迎新的时刻，住院的病人和他们的亲属会是什么心情？我找到医院负责人，问他们有没有安排病人的年夜饭。医院负责人告诉我："给住院的病人和看护病人的亲属每人送了碗饺子。"我表扬他们："你们想得很周到，这不是一碗平常的饺子，而是一片深情。"接着，医院负责人和值班医生陪着我到病房挨个地看望住院病人，询问他们的情况，征求他们的意见。他们满意地说："吃了医院送来的饺子，心里热乎乎的，就像在家里过年一样。"

这时，县委通讯员小邓跑上楼来气喘吁吁地说："叶书记，我到处找您，原来您在这里。"

我说："你怎么知道我在这里？"

"'五大员'都在食堂等您，可就是不知道您在哪里。刚才龚师傅来到食堂，他说您到医院来了，我才急匆匆地跑来。”

“啊！我忘记时间了。”

医院负责人问：“什么‘五大员’？”

通讯员赶忙回答：“‘五大员’就是县委机关的打字员、通讯员、驾驶员、炊事员、理发员。每年除夕，叶书记都要陪‘五大员’吃顿年夜饭。”

在场的人听了都说：“叶书记，您赶快去吧。”

离开医院，我和通讯员赶到机关食堂，见大家都在等我，忙说：“对不起，叫大家久等了。”

“没关系，您关心的人太多了，太辛苦了，我们等一等算什么？”

听了大家理解的话，我非常感动。待大家坐定后，我举起酒杯说：“在这辞旧迎新之际，首先感谢‘五大员’同志们一年来的辛勤劳动、优质服务；同时也祝你们在新的一年里身体健康，全家幸福，万事如意！”

一阵热烈的掌声后，大家互相敬酒，气氛热烈。酒过三巡，一小伙端杯走到我面前对着大家说：“我提议，我们‘五员’敬‘一员’。”

我说：“什么意思？”

他风趣地说：“我们大家共同举杯敬人民的勤务员！祝叶书记在新的一年里带领全县人民抓革命，促生产，各项工作更上一层楼！”

我连忙说：“同志们敬的这杯酒，我受之有愧，却之不恭，谢谢大家！我愿和大家一道，在新的一年里积极工作，为临川的发展贡献自己的力量。”又是一阵热烈的掌声……

饭毕，大家互相道别，各自回家过年。

龚师傅却对我说：“叶书记，我去给您理发。”

“不，你还是快回家吧，家里人还等着你过年呢！我这头发就等年后上班再来理。”

“不行，按习俗一定要理好发过年，以崭新的形象迎接新的一年。”

我拗不过他，只好跟他来到理发室，只见理发室门口贴着一副对联，上联是：修就一番新气象；下联是：剪去千缕旧东西；横批：弃旧图新。

望着这鲜红的对联，我想了很多、很多……

抚州往事

我与知青的不解之缘

1978年，一个周末的晚上，我同抚州地委机关的干部、职工一起到地委礼堂看电影。电影放映前，一群男女青年从不同的方位跑过来向我问好，与我握手。所有的观众一齐用好奇的眼光投向了我这里。

这一幕把我搞蒙了。望着一张张热情洋溢却又并不熟悉的面孔，我微笑着询问他们叫什么名字，在哪个单位工作。他们一个个争相回答，七嘴八舌，表达着同样的意思：他们都是曾在临川县插过队的下放知青，有的是上海人，有的是南昌人，有的是抚州本地人。他们的父母和亲戚都是平民百姓，没有任何可依靠的社会背景，有的曾在“文革”中被称为“狗崽子”、“黑五类”。当年我在临川当县委书记时提出“三优先、三同等”的知青安置政策，解决了他们的出路问题。他们在各自不同的工作岗位，恰巧这晚也来看电影，遇见了我，就过来与我打招呼。这情景，勾起了我对逝去岁月的回忆，想起了我与知青的不解之缘。

上世纪60年代末70年代初，一大批城市知青响应毛主席关于“知识青年到农村去，接受贫下中农再教育”的号召，从繁华的都市下放到艰苦的农村，在“广阔的天地”生活、劳动、锻炼、成长，努力改造自己的世界观和人生观。一晃几年过去，他们年龄增大了，也逐步成熟了，其中不乏优秀者。

当年我在临川县任县委书记。为切实做好知青工作，临川县和全国各地一样成立了“知识青年工作办公室”。我每次下乡，凡有下放知青的地方都要去看望一下，与他们座谈，了解他们的思想、工作和生活情况。这期间，发现了一批优秀知青，如严于律己、吃苦耐劳、与贫下中农打成一片的吴成德；刻苦学习、坚持写心得笔记、不断提高自己知识水平的陈恩茨；不怕脏、不怕累、同农民群众一起挑大粪、深受群众赞扬的女知青王四佞；身患严重胃病仍坚持参加劳动、刻苦改造世界观的上海知青何秀丽等等。对这些优秀知青，我在全县三级干部大会上号召全县知青向他们学习。通过调查，我也发现有些地方有的知青特别是上海下放知青思想不稳定，存在“三想、二等、一观望”的状况，年龄大的想进工厂，年龄小的想上大学，男知青想参军；等上面的政策，等安置指标；对自己的前途采取观望的态度。有的家庭出身不好，存在悲观情绪。大龄女知青考虑婚姻大事，更想跳出农村。有些地方甚至出现了拉关系、走后门的现象。

针对这些情况，我当时主持做了两件事：一是派人到上海，走访知青家长，慰问回上海治病的知青，用行为感动他们。二是制定“三优先、三同等”的安置政策，即：家有两个插队子女的优先安排一个，大龄知青特别是大龄女知青优先安排，表现好的优秀知青优先安排；领导干部子女与一般群众子女同等对待，家庭出身好的与家庭出身不好的同等对待，本地知青与外来知青同等对待。

当时，极“左”思潮泛滥，特别是我提出“家庭出身好的与家庭出身不好的同等对待”，有人就说这是阶级立场问题。我说“出身不由己，道路可选择。有的知青家庭出身虽不好，但个人表现好，就应和家庭出身好的知青同等对待。”被“四人帮”打成“西南区最大走资派”的李井泉有五个儿女，高中毕业后陆续选择下放到故乡临川县唱凯公社仓下村老家插队落户。我专程到仓下村看望他们，嘘寒问暖，帮他们解决实际困难，使他们增添了战胜困难的勇气和力量。他们像农家孩子一样，不怕脏，不怕累，重活脏活抢着干，经过一段时间锻炼后，样样农活都能拿得下。看到革命前辈的后代在家乡茁壮成长，我感到分外舒心。我不怕担政治风险，以公正的态度对待这些“走资派”的儿女们，顶住来自各方面的压力，按照“三优先、三同等”的方案，先后把他们分别推荐到大学去深造。

为了杜绝安置知青过程中拉关系、走后门的不正之风，这项工作坚持做到公开、公平、公正。安置政策和知青的情况都张榜公布，接受群众监督。记得1975年秋，我率领全县各公社书记从大寨参观学习回来，途经上海时需住一宿。在离开大寨前就开好会，约法三章：一不准到上海知青家中接受吃喝招待；二不准收受上海知青家的任何礼物；三不准乱给知青家长许愿，而要宣传“三优先、三同等”的安置政策。绝大多数同志严格执行，知青家长们反映很好，只有大岗公社书记一人因盛情难却，到一知青家里吃了一碗米粉，回来后主动在总结会上作了检讨。

“三优先、三同等”安置政策的落实，使一批符合条件的知青或被推荐上了大学，或被吸纳进了工厂，或被提拔为基层干部。据1976年底统计，从1968年始，全县共接受知青4 664人，其中上海知青1 298人。几年中，共安排504人进工厂、324人升学、223人参军、20多人转为国家干部，有的后来提拔为公社副书记、县妇联主任、团县委书记等。腾桥公社知青吴成德还被选为县委委员。下放到七里岗的女知青黄牡香任知青队长，身先士卒，肩挑大粪；一人顶两人，后成为县长、县委书记，正厅级干部。鹏田公社有一位下放知青，出工同农民一样穿短裤、打赤膊，而且善于与农民交流，群众反映很好，县委对他重点培养，后来逐步成长，先后担任过公社书记、县委书记，最后成为一名副厅级干部。

实践证明，政策和策略是党的生命。任何政策措施，一要看是否从实际出发，科学合理；二要看是否符合大多数人的利益，是否能调动群众的积极性；三要看执行政策是否公开、公平、公正，经得起群众的监督。

一封贴满车票的信

1979 年 4 月的一天晚上，我像往常一样来到办公室阅读文件和群众来信。当我拆开一封来自临川县七里岗共大分校的信时，十分奇怪，仅有一页的信笺反面贴满了汽车票。

我认真阅读此信后得知：写信人是位青年教师，名叫吴发祥。1973 年 1 月由江西共大总校毕业，分配在距抚州市 8 公里外的临川七里岗共大分校任教。1978 年初与抚州电机厂女职工华玉莲结婚，婚后夫妻分居两地。他多次乘汽车到县城找教育局和组织组申请调动，均未得到满意的答复。现在老婆已怀孕，还住集体宿舍，孩子将于 11 月出生，火烧眉毛，十分苦恼。情急之下，他抱着“试试看”的想法，给我这个临川县的老书记写了这封信，并在信笺反面贴上他往返共大分校与县城的厚厚的汽车票。

按照逐级负责的常规，我这个地委副书记只要将此信批转到临川县或地直有关部门即可。但我想，群众给领导干部写信，是对领导干部的信任和期望，如对他们的正当要求不亲自出面解决，只是层层批转，那必将影响党的干部形象。因此，第二天我就亲自与临川县和抚州市的有关负责同志联系，请他们核实情况，在政策许可的范围内帮助解决。经两地协商，吴发祥的调动问题很快得到圆满解决。

由此我想到，群众来信是送上门的信息，应该把它看成是一种联系人民群众的途径，看成是一种不下乡的调研，看成是不见面的听取群众诉求。领导者可以从中了解民意，了解群众思想动态和党的方针政策贯彻落实情况。对待群众来信反映的困难和问题，一定要主动处理在萌芽状态，如果等到问题成堆，酿成上访，再来处理就被动了。我从当县委书记开始，就给办公室定了个规矩：凡是群众给我的来信，一律由我本人拆封，这不是对工作人员不信任，而是对来信者负责。我始终坚持每信必看、每信必批、每信必反馈。

七女上访

1979年暑假的一天，我正在参加抚州地委常委会，有7名中年妇女到地委办公室来上访，指名要见我。我时任地委副书记兼秘书长。

常委会结束后，我急忙赶回办公室接待7名上访者。原来，她们都是临川县上顿渡小学不在编的民办教师，“文革”前开始任教，教龄都有10多年，可每月工资只有24元，与国家正式教师相比收入相差很多。随着家庭人口增多，生活困难，要求转为国家正式教师或安排一个收入相对高一点的正式工作。我耐心地听取她们每个人的具体情况：邓香花，1964年开始当民办老师，爱人是上顿渡公社的一般干部，两夫妻每月工资相加才60几元，生有3男2女，大的读小学，小的上幼儿园，经济上入不敷出。吴清红，1965年开始当民办老师，爱人在县粮食局下属的贸易货栈工作，每月工资30几元，家里有70多岁的公公婆婆和两个正在读小学的孩子，生活难以为继。余爱兰、邓木香、郭莲英、袁桂兰、林碧清等5人也相继介绍了自己家庭的困难情况。我听完她们的介绍，心情沉重地说：“你们在家庭如此困难的情况下还能坚持工作，精神十分可嘉。我先与你们县联系一下，看看如何处理，10天内给你们答复。”

待她们走后，我立即交代办公室工作人员到临川县与该县分管教育工作的副县长联系，该副县长却说县里没有办法解决。

我说:“既然县里不能解决,那我们来想办法。”办公室的工作人员马上说:“叶书记,您来处理,县里的同志恐怕会有看法。”我说:“群众来找我们是对我们的信任,我们就应对群众负责。要知道,群众找领导都是要经过反复的思想斗争,想了二十四个主意才来的。他们一怕进不了机关门,二怕要找的人不在,三怕要找的人虽然在但不肯见。所以,今后凡有来访者,你们一定要热情接待,凡是指名要找我的,一定要告诉我,我会考虑安排接待他们。”

为了妥善解决7个上访教师的困难,我先后亲自找了地区劳动部门负责人和临川县建筑公司鄢经理,商量落实招工指标和安置办法。

一个月后,7位女教师又到地委来找我。我问:“你们上班了吗?”

“县建筑公司没通知我们上班,只给每人发了22元学徒工的工资。”

我一听,这明显是敷衍了事,拿起电话就问鄢经理:“那7位女教师的工作你安排了没有?”

“安排了。”

“安排到什么岗位?”

鄢支支吾吾地说:“目前还没有考虑好她们的岗位,但给每人都发了工资。”

我听了很生气:“人家上有老、下有小,你发22元学徒工工资顶什么用?如果是你的老婆碰到这种情况,你会怎么想,鄢经理呀鄢经理,你要将心比心。”

鄢经理赶忙答应,马上开会研究7人的安排问题。

又过了一个月,7位女教师再次到地委。她们告诉我:“鄢经理给我们每个人都安排了合适的工作,每月工资40多元,我们很满意。谢谢叶书记对我们的关心。”我说:“不用谢,这是我们当领导的责任。”

7位民办教师三次来访，我每次热情接待。回忆处理此事的过程，对待群众来信来访，不能只是一般应付，一定要认真了解他们的情况，倾听他们的呼声；不能满足于“批示”、“交办”，一定要跟踪问效。否则，就会影响党的干部形象，影响干群关系，群众就会对我们失去信任，对我们从事的事业失去信心。

考察归来访宏村

1981年4月，我带领农口几位同志到广东梅县、福建龙岩地区考察“大包干”的情况，看到他们90%以上的生产队都实行了“大包干”，普遍增产增收。

考察期间我一路思索：中央已经下发了75号文件，明确“对贫困地区来说，包产到户是一种必要措施”，这就打破了多年来形成的包产到户等于资本主义复辟的僵化观念。广东、福建许多地方已全面铺开“大包干”。我们地区的农民也迫切要求实行“大包干”。但地、县、公社领导和基层干部却不敢松口，更不敢放手，生怕回到资本主义道路上去。当时有一句顺口溜：“下面

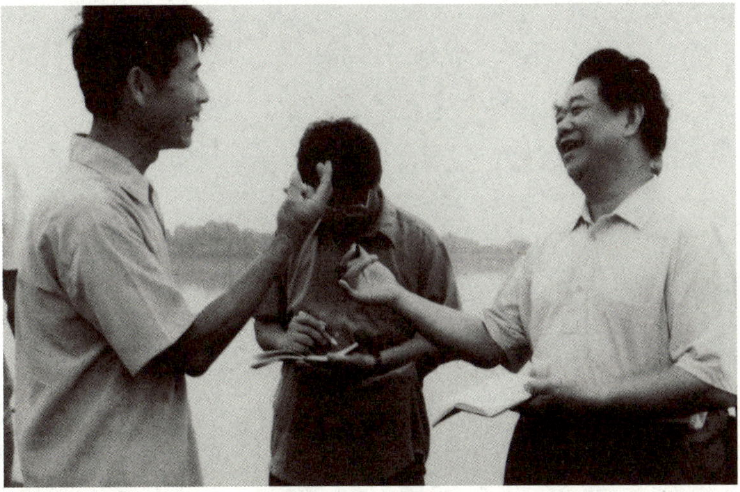

考察归来访宏村调查研究

盼,上面放,中间一根顶门杠。”在回来的路上,考察组的同志通过讨论,达成了一致意见,形成了《“大包干”宜放不宜卡》的考察报告。

回来路过黎川县时,我想顺便到几个公社看看,把我们考察的情况也给他们吹吹风。首先到了与福建建宁县交界的黎川县宏村公社。公社书记30岁出头,高高的个子,浓眉大眼,说话干脆利落。我问他:“你叫什么名字?”

“管日顺。”

“哪个学校毕业?”

“德胜关共大”。

通过简短的对话,就知道这是个精明能干的小伙子。我拍着他的肩膀说:“你带我们到几个大队去看看。”

他一边走一边介绍情况:宏村公社共有7个大队,2万亩耕地,9 000多人,是个田多劳力少的地方。我们看了沙下、东湖、孔洲三个大队的较为偏僻的生产队。所到之处,禾苗长势喜人,社员喜气洋洋。

回到公社后,我对管日顺说:“小管,今天你不要汇报其他情况,就讲讲抓好农业生产的做法和经验。”

小管滔滔不绝地谈了起来:一是建立明确的责任制,公社正、副职负责一个片区,全体干部挂点大队,分兵把口,各负其责;二是推广优良品种;三是推行测土配方施肥。

我说“还有其他好办法吗?”

他说:“还有就是抓‘三户’,即抓好示范户、困难户和思想落后户。”

我见他说的都是常规办法,有些事情没说透,似乎有难言之隐,便说:“有些事情你可能不大好讲吧!走,跟我到县城去。”

我让管日顺坐我的车一同到黎川县委招待所吃晚饭。饭后,邀他与我一起到招待所对面的烈士公园散步、聊天。我说:“小管,你下午讲的几条,其他地方也是这样做的,但效果不如你们明显。我看你们应该不止这些吧，肯定还有绝招。”

管日顺只是笑笑，没有吭声。

我单刀直入地问：“你对包产到户、包干到户怎么看？”

管日顺说：“中央态度还不明朗，我说不清楚。”但他还是给我讲起了他研究《人民日报》前前后后的事情。

那是《人民日报》1980 年刊登署名吴象的一篇文章《阳关道与独木桥》，说的是对“大包干”的两种态度。管日顺反复研究这篇文章，从头天晚上翻来覆去想到次日凌晨 4 点钟，心中久久不能平静。他把 50 多岁的副书记廖学才叫起来，要他也好好看看这篇文章，并征求他的意见说：“我们宏村搞不搞‘大包干’？”廖说：“要先看看别的公社再定。”管说：“我们能不能先搞？”廖从爱护管日顺的角度考虑，说：“如果要搞，就由我们出面搞，你装作不知道。”管日顺得到廖的支持后，又先后去找分管农业的管委会副主任李毛仂和管委会熊主任。李毛仂则说：“管书记，你年轻，现在又正在选拔进县委班子的候选人，‘大包干’的事你不要出面，由我们各挂队的同志给下面吹吹风，让他们自己搞起来。”熊也表示同意。这样，全公社各大队都偷偷地搞了一批“大包干”的试点。

听完管日顺的介绍，我便问：“效果怎么样？”

管说：“效果特别好，过去是出工人等人，收工人赶人，现在是起早摸黑，互相攀比，谁也不甘落人后。”

“是啊！所谓包干，就是交足国家的，留够集体的，剩下都是自己的，所以社员的积极性就会充分调动起来。”

我肯定了他们的做法，并鼓励他：“不要担心，不要害怕。”

可管日顺说：“我们还是有点担心，因为上面讲只有‘三靠’（吃粮靠返销、生产靠贷款、生活靠救济）地区才能搞‘大包干’，我们不属于‘三靠’地区，所以有人批评我们分田单干，犯了方向路线错误。”

我便对他说：“你们搞的‘大包干’与解放前的单干有本质区

别：第一，解放前土地是私有，现在土地是公有，农民只有使用权；第二，解放前大部分土地掌握在少数人手里，而多数人只占有少量土地，现在是按人口和劳力分配承包土地；第三，解放前大多数农民是租种地主的土地，现在是各自耕种自己的责任田，没有剥削和被剥削，因此，不存在犯方向路线错误的问题。至于非'三靠'地区能否搞'大包干'，关键是看群众意愿，符合群众意愿，又能调动他们的积极性，就没有错。"

说到这里，我指着对面烈士纪念碑对他说："革命先烈为了劳苦大众的翻身解放，连命都不要。我们今天搞'大包干'，为的是让群众富起来，还有什么可怕的？"

听了我的一席话，管日顺连连点头。他说："叶书记，你给我吃了一颗'定心丸'。回去后，我就在全公社铺开'大包干'责任制。"

我提醒他要坚持做好五条：（一）责任田的划分，耕牛、农具的分配要公平、公正；（二）国家任务要完成，集体提留要落实；（三）集体公益事业要搞好；（四）水利工程等民工建勤工作要做好；（五）"五保户"的生活要安排好。

管日顺高兴地说："这些工作我们保证会做好。"

临别时，我对他说："小管，大胆干，有什么事情就来找我。"

"双抢"后不久，管日顺兴致勃勃地到地委来找我，一见面就说"大包干"的事情。他非常高兴地说："叶书记，你与我谈话后，我回到公社就召开党委会，决定全面推行'大包干'，收完早稻就划分责任田。"

我赶紧问："影响了晚稻栽插吗？"

"我们一个星期就搞完了，不仅没有影响，比过去还提前完成了栽插任务。"

"为什么？"

小管回答说："因为实行'大包干'后，社员个个都把责任田当自留地作，苦干加巧干，合理安排时间，收到显著的效果。"

我又问:“各方面的反映怎么样?”

“反映空前的好,群众欢呼干部笑,家家户户放鞭炮。”

管日顺讲得眉飞色舞,我也听得心花怒放。宏村公社实践的结果,使我进一步坚定了在全区推行大包干的信心和决心。

“大包干”引发的争吵

1981年5月中旬,抚州地委召开全区领导干部会议,各县县委书记、县人大主任、县长、县政协主席和地直单位负责人参加,讨论如何对待农村“大包干”的问题。就在这次会议期间,发生了不该发生的事情。

所谓包干,就是交足国家的,留足集体的,剩下全是自己的。当时对“大包干”,中央还没有明确的态度,但1980年中央75号文件已经指出,在“三靠”(吃粮靠返销、生产靠贷款、生活靠救济)的贫困地区可以包产到户。抚州地区各县反映农民迫切要求包干到户,有些边远山区群众暗中自发地搞了包干到户,结果都增产增收。但各级党委和基层干部认识不统一,有的认为这是搞单干,搞“倒退”,“辛辛苦苦几十年,一夜回到解放前”。

我当时任地委副书记兼秘书长,分管党群工作,由于地委分管农业的同志去中央党校学习,由我代管农业。我认为,“大包干”是集体经济的责任制形式,与单干根本不是一回事。中央75号文件已经明确,对贫困地区来说,包产到户是一种“必要措施”,这就打破了多年来形成的包产到户等于资本主义复辟的僵化观念,前进了一大步,放开“大包干”是迟早的事。4月份,我带领农口几位同志,到广东梅县、福建龙岩地区考察“大包干”情况。他们那里已经有90%以上的生产队实行了包干到户,而且都增产增收,其经验是尊重农民自己的选择。在考察回来的路上,我们就写好了考察报告,主张对大包干宜放不宜卡,尊重群众的选择。回来后，向地委常委会议汇报，大家也都同意宜放不宜卡，好几位地委领导成员还举了各地暗中自发搞“大包干”增产增收的例子。于是，地委决定召开全区领导干部会议，部署放手搞“大包干”。

不知是谁将这个情况反映到当时的省委主要领导同志那里，我们这边会议才报到，省委主要领导同志就直接到临川县搞调查。当河埠公社书记汇报说有几个边远生产队暗中自发搞“大包干”增产增收时，当即受到严厉批评。这消息不胫而走，迅速传开，各县都不敢再谈“大包干”的好处了。有的曾经积极要求搞“大包干”的同志，一反常态，向省委主要领导汇报说农民反对“大包干”，还编出段子，说有的农民边耕田边叫苦，“牛啊牛，你在前面走，我在后面跟，你也莫吃草，我也不抽烟。搞‘大包干’，牛也要累死，人也要累死。”第二天，在地委召开的全区领导干部会议上，省委主要领导同志讲话，公开批评抚州地委召开放手搞“大包干”的会议是错误的，并指着我说：“还有你这个小叶，带人到广东、福建去参观，学习他们‘大包干’的经验。他们饭都没有吃，从我们江西调粮食。你们抚州每人占有一吨粮，还搞什么‘大包干’。”这无疑是一瓢冷水从头浇下，参加会议的同志都丈二和尚摸不着头脑，不知该如何是好。下午会议要结束，会议的总结报告稿子是根据地委原来研究的意见由我主持起草的，内容是大包干宜放不宜卡，要尊重群众的选择。会议结束之前地委常委会讨论这个稿子时，还未念到一半，行署主要领导同志就把椅子一甩，站起来说：“这是谁主持起草的稿子？这是要地委同省委领导唱对台戏！”他分明是指责我。我不服气，忍不住也把椅子一甩，站起来说：“是我主持起草的，稿子起草在前，省委领导讲话在后，你有什么可指责的？稿子的精神是根据地委讨论的意见起草的，也包括当时你的意见，你翻手为云，覆手为雨，是何道理？”我的话音刚落，他便握紧拳头，朝我面前冲过来，我亦握紧拳头走过去，双方对峙。见此情形，地委常委、军分区司令员立即站到我俩中间说:“不像话,不像话!”此时,地委主要领导宣布休会,找这位行署主要领导同志个别谈话。几分钟后复会,行署主要领导同志180度大转弯,向我表示歉意。我也感到自己不够冷静,也向他表示歉意。

事后,我想了许久,就算对方有什么不对,自己也有不当的地方。第一,自己应该先说明这个稿子是按地委原先讨论的意见起草的,省委主要领导讲话在后,要怎么改还可以商量。这样就可能避免对方误认为我是故意要地委与省委领导唱对台戏。第二,对方激动,我不应再激动,使矛盾尖锐化。其实我不激动,大家也清楚这稿子是按地委原来讨论的意见起草的,我根本不用着急。第三,都是为了工作,并没有个人恩怨。就算自己有理,得理也要饶人,也应懂得忍一忍风平浪静、退一步海阔天空的道理。

到1982年,中央发布一号文件,充分肯定包产到户、包干到户或“大包干”都是社会主义集体经济的生产责任制,是社会主义农业经济的组成部分。文件第一次以中央的名义取消了包产到户的禁区,尊重群众根据不同地区、不同条件自由选择,同时宣布长期不变。关于“大包干”的争论终于有了结论。

自立规矩

1982年,我在抚州任行署专员时,父亲去世,我回老家进贤奔丧。

如何处理父亲的后事?母亲主张风风光光、体体面面地办一下。她说:“父亲一世勤劳、善良,省吃俭用,辛辛苦苦撑持着这个家,把你们几个拉扯大。现在走了,你们做儿女的就要让他走得风光,走得体面。要让所有的亲戚朋友都来吊唁,送他一程,否则,对不起父亲。”

自立规矩 一家六口

我说："我在进贤工作多年，在邻县临川当过县委书记，现又在抚州行署工作，如大张旗鼓地为父亲办丧事，那不知有多少人会赶来，不仅影响不好，还会影响这几个地方的工作。"

母亲一听，火冒三丈："难怪人家说你'六亲不认'！你大哥身为公社卫生院院长，县里准备给他转商品粮，转了商品粮就可转为国家干部，你却不给办。大妹在养猪场工作，求你帮忙调动一下，你也不肯。现今是你父亲走了呀，你也这么狠心？今天这个事不能依你，娘说了算。要么再买一口棺材把我一起埋了！"

当时，气氛异常紧张，母亲伏在父亲的棺柩上泣不成声。但我相信，母亲一贯深明大义，一贯都支持我的工作，这次也会想得通的。在一家人的劝说下，母亲抹了抹眼泪，点了点头。当天，我便安排人到进村的路口，把前来吊唁的人群劝说回去。

自此以后，我给自己立了三条规矩：

一、不过生日，不办寿宴不请客。我和爱人、四个小孩，从来都不过生日，不办酒宴。我除下乡到群众家吃过派饭外，从不到别人家里吃饭，家里也从不请客。如有农民朋友远道而来，也就在家吃个便饭。

二、婚丧喜事节俭从简，不大操大办。四个儿女结婚，没有一个举办婚礼，没有请过一桌客。爱人饶春花去世，怕惊动太多的人来吊唁，还专门请县纪委的同志到现场监督。

三、不为家人及亲属办私事、不搞特殊。大儿子从省军区转业，好心的同志要把他分到宜春地区公安处“好好培养一下”，我不同意，把他分到奉新县一个乡派出所工作，只能当所长助理，不能当所长。三儿子在上海市成家，上班却在昆山，上下班要坐两个多小时的车，很是不便，要求我把他调回江西，我没有同意。我的女婿选择自谋职业，我尊重他的选择，但我从不过问他公司的盈亏，从未帮他打电话、写条子办私事。

退休后，我又给自己立了一条新规矩：不参政、不经商，既放筷子又放碗，不干预现任领导的工作。曾经工作过的地方不去或少去，人多的地方不去或少去，老部下掌权的地方不去。很多熟悉的同志邀请我下去走走，我都婉言谢绝。抚州是我工作过的地方，先后有四任地(市)委书记都是宜春出来的干部，他们都曾经在我属下工作过，多次邀请我去，我一次也没有去。我热爱生态摄影，去抚州广昌拍摄荷花，只与摄影同行联系，每次都是静悄悄地去，静悄悄地回，从不惊动地方领导。退休后，也有人再三邀请我担任这个顾问那个头头，挂个名也行，我都拒绝了。我把全部精力用于生态摄影，创办并担任江西生态摄影研究会的会长，为保护江西的生态环境鼓与呼。

有位同志曾批评我，只知道干工作，不会保护自己。我认为，廉洁自律是对自己最大的保护。记得十几年前，在家乡的兄弟买了几包水泥，请人将父母的坟墓整理了一下，立了块碑石，我并不知晓此事。但这件事被人告到省纪委，说我为父亲修建了豪华坟墓。省纪委派人实地调查，看到的是非常普通、极不起眼的两座坟墓，碑石上连叶学龄的“龄”字都刻反了。调查的同志怎么也找不到豪华坟墓的影子，都觉得告状的人非常可笑。

作为一个曾经担任过领导职务的老党员，接受组织监督、群众监督，纯属正常。对此事，我毫无怨言。

我与农民交朋友

1982年，我任抚州地委副书记、行署专员时，省委书记白栋材同志找我谈过一次话。

白书记说："学龄同志，抚州对你有点反映，说基层的人找你的不少，有的还带点礼物。你要注意啊！"

我解释说："有这个事，因为自己是从基层成长起来的干部，蹲过点、驻过村，与农民同吃、同住、同劳动，有很多农民朋友。他们会经常来看我，有的带上一只鸭、几个蛋；有的在出花生时带几斤花生，出西瓜时带几个西瓜。来了后，他们先是到机关传达室，鸭子就在那里叫；工作人员带到我办公室，鸭子又在办公室叫；下班时带他们到家里，鸭子又在家门口叫。一只鸭子叫三遍，谁都知道有人给我叶学龄送东西来了。"

白书记惊讶地说："啊！还真有此事。"

一篇散文勾起的回忆　戒山岭造林与农民交谈

我说："农民朋友专程来看我，我一是要请他在家里吃餐饭；二是要拿点小礼物回个礼；三是要请人帮忙拦个便车送他回去，如果当天回不去还要安排他们住一宿……"

白书记说："听你这么一说还怪可怜的。"

我不知道白书记这话是同情还是批评，便说："有的人收整箱的茅台酒、大盒的高丽参，茅台酒不会叫，高丽参不会叫，只有鸭子会叫。农民拿点东西来，是表达感情，并非拿来换原则、换政策，不是作为办私事的交换条件。送来的这些东西，一不是我的必需，二我从未拿去转卖变成钱。"

白书记说："你现在是领导，不是普通老百姓，你的一举一动都有影响。古人说：'瓜田不纳履，李下不正冠。'这个道理你懂吗？与人交往要避嫌，如不避嫌，别人反映大，那将影响你的进步。"

古训是经验之谈，白书记"避嫌"的教导无疑是对的。但我想，中国是礼仪之邦，讲究人情世故，礼尚往来。自己生在农村、长在农村，对农村有感情，对农民有感情。参加工作后，跑农村的路多，说农村的事多，交农民朋友多。不管是在进贤还是在临川、抚州，都有很多农民朋友。担任临川县委书记 7 年，全县 300 多个大队基本上都到过，大多数大队书记我都能叫出名字。过去，你到人家家里，人家把你当朋友，管你吃，管你住，自己也像在家里一样，摸着凳子就坐，端起碗来就吃，劈柴、下地同劳动，腌菜、霉豆腐共品尝。现在，当"官"了，或"官"当大了，就不认人家，必然会伤了人家的感情。于是，我对白书记说："领导是为了我好，我知道。待人接物不避嫌会遭非议，我也知道。但是，我也有想法，如果坚决拒收，或是当场付钱，这是对人家人格的侮辱，会使人家伤心，因为他不是来交换的。因此，我宁愿自己受委屈，也不让群众受伤害；宁愿自己遭非议，也不对群众冷半分。心底无私天地宽，无私便无畏。如为了个人进步而不顾他人感情，使人望而却步，那就是不通情理，极端自私。再说，过去我们到农民家里，与农民交朋友，是密切联系群众的一种渠道，现在农民朋友找上门来看望你，你却不认这个朋友，这不就堵塞了联系群众的渠道?”

白书记听后说:“你的想法也不无道理，能这样想这样做，确属难能可贵。”

在长期的工作中，我和基层的干部群众建立了深厚的感情。进贤县农民雷月贵，比我大 10 多岁，一辈子未结婚，但为人厚道，干部都乐意与他交朋友。我也常到他家去，一来二往，觉得他单身一人，煮饭、洗衣什么都要自己干，很可怜，就介绍他到县委食堂去养猪。我离开进贤后，几十年未曾见面。他 80 多岁时生了一场大病，便对侄子说:“死前我要见叶书记一面。”此时，我已在省政协工作，他的侄子打电话告诉我，我热情地邀请他来，并把他作为上宾接待，派车载他在南昌观光，他非常高兴，回去后不久就去世了。临川县湖南公社新建大队是抚州历史上著名的西瓜之乡。大队书记聂木生从 1971 年开始送西瓜到我办公室，从未间断，侄子接任大队书记继续给我送。临川县桐源公社黄源大队书记邹旺发一直与我交往，我调到宜春工作后，他每年都会送些我爱吃的辣椒和泥鳅来，我便回送他一些礼品。有时，我到与黄源大队相邻的丰城淘沙下乡，也会托人捎信请他过来吃餐饭，谈谈工作，拉拉家常。几十年过去了，我也早已退休，但进贤、临川的一些大队、小队干部和劳动模范如雷大荀、万毛仂、魏火仂、艾荷香、谢玉兰、钟维龄等等还会经常来看我，人走“茶”不凉。有几个大队书记已经 80 多岁了，在尚能走动的时候，只为与我见上一面，专程来到南昌。那份真诚，令我感动。

如何做人，是人生的一大课题;如何为“官”，是官场的一种学问。通过自己几十年来与农民交朋友的经历，我深深体会到:做人是做“官”的基础，做“官”是做人的升华。做人只要诚实、守法、勤劳、善良，就是一个好人;做“官”则不一样，一定要能组织人、教育人、鼓舞人、引导人。但不管你做多大的“官”，本质上还是人，只不过是身负的责任不同而已，与人民群众是平等的，应该互相尊重。为"官"者，如停留在做人的阶段，那就失去了做"官"的资格；如离开了做人的本分，那就丢掉了做"官"的基础。作为一个领导干部，在人民群众面前，一定要做到职务变了，感情不能变；地位高了，门槛不能高。要把与人民群众交朋友，作为密切联系群众的优良传统发扬光大。

一封匿名信

1982年6月，我收到一封匿名信，说我身为专员，母亲70多岁还在街上卖蔬菜和鸡蛋，人们对此议论纷纷。有的说难能可贵，有的怀疑是装穷，等等，问我有何感想。

当时看完信，一阵心酸。写信的人动机如何，并不重要，也不必计较，但确实为母亲还在辛劳中深感内心愧疚。

几天后我回家看母亲。闲聊中，我问母亲是不是还在街上卖蔬菜和鸡蛋。母亲说："是呀！"

我说："好像外面有很多议论。"

母亲说："有议论怕什么，菜是我种的，鸡是我养的，一不偷，二不抢，人家愿意议论就议论好了。"

我说："不是议论你，是说儿子不孝。"

母亲说："儿子孝不孝，我心里清楚，别人怎么说，我不在乎。"

我说："娘，您辛劳了一辈子，也该歇一歇，就跟我到城里去住吧。"

母亲说："我在乡下习惯了，闲不住。"

母亲快言快语，使我更感到母亲平凡而伟大。当我在"文革"中遭批斗时，她安慰我说："人遭天磨终好汉。"当我遇到坎坷时，她激励我："人是三节草，总有一节好。"她有条件吃商品粮不吃,说农村好,还可减轻国家的负担。她有条件享受清闲的生活,却坚持参加劳动,自食其力。许多亲朋好友劝她好好享福,辛劳一辈子也该歇一歇,她不听。她在老家,每年还带头完成一头生猪派购任务。母亲坚守故土,坚持劳动,坚持做一个普通百姓,受到周围许多人的敬佩和尊重。

母亲这样做,也是一种榜样,不但为我分忧解愁,而且对我的工作是个很大的鼓舞和支持。她不因儿子的地位变了,而改变自己普通百姓的本色。由于母亲高大的形象,许多亲朋好友想向我开口要转商品粮、要安排工作、要木材指标等,都不敢开口。有些开过口未能解决的,看到我母亲尚且如此,也由抱怨而转为理解。

临走时,我拉着母亲的手说:“娘,您要多保重,不要让儿牵挂。”

母亲说:“你不要牵挂我,也不要让娘牵挂。要多用心工作,多关心老百姓。做到上不愧天,下不愧民,内不愧心。”

现在流行一种说法:一个成功的男人,背后都有一个伟大的女人。这一般是指妻子贤惠。而如果说我在从政之路算是成功的话,背后有一大群人的支持,其中就包括我的这位平凡而伟大的母亲。

夜半紧急碰头会

1982 年 6 月 17 日凌晨 2 点,我刚从唱凯堤巡堤回来,突然接到地区防汛指挥部电话通知:“地委马上召开书记紧急碰头会,研究洪门水库问题,请您参加。”我脑袋“嗡”的一下:洪门水库出问题啦?

洪门水库兴建于 1958 年,地处南城县洪门公社黎滩河上游,是以发电为主,兼防洪、灌溉、航运、养殖等多种功能的综合性水利工程，总库容量10亿立方米，最大库容量12.16亿立方米。它居于抚河流域的上端，人们形象地比喻它是顶在抚州人民头上的一盆水。如果洪门水库出了问题，那后果将不堪设想。

我急匆匆地赶到防汛指挥部。走进会议室，顿感气氛紧张，先到的同志一个个正襟危坐，神情严肃，与往日那种会前谈笑风生的情景截然两样。少顷，参会人员到齐，会议开始。地委主要领导同志首先通报了洪门水库上游的雨情和库区的水情：进入汛期，全区普降大雨。15日，位于洪门水库上游的黎川县降雨146毫米；16日，全区平均降雨129毫米，黎川县降雨量更大。人们日夜关注的洪门水库，从15日清晨起，水位就超过了警界线，逐日上升，且大坝出现裂缝。接着，他传达了省防总的意见：鉴于洪门水库水位已超过了警界线和大坝出现裂缝的情况，为保护水库和发电厂，建议抚州地委、行署立即采取措施，炸开“紧急溢洪道”。如何贯彻省防总的意见，地委主要领导同志要求各位副书记发表自己的看法。会场顿时一片沉寂。

大家都知道，按水利部门分析，如洪门水库大坝垮塌，不仅洪门发电厂毁于一旦，临川县的大部分公社和南城、金溪两县的部分公社以及地委、行署所在地抚州市，都将被大水淹没，还直接威胁梁家渡大桥及省会南昌市，那将是一场骇人听闻的大灾难。如炸开“紧急溢洪道”，可减轻水库压力，保住大坝和发电厂，但临川、南城、金溪将有20多个公社被淹，100多万群众需转移，转到哪里？如何解决他们的生产生活问题？大坝垮塌故然可怕，但炸毁“紧急溢洪道”，后果同样令人担忧。

副书记中，有三位是去年才分别从九江、宜春、吉安地区调来抚州工作的，对洪门水库的历史和现状都不甚了解，当然不好贸然发表意见。有一位在抚州工作时间相对较长，但此时正在北京学习。只有我在抚州工作时间较长，又任行署专员、地区防汛指挥部总指挥。于是大家都说：“请叶专员先讲个意见。”

我迅速理了理思路说：毛主席教导我们，“没有调查就没有发言权。”对洪门水库的情况，省防总和我们都是从每日的雨情、水情公报上得来的，当前究竟有多大的危险，谁也说不清。但据我了解，第一，水库主坝出现裂缝，在1980年以前就发现了，不是这次洪水造成的。从1980年起，国家每年都下拨专项资金对其补强加固。今年汛期前，水库管理部门的同志曾保证可安全度汛。第二，关于水位超过警界线，要考虑大坝是否能扛得住，如扛得住，就不要急于炸“紧急溢洪道”。第三，要密切关注水库上游黎川县的雨情。

讨论时，大家分析，省防总提出炸“紧急溢洪道”的建议，既是为了保护洪门发电厂，也是为了更大范围保护人民群众利益。不炸“紧急溢洪道”，那就有对上级机关不负责任之嫌。但如果炸“紧急溢洪道”，百万群众的损失不可估量。炸与不炸，都不应草率决策。

我想，当大事来临时，不应惊慌失措，而要镇定沉着，从容应对，敢于担当。为此，我提出作两手准备的意见：一方面，派出领导同志带技术人员迅速赶赴洪门水库实地察看，与水库管理部门的同志共同研究意见；另一方面，地委、行署抓紧制订炸毁“紧急溢洪道”的预案，特别是如何安全疏散转移100万群众的具体措施。经过讨论，大家一致同意我的意见，决定：地委主要领导同志坐镇指挥，制订预案；派两位副书记带人赶赴洪门水库现场调研；由我向省防总及有关部门汇报地委、行署研究的意见。

会议结束时，天已蒙蒙亮。我给省水利厅厅长打电话汇报情况。他赞同我们的做法，并告诉我，省委专门讨论了抚州的抗洪斗争，主持省委、省政府全面工作的省长白栋材对洪门水库问题指示说，洪门水库问题要围绕上保水库大坝、下保梁家渡大桥来考虑。如要炸毁“紧急溢洪道”，必须具备两个条件：一是经观察，发现确有异常情况；二是24小时内降雨量在200毫米以上，由省水利厅组织专门班子研究。厅长介绍的情况，使我深受鼓舞，特别是白省长的几点指示，更使我明确了处理这个难题的底线。但我对洪门水库的情况还是很担心，急盼两位副书记传回消息。

上午9时30分，消息终于传来：洪门水库水位为26米，距36米高的坝顶还有10米；10亿立方的库容，现只有5.2亿立方水，还有4.8亿立方的空间；大坝裂缝是几年前出现的，经过近三年的补强加固，已不存在问题。常用溢洪道的3孔闸门已开2孔，发电厂5台机组照常安全发电，丝毫未受影响。如降雨持续，库容量继续增大，还可3孔全开，根本不需炸毁"紧急溢洪道"。这个消息，使我一直悬挂在心的石头终于落地。

实践证明，紧急碰头会的决策是正确的，它避免了20多个公社被淹、100多万群众被迫转移的大灾难。

危急关头的抉择

1982年6月，抚州遭遇百年一遇的大洪水，抚河的容量超过了极限。

17日8时，抚州市文昌桥下水位超过警戒线1.56米。当

危急关头　陪同省长白栋才

天，省防汛指挥部在温圳召开有抚州、宜春两地负责人参加的“箭港分洪会议”。我身为抚州地委副书记、行署专员、抚州防汛指挥部总指挥出席了这次会议。会上，一是通报了抚河流域的水情、雨情；二是分析了雨情、水情的发展趋势，研究了分洪方案；三是提出了“严防死守”的防汛要求，要求做到“堤在人在，人在堤在”，保证抗洪抢险的胜利；四是要求迅速传达会议精神，研究贯彻意见。

晚上8点多钟，会议一结束，我就立即乘车赶回抚州。一路上，我想：这个会议精神关系到抚河沿线特别是以沙质土壤为堤脚的唱凯堤一线10多万群众的生命安全，必须迅速赶回去传达汇报，让集体作出决策。我心急如焚，对司机说：“把车开快点！”

司机没吭声，只是默默地加大了油门。

“再快点！”

“不行，外面的雨太大，视线不清，路面又坑坑洼洼，而且积水很多，车子容易打滑，不安全。”

我没再吱声。心想，照这个速度，路上至少要走一个半小时，到达抚州后通知开会、汇报情况、分析研究、作出决策，起码又要两个小时，这样，最快也要3个半小时。根据当时的水情、雨情、堤情，以及上游洪峰将于下半夜到达唱凯堤的综合情况，很可能我们的会议还在进行中堤坝就已坍塌，后果将不堪设想。

汽车在风雨中颠簸前行，密集的雨点打在玻璃上“啪啪”作响，犹如千万支钢针刺击着我的心头。

过了云山，我让司机将车直接开到唱凯堤。借着车灯的亮光看去，只见猛兽般的洪水拼命撞击着圩堤，水位已接近堤顶，有的地方还出现了泡泉，随时都有漫堤或决堤的危险。此时乌云低沉，紧压头顶，狂风呼啸，大雨倾盆，沉雷轰响，震耳欲聋。一道闪电划过，照出了暴雨中狂乱摇摆的树枝和那在大雨中巡堤人员吃力地迈动着脚步的身影。当下已是晚上将近10点钟，怎么办？是按正常程序回去汇报还是留下来现场指挥？我心里非常矛盾:如不赶回去汇报,一是违背了关于迅速传达“分洪会议”精神的要求;二是违背了集体领导的组织原则。这两条我个人都要担责任。如离开现场赶回去,按照组织原则原原本本地传达上级精神,让集体作出决策,即使堤垮人亡,那是集体负责,个人不担责任,但这就违背了党的全心全意为人民服务的宗旨,也违背了自己的良心,那时谁来承担责任也无法补救,自己将一辈子受到良心的谴责。当时通讯条件差,再三打电话找地委书记都未通,在这种情况下,我毅然决定选择后者,直奔抗洪前线。

当我赶到华溪公社时,公社武装部长还在催人上堤。我对他说:“今晚洪峰来时,华溪到云山一线很可能会出现决堤,即使不决堤也会漫堤。所以,现在不是要组织人员上堤,而是要通知堤上的人员下来,组织群众转移到高地。”武装部长不解地对我说:“叶专员,上级要求我们严防死守,做到‘堤在人在,人在堤在’,你却要把人撤下堤,违背上级精神,谁敢负这个责任。”其实当时我的思想斗争也很激烈:“上”与“下”虽是一字之差,但产生的后果却截然不同。组织人员上堤,符合上级精神,不管垮堤还是漫堤,也不论造成多大的损失,危及多少人的生命,那都可归咎于“人力不可抗拒的天灾”,自己没有责任。而通知人员下堤,则是违背了上级精神,个人要承担产生后果的全部责任。如果今夜决堤,有人会说你指挥不当,抢救不力;如果今夜没决堤,人家又会说你动摇军心,涣散斗志。我十分清楚其中的利害关系,弄得不好,不仅头上的“乌纱”难保,甚至还会受到更严厉的处分,断送个人的政治生命。根据水利部门的测算和对水情、雨情、汛情的分析,凭我对唱凯堤情况的了解和多年来抗洪抢险的经验,眼下洪水已超出了圩堤的承受能力,不管上多少人,唱凯堤都难以顶住今晚即将到来的洪峰的冲击。既然保不了危堤,那就要保群众的生命,要让堤上的人员下来,组织群众转移。在这关系到个人政治生命和十万群众生命的严峻考验面前,我下定决心,冒着牺牲个人前程的风险,断然下达了撤退的命令。

“叮叮叮……”临川县委办公室的电话接通了，接电话的是县委办公室主任翁琴香。我对着话筒说：“翁琴香同志，我命令你以县委的名义通知唱凯堤沿线抗洪抢险的干部群众立即从堤坝上撤下来，抓紧组织群众转移到安全的地方去，刻不容缓，立即行动！”

接着我又先后到了唱凯堤沿线5个公社的防洪前线指挥阵地，督促他们一个队一个队地通知基层干部作好两手准备，一面留下部分青壮年守堤护堤，同时也要保持警惕，注意安全；一面迅速组织群众转移，要求干部群众通宵不睡，所有群众必须在当晚12时前撤离可能被淹没的地带，转移到山丘高地和楼房屋顶。

6月18日凌晨2时30分，唱凯堤华溪段决口了。顿时，汹涌的洪水像脱缰的野马发疯似地怒吼狂奔，吞噬了整个华溪、唱凯、罗针三个公社和云山、罗湖两个公社的部分村庄，淹没良田10万亩，受灾群众10万人。值得庆幸的是，由于各地认真落实撤离方案，赢得了极其宝贵的几个小时，抢在决堤前及时迅速地组织了群众转移，保护了10万群众的生命安全。

实践证明，自己留在一线指挥是对的，从当时的实际情况出发通知人员下堤组织群众转移也是对的，避免了10万群众伤亡。作出以上抉择，说难也难，说简单也简单，核心问题是以什么为判断标准。由此也证明，危急时刻抛弃个人得失显得多么重要。我也为自己冒险作出的正确抉择感到欣慰，觉得做了一件自己人生中最有价值的事情。

灾情发生后，我又立即投入到抗灾救灾工作中，七天七夜没有回过家，没有刷过牙，没有换过衣服，没有上过床。累了，找个地方靠一下，困了，闭上眼睛眯一下。这几天，地区广播里没有听到报道我的声音，报纸上没有见到报道我的文字。第七天，《赣东报》总编戈克带着记者来到灾民集中的罗针公社狮子山。他对我说：“叶专员，您在危急关头冒着巨大风险果断决策，保护了10万群众的生命安全。可是，一个星期以来的抗洪救灾报道都没有您的内容，今天您就给灾民发一下馒头，我们好给您照个相登到报纸上去。”

我说：“你看看眼下被洪水围困的群众，我还有心思拍照片?”

“你这个馒头还差一把火”

1983年5月，省委决定，抚州地委书记调任鹰潭市委书记，我由抚州行署专员调任宜春行署专员。当时我非常想不通。我和书记之间确实存在矛盾，在许多问题上认识不一致，常常因此影响工作。但我一直认为自己是正确的，省委却不分青红皂白，采取各打五十板的做法，把两人同时调离抚州，心中感到十分委屈。

我找到省委书记白栋材，要求省委澄清事实、分清是非、分清责任，否则到新的岗位无法开展工作。如果新的领导班子再发生矛盾，我只能躺在地上让人踢，因为我有“前科”。

白书记耐心听后，笑了笑，只说了一句话：“叶学龄同志，看来你这个馒头还差一把火。”说完转身就走了。

在回抚州的路上，我反复想，“你这个馒头还差一把火”到底是什么意思？回到抚州还在想。悟了很久，终于明白，差一把火的“馒头”未蒸熟，这是指我政治上不成熟。我由衷地敬佩白书记的领导艺术，一句话既切中我的要害，又非常幽默；既无严厉批评训斥，又无说教式摆弄大道理，而是引而不发，你自己的问题你自己去想。

批评我政治上不成熟，我心甘情愿接受。仔细想想，抚州地委领导班子内确实存在不团结的问题，为决定一个问题表决时常常是七比三，支持我的往往占多数。本来党内矛盾是人民内部矛盾，没有根本利害冲突，多数是认识上的矛盾。由于经历不同、角度不同、水平不同，产生一些矛盾是经常的、正常的。解决这些矛盾的正确方法：一要努力学习马列主义、毛泽东思想，掌握唯物辩证法的方法论；二要加强思想修养，改造世界观，多做自我批评；三要谦虚谨慎，学人之长，补己之短，扬人之长，抑己之短，即便自己是对的，也要等待别人的觉悟，得理也饶人，决不能以自己一时一事的正确而洋洋得意，或别人一时一事的失误就抓住不放。学会宽容豁达，矛盾自然迎刃而解，这才是政治上成熟的表现。

越反省越感到自己政治上很不成熟，班子内许多同志都有长处，自己也有很多短处。所谓要分清是非和责任，无非是要证明自己的"是"、别人的"非"，自己没有责任，责任都在别人。

想到这些，才明白一个领导干部政治上走向成熟，要经过长期的历练，要加强理论修养、思想修养。

宜春任上

走马上任

1983 年 7 月，我从抚州出发准备到宜春地区上任当行署专员。出发之前，从江西日报获悉，宜春地区连降暴雨，境内的锦河、辽河水位猛涨，超过警戒线 3 米左右，洪涝严重。当时虽然尚未报到，但灾情就是命令，领导抗洪救灾就是自己的责任。于是，我匆忙收拾几件换洗衣物，天不亮就和司机二人静悄悄地离开抚州地委大院，奔赴新的工作岗位。

我没有先到宜春地委、行署报到，而是直奔灾情严重的奉新县。到了奉新县城，只见县政府大院已被水淹了，县里的领导都下到抗洪第一线去了，只有一个常务副县长在家值班。我自报家门，并要这位副县长带我到受灾最重的赤岸公社去参加抗洪。汽车冒着风雨，在被大水冲刷得坑坑洼洼的道路上行驶。碰到防洪的干部群众，我就停下车来，了解灾情和抗洪情况。遇到道路被淹，我就涉水而过，亲临现场察看。到了赤岸公社，公社党委书记余达瑞向我汇报了该公社的水情、灾情和抗洪救灾工作情况。当天晚上我就住在赤岸公社。

第二天，宜春地委、行署领导得知新任专员已经在奉新县赤岸公社抗洪第一线，便派地委和行署两位副秘书长接我回地区参加县委书记、县长会议，部署下一步抗洪救灾工作。

到了宜春，我连行李都未拿下车，直接进了会场。地委主要领导同志请我讲话。大家原以为我初来乍到，只是讲几句客套话，与大家见个面。但我想，到了宜春，就不是“客人”，而是“主人”，又值抗洪救灾关键时刻，自己必须把工作担子挑起来。由于我在赴宜春途中，已到奉新县赤岸公社抗洪第一线作了调查，当天晚上又与曾担任过奉新县水利局副局长的赤岸公社书记余达瑞促膝长谈，了解了宜春历年来抗洪救灾工作的情况，所以我在即席讲话中，没有讲什么客套话，而是根据上级的抗洪精神，结合我掌握的宜春实际情况，对当前的抗洪救灾工作作出了部署。这便是我在宜春上任时的第一次亮相。

“铁打的衙门流水的官”，领导干部调动工作是常事。调往新的地方工作时，我的一贯做法是不迎不送，既没有辞行，也不要接风。1970 年组织上把我从进贤县调到抚州地区革委会办公室任负责人，我一个人悄悄地赶到地区报到。1971 年 2 月，我被调任临川县委副书记、革委会副主任，离开抚州没有辞行，赴任前没有与临川联系，报到那天，只身前往，到了临川只是办公室值班干部接待，水都没喝一口，就要他陪同我步行到上顿渡公社的几个大队调查研究。1990 年 3 月，省委从宜春地委调我到省委统战部工作，宜春的同志们提出一定要开个县市委书记、县市长和市直机关负责同志参加的会议，和大家告个别，实际就是欢送会，被我婉言谢绝。我只是开了一个地委、行署联席会议，在小范围内说了几句辞行的话，就静悄悄地离开了宜春。

中国是礼仪之邦，盛行迎来送往。1985 年，宜春有一位县长调到另一个县担任县委书记。赴任时，这个县的同志夹道欢送，鞭炮齐鸣，一直送到交界处，另一个县的同志到交界处迎接，两县送迎的干部聚在一起，场面十分热闹。我得知这一情况，狠狠地批评了这位同志。结果他自己掏腰包付了几桌饭钱，但不同意作检讨，理由是迎与送不是他组织的，而是干部自发的。我就问他：“他们这样做，你心里是不是很高兴？”他回答说：“那是当然，说明一个人有政声和群众基础。”我批评他这种观点是错误的、片面的，一个共产党员，尤其是党的领导干部，是不是同群众有感情，在群众中有没有威信，不是看他辞行时的热热闹闹，不是看送行的人有多少，而是看他在任期内为群众办了多少好事、实事，群众路线、群众观点如何。如果靠迎送的热闹程度来表明自己的水平，靠显摆、炫耀来标榜自己的权威，终究是要失败的。

曾经一度，调动工作时迎送成风。领导干部到原先领导过的地方和单位一一辞行，每到一处，结伴成群，酒宴招待，走时还要带上点当地的“土特产”。席间或者祝贺一番，或者牢骚一番，言谈常离马列甚远。送行的人，虽说场面壮观，但心态各异。把这样的欢送看成是群众关系好，其实未必。再说迎送时吃的送的大都是公款消费。这种行为，既浪费人力，又浪费财力，既有损自身形象，又影响党的形象，有百害而无一利。因此，我始终认为领导干部调动工作时，应该做到不送行，不接风，不搞迎送仪式。

一波三折话调整

1983 年，我在宜春地区行署任专员。宜春是个产粮大区。粮食产值占农业总产值的一半，占种植业总产值的 80%左右。每年售给国家的粮食都在 20 亿斤左右。单一的粮食生产，影响了农业的全面发展和农民收入的增加。

这年 11 月，地委、行署在丰城召开全区农业书记会。在这个会上，我主张拿出 40 万亩耕地扩种经济作物。这本来是一项调整农业结构的有力措施，但在贯彻过程中遇到种种非议和阻力，只完成调整任务的 11%。

1984 年 5 月，我随江西省考察团赴江苏昆山县考察，深受启发。昆山县和宜春地区一样，是一个单一生产粮食的农业县。改革开放后，他们从实际出发，大胆地调整产业结构，经济发展很快，成为全国的典型。我和参加考察的10个县市长研究，回去先抓农村产业结构调整试点，取得经验，而后全面推广。

1985年5月，我们在上高县召开专门研究调整农村产业结构的现场会议。上高县在会上介绍了“利用粮食优势发展经济作物、利用种植业优势发展养殖业、利用农业优势发展村级工业和乡镇企业”的经验。与会同志还到该县田心乡实地参观考察。田心乡用早稻面积改种早花生2 000亩，每亩比种水稻收入多75元；改种药材300亩，每亩多收235元；改种百合600亩，每亩多收1 500元，加上改种西瓜等共调出4 100亩粮田改种经济作物，平均每亩比种水稻增加收入306元。单这一项，全乡平均每人增收40元。实践证明，从宜春的实际出发，经济要大发展，关键在于迅速改变单一的粮食生产格局，大力发展多种经营。

现场会之后，地委、行署召开领导班子会，我提出大胆调整全区粮食和多种经营种植面积的比例。接受1983年的教训，加上有昆山经验和各县市试点的成功典型，这次我态度坚决，决心很大，会议通过了我的提议。

可是会议之后，行署一位领导同志却到上高县去召开会议，讲了相反的意见，使不少同志对调整结构顾虑重重，不敢放心放手去干。我虽然批评他违背组织原则的做法，但我心里很清楚，这位领导同志不是有意与我对着干，而是怕我不与中央保持一致犯错误，怕调整失败造成损失。看来非常有必要再次召开会议，在民主的氛围下展开讨论，让大家充分发表意见。

会上有两种意见，一种认为粮食生产是宜春的优势，必须保持和发挥这个优势。另一种意见认为，要全面分析，辩证思考，宜春的粮食生产在数量上有优势，而在其他方面不仅不是优势，反而是劣势。我是持后一种意见的。我给大家算了几笔账：第一，产品不优，优质稻只占粮食总产的5%；第二，转化不力，每年转化粮食才5亿斤左右；第三，商品率不高，而且基本上是卖原粮；第四，积压太多，全区国家粮仓1984年积压粮食5亿多斤，积压资金7 000多万元，年负担利息300多万元；第五，效益很低，1984年全区经济作物播面只有162万亩，而且一半以上是旱地和坡地，每亩产值达到104元，而粮食每亩产值只有85元，比经济作物低22%。如果用同等的耕地分别种粮食与种经济效益高的经济作物，相比之下，每亩产值相差几百元甚至上千元。要真正发挥宜春粮食优势，粮食生产只能在提高单产、提高质量、提高效益上下功夫，而不是死保粮食种植面积。

对我这个意见，有的同志顾虑重重：毛主席说，民以食为天，“手中有粮，心里不慌”；陈云同志强调“无农不稳、无粮则乱”；中央又再三指示“决不放松粮食生产”。如果我们调减了种粮面积，那不是跟中央唱对台戏？那不是下级不服从上级、小局不服从大局吗？我把我的理解摆出来：中央提出“决不放松粮食生产，积极发展多种经营”的方针，是一个“两手抓”的方针，决不是提倡继续走以粮为纲、单一经营的老路，而是要通过提高粮食单产来保持粮食增长。调减种粮面积发展多种经营，目的是为了提高经济效益，这与中央精神并不违背。1983年，江苏省粮食产量减少10%，多种经营发展了，经济效益提高了，中央号召学江苏。1984年中央表扬河北省保定地区人均增收100元以上，并不是表扬粮食增加多少，而是表扬他们增加了农民收入。

有的同志又说，可以调整种植业结构，但幅度不能太大，幅度大了，粮食出了问题就会有风险。我说，我们有大胆调整的底气。宜春地区1984年人均占有粮食1 209斤，比全国人均占有786斤高出53.8%，比全省人均905斤高出33.6%。上不欠国家的征购粮，下不少群众的口粮，调减一定的面积不会出现粮食危机。退一步讲，即使粮食将来价格好，我们也可以马上回头，耕地还在，水库还在，技术有，种籽有，怕什么呢？现在担心的不是调整幅度大了，而是担心调整不过来。有的农民苦于不知道种什么收益高，找不到路子；有的缺乏种植经济作物的技术，认为种粮虽然收益低，但保险。在这些方面帮助农民才是当务之急。

通过争论，大家的认识终于统一了，决定全区拿出100万亩粮田改种高效益的经济作物。这样一来，全区多种经营产值连年上升，到1988年，宜春多种经营产值达12.08亿元，占农业总产值的60.4%，年平均增长比全省高8.54个百分点。人口仅占全省12%的宜春地区，多种经营产值占全省的四分之一。

贯彻党的路线、方针、政策，有不同的认识是很正常的。要通过讲清道理、算账分析、典型引路等办法来统一认识。我从政几十年，工作中感到最难的是敢于一切从本地实际出发，创造性地贯彻党的路线、方针、政策。难就难在正确理解和把握中央方针、政策的精神实质；难就难在如何全面、准确地掌握本地的实际情况；难就难在因地制宜、创造性地把上级精神与本地实际紧密结合；难就难在敢于负责、敢于担当。

人才多在争议中

1984年，我到万载县调查研究，听说株潭镇有外宾，决定先去黄茅公社，第二天再到株潭镇。株潭镇党委书记孙世群闻讯，在我去黄茅乡的路上拦车，说镇里来的只是订购烟花的外商，希望我先到株潭看看。

盛情难却。我下车后，一边走，一边问情况。株潭镇的面积、人口、耕地、产值、收入，孙世群对答如流。他说，株潭发展乡镇企业，烟花鞭炮出口，财政收入超过100万元。这个数字引起我的极大兴趣，当时乡镇一级财政收入过100万的，还不多见。他继续介绍，说烟花出口，发展外向型经济，农民收入提高，财政收入增加，财政又拿出资金反哺农业，农业又增产增收，形成经济发展的良性循环。

到了镇里，我观看了株潭镇在广州举办烟花展销会的录像。

展销会上请了歌星演唱，放了流行歌曲，外商云集，热闹非凡。孙世群是上海人，见过世面，对外交往和公关能力很强。我心想，这可是一位搞外向型经济的人才。

我返回县里，向县委领导了解此人的情况。县委书记说："这个人有本事，但胆子太大，有点傲气。"

"他胆大，有没有违纪、违法的行为？"

"那倒没有。"

"这样能干的人为什么不用？"

"班子成员怕重用他谁也驾驭不了。"

县委班子成员七嘴八舌，但说来说去就是说他骄傲，没有涉及其他任何原则问题。我想，骄傲之人难免有不足，只要加强教育，使其改正就行。于是说："你们县里不敢用，我们地区用，把他调到地区协作办，派往驻厦门办事处当主任如何？"

我回到地区后，县委书记又给我打电话。他说：让一个科级干部驻厦门办事处，档次不够，不好开展工作。要么地委下个文，任命他为县委副书记，再调到厦门办事处上班，这样有利于工作。地委采纳了他的意见，就作这种安排。

人才就是人才，是金子总会发光。厦门办事处的工作开展得风生水起，有声有色。后来孙世群逐级成长为一名正厅级干部。

奉新县赤岸公社党委书记余达瑞，是我到宜春工作第一个接触的干部。那是 1983 年 7 月，我赴宜春上任的第一天，就直接到奉新县赤岸公社。当时，赤岸一片汪洋，洪涝灾害十分严重。余达瑞临危不惧，不等不靠，主动担起抗洪救灾的责任，在地委、行署尚未召开会议部署防洪救灾工作前，就通知各个大队书记到公社开会，不失时机地把工作布置下去。那天晚上，我与他促膝长谈，发现他知识面比较宽，读了不少书，观察问题有宏观视野。后来通过多次接触和实地考察，我认为余达瑞有胆有识，工作积极，善于总结经验，是一个比较全面的干部。但要提拔使用他，县委班子通不过，认为这个人狂妄得很，说话口气大得很。我力排众议，经地委研究将其提为奉新县县长，后来担任县委书记，最后也成长为一名正厅级干部。

经验告诉我，人才往往就在争议中。平庸之辈无争议，往往因为他少才华，无锋芒，胆子小，干不了事，也不得罪人。而有胆有识的人才，则敢想、敢说、敢干、敢作为，为了工作，为了事业，不会顾及别人怎么看，难免得罪人，容易招来非议。在干部队伍中，除了干的，还有看的、评的、怨的。有的人专看干的人的笑话，找干的人的岔子。那些敢于改革，有创造性的人，又往往是有争议的人。我坚持在争议声中选能人，用能人，亲自发现，亲自考察，直接接触，多方听取意见，排除异议，大胆启用。

金无足赤，人无完人。领导要敢于承担风险。只要不是以权谋私、违法乱纪，能人身上的缺点，在改革中的失误，都是前进中的问题，改了就行。我们要重视调动能人的积极性，旗帜鲜明地选用、保护那些兢兢业业干事的干部。只有这样，我们的事业才会兴旺发达。

从两个干部的任用说起

1984年，宜春地区县(市)领导班子调整时，组织部门提出，高安县群众有两封举报信，一封举报高安县委常委、县妇联主任，反映她在“文革”中打了人；另一封举报高安县委副书记，反映他是造反派。组织部门的同志主张将这两人先“挂”起来，待县(市)领导班子调整后再定。

在当时，只要听说哪个干部“文革”中有问题，立马就会被“拿下”，不予任用。组织部门的意见不无道理，把住这个关，也无可非议。假如谁坚持使用这类干部，则有包庇、重用造反派之嫌。在这个问题上，我是吃过苦头的。我在抚州工作时，就有人告我重用 103 个造反派，而且列举了名单。每逢中央组织部或省委考察我，这封告状信就成为一枚重型炮弹。可见，要真正做到实事求是，有时候是要付出代价的。但我想，对干部的处理要慎之又慎。高安两封来信中反映的问题是否属实？有何前因后果？在未弄清楚真实情况之前，不能草率地把两个干部“挂”起来。

本着对干部负责、对历史负责、对党的事业负责的精神，我亲自到高安作调查。通过找本人谈话和对当事人了解，很快就把这两人“文革”中的情况搞清楚了：那位县委常委当时只是个 16 岁的中学生，她和其他同学一样，响应毛主席“炮打司令部”、“造反有理”的号召，参加了学校的“红卫兵”组织，在学校开批斗会时，一时冲动打了校长一巴掌。那位副书记“文革”期间在高安县广播站工作，全站 4 个人，1 个站长，3 个工作人员。当时 3 人联名贴了站长的大字报，并到站长家里，要站长交出当年身穿国民党军官服拍的照片，站长未交，他们 3 人就离开了。他既不是头头，也无过激行为，在全县造反派名单中找不到他的名字。

我建议对这两人继续安排使用，有的人不同意，认为那位县委常委毕竟打了人，那位副书记毕竟贴了站长的大字报。我说，对在“文革”这个特殊时期发生的错误，要具体分析错误的性质、原因和历史条件。有些错误是难以避免的，比如，一个潮流来了，不清楚底细，挡不住，带有盲目性、片面性，只要不是品质不好，就不要揪住不放。对“文革”中的问题，也要区别不同人的不同情况：中小学生与机关干部要区别对待；一般干部与领导干部要区别对待；运动初期犯错误与十年一贯制的造反派要区别对待。前者不追究，后者错误严重不可原谅；如都应作处理，前者可从轻，后者必须从重。我们要从发展中看人，从变化中看人。在我的坚持下，地委对这两位同志作出了妥善的安排：一个调到外县任副县长，一个调到地区水电局任副局长。这两位同志到新的岗位以后，工作更加积极，进步很快。后来，一个担任了高安县人大常委会主任，一个成长为一名厅级干部。

政策和策略是党的生命。没有区别就没有政策。对反映干部的问题，花时间、花精力弄清情况，是对干部负责的表现。任何情绪化、简单化的做法，都会断送相关同志的政治前途。在核实情况的前提下，当领导的要不怕担风险，不怕抓辫子，设身处地替当事人考虑，客观地分析当时的环境，分清事情的性质和责任，作出恰当的结论。这是对干部的最大爱护，也最能体现领导的胸怀、担当和政策水平。

无悔的选择

1984 年 12 月 5 日，经过充分的准备，宜春驻厦门办事处正式挂牌，紧接着 6 日至 9 日在厦门举办宜春地区地产品展销会。这是宜春对外开放、搞好外向型经济的一次重要活动，我作为行署专员，亲自带领全区 10 个县市长和地直相关负责人以及部分企业厂长参会。

到了厦门，各项会前准备工作正在紧锣密鼓地进行，突然接到省委办公厅通知，说中央主要领导同志将于 12 月 7 日到宜春视察工作。因宜春地委书记在上海治病，省委书记白栋材批示由我负责接待。

宜春自解放以来，中央主要领导同志亲临视察是破天荒第一次。若我能负责接待，当面汇报工作，聆听教诲，是莫大的荣幸，是难得的机会。但宜春地区厦门展销会是 12 月 6 日开幕，届时厦门市委书记、市长和 93 个市直单位的主要领导以及新闻单位的同志都将莅会，这是对宜春工作的极大支持，也是宣传宜春的一次难得的机会。我若不参加，将失信于厦门，也会影响今后厦门办事处的工作，甚至影响宜春地区今后外向型经济的发展。中央主要领导来宜春视察，省委有主要领导陪同，地委还有副书记在家，我不回去，对领导视察宜春工作没有影响。权衡工作利弊，我想，应以工作为重，抛弃个人得失。于是，我报告省委，不回宜春，留在厦门把这次展销会搞好。省委同意了我的安排。

12月7日，在家的同志电话告诉我，胡耀邦总书记视察了铜鼓、宜丰、上高，8日将继续视察高安、奉新。高安县委书记翟时达参加完6日厦门展销会的开幕式后，我要他赶回县里接待总书记，我继续留在厦门。

这期间，《文汇报》、《厦门日报》发表了宜春招商引资的9条优惠政策，引起了轰动。厦门市的领导对我说，“厦门是经济特区，都没有提出过如此优惠的招商引资政策，你的举动对我们触动很大。”紧接着，我充分利用在厦门的宝贵时间，组织10个县市长学习厦门特区改革开放的经验，广泛接触客商，交朋友，引项目，加强横向经济协作。我们一面考察学习，一面谈心得体会，并制定出地区和各县市改革开放、发展外向型经济的方案和举措。这次厦门之行，收获颇丰。展销会一炮打响，轰动厦门，取得圆满成功。万载烟花在特区上空绽放，宜春名优特产品在厦门畅销，产品成交额达1 500万元。宜春的对外开放、吸引外资有了一个良好的开端。

对我个人来说，毕竟失去了一次与总书记直接接触的机会。对这件事，很多人不理解，当初为什么不从厦门赶回来？有人说，只要我与总书记直接接触，肯定会引起高度关注，得到重用。也有人说，“时也命也运也，叶学龄偏偏在总书记来宜春的前两天离开了，这样好的机遇竟错过了。”人们这样说，并不奇怪。总书记视察，对宜春的工作十分满意，给予了很大的鼓励。总书记视察过的5个县的县委书记，后来都得到提拔，有3个年轻的县委书记被选拔进地委、行署领导班子，还有两位被提任为地区检察院检察长和地区医专的党委书记。

我认为，一个干部能否得到提拔重用，主要看工作实绩，不靠一次与领导人的接触。宋代罗大经《鹤林玉露》说："仕不必达，要之无愧。"以工作为重，失去一次接触总书记的机会，我无怨无悔。

破例的任职

1985年初，宜春地委书记即将调省里任职。我时任行署专员，人们议论纷纷说可能会由我来接任地委书记。我知道，当时任职特别强调要符合干部"四化"方针，我既无大学文凭，又无年龄优势，省委一般是不会作这种安排的。

果然，省委书记白栋材同志提议，要在宜春地区县委书记中选一位大学生来当地委书记。这既出乎很多人的意料之外，也让我内心很纠结。这个提议符合中央关于干部"四化"的方针，无疑是对的。但当时全区只有一个县委书记是大学生，而且还是1984年机构改革时由副县长刚刚提上来的，缺乏掌管全区工作的经验。如若他当地委书记，我继续留下当专员，我就处在一个很尴尬的境地。我若帮他，势必要多出主意多干事，难免人家说你"架空书记"；干少了，又难免人家说你没当书记"闹情绪"。关系处理不好，就会影响全区的工作。考虑再三，我决定找省委领导，请求调到省直单位工作，不选部门，不计较排位。但这时又出现了另一种情况，宜春地区有不少同志特别是老同志到省委要求，推荐我担任地委书记。

省委听了反映后，决定由省委组织部派一位副部长带人到宜春几套领导班子中征求意见，并明确指示：原地委书记调省工作后，省委不向宜春派书记，就在本地产生，谁合适就推荐谁；考察记录不作整理，原原本本带回向省委汇报。推荐结果，80%的人署名推荐我当书记。

过了一段时间，省委下达了任命我当地委书记的决定。白栋材同志找我作任前谈话时，讲述了决策的经过。他说：论水平、能力、经验，你当宜春地委书记比较合适，也是宜春绝大多数干部的愿望，但你不具备干部“四化”条件啊！省委很难担起这个责任，因为这是关系到贯彻中央关于干部“四化”方针的大问题。想来想去，我就去找中央派驻江西的整党工作组组长万达同志，想听听他的意见。事有凑巧，他说认识你，有一次他从湖南回来时在宜春住了一晚，是你接待他的。当时他只是路过，你主动向他汇报工作，没有任何文字材料，张口就来，侃侃而谈，他听后非常满意，说你情况熟悉，思维敏捷，观点鲜明，是一个有思想、敢作为、有魄力的干部。你还带他参观了几个地方经济发展的情况，令他耳目一新。万达同志说：“此人当地委书记是合适的。中央的干部‘四化’方针当然要贯彻，但决不能搞‘一刀切’，我们党吃‘一刀切’的亏还少吗？”

白栋材同志的这一席话，是要告诉我，机构改革以后，像我这个年过50，连小学文凭都没有的干部提为地委书记，是破了例，省委是要承担风险的，是万达同志促成了省委的决策。今后一定要努力再努力，把宜春的工作搞上去。我当即表态：请省委放心，我会拼尽全力把宜春工作搞上去，决不辜负省委的期望。

作为一个不符合“四化”条件的干部，能从专员到书记，我感慨万千：宜春地区的老同志为了宜春的发展，出于公心，纷纷向省委反映情况，这种精神，感人至深；省委领导坚持群众路线，倾听群众呼声，按照群众意愿，改变原意向，破例地重用我，承担着一定的风险，这种担当精神，感人至深；万达同志有丰富的领导经验和求实精神，他与我只是一面之交，却能从切忌“一刀切”的大局去看问题，体现了老一辈领导同志的风范，感人至深。这些都成为我主政宜春，竭尽全力做好工作新的动力源泉。

别开生面的培训班

1985年，我在地委领导班子会上提出，用三年时间对乡镇领导干部普遍轮训一次。

有的同志认为不妥，干部培训应实行逐级负责制，应由党校负责培训。多数同志赞成我的提议，认为乡镇是我们党委、政府的最基层单位，乡镇领导干部则是最基层的“指挥员”，直接与群众打交道，他们的素质高低，决定着干群关系和农村工作的好坏。从宜春的实际情况来看，当时这批乡镇领导干部大都是1984年机构改革中提拔起来的，没有经过系统的培训。因此，要把对他们的培训放到重要的位置上，通过培训提高他们的政治素质、思想素质和履职能力。通过讨论，大家形成了一致意见，并要求组织部门立即制订“三年培训计划”和近期培训方案。

以往举办干部培训班，一般分三段：第一阶段领导报告，谈认识，讲意义，提要求；第二阶段教员授课，教员讲，学员记；第三阶段专题讨论，结业考试或写结业论文。这次我主张改变过去那种“三段式”，要讲求实效，走出新路。一是自我学习。用两天时间，各自学习中央和省委有关农村工作的文件，过去没学过的要学，过去学过的也要重温。通过学习，吃透上面的精神，为贯彻落实党的方针政策打好思想基础。二是自我解剖。剖析本地的优势和劣势、本人的长处和不足。三是自我提高。每人写出一篇“发挥优势，扬长避短，加速本地经济发展”的文字报告，而后到小组会上宣读，交流、评议，择优到大会交流。有的同志对我提出的这种培训方式不认同，他们说，“没有报告、没有辅导不正规；教员不教、学员自学不像培训班，而且势必产生放任自流。”经过激烈争论，大家见我态度很坚决，表示试试看。

培训班一开始，开宗明义宣布办班的新方式，学员们当场就紧张起来。有的来时带了象棋、扑克的,悄悄藏了起来。有的约好出去吃饭的,立即打电话辞掉了。樟树市学员黄友和,50多岁,从事农村工作30多年,培训班也参加过不少,这次以为又是走走形式,只带了一些伙食费,准备像以往一样呆两天后便借故回家不再来。听了新的办班方式后,赶忙回家拿衣服和钱。

这期培训班办出了四个特色:

一是密切联系实际。培训班列出五个思考题,由学员们自己回答:(1)你乡镇发展经济的优势是什么、劣势是什么?今后如何扬优避劣?(2)你乡镇在落实农村经济政策中还有什么问题?今后如何进一步抓好政策的落实?(3)你乡镇党群、干群关系存在哪些问题?今后怎样进一步密切党群、干群关系?(4)你走上领导岗位以后干了哪几件自己满意的实事?今后准备如何干?(5)你个人有哪些优点和缺点、长处和短处?今后如何扬长避短?要求大家围绕这些题目联系实际,认真思考,从理论与实践的结合上正确地认识本地,正确地认识自己。

二是突出自我教育。培训班贯彻自我教育的原则,强调自我学习、自我思考、自我解剖、自我提高,改变了过去那种"教员满堂灌,讲得口干舌苦;学员埋头记,听得索然无味"的状况。在短短的10天时间里,学员们自学了6万余字的文件、材料,写了上万字自我剖析和今后工作思路的文章,既有理论,又有实际。不少同志在文章中写道,过去工作没做好,不是从自身找原因,怨政策多变难跟上,怨群众落后难领导,怨本地条件差难发展。通过学习有关政策,头脑更清醒了;通过分析当地的优、劣势,心中更有数了;通过解剖自身的优缺点和工作中的不足,更有自知之明了。今后对本地要扬优成势,对本人要扬长避短,做一个清醒的领导者、称职的一线指挥员。

三是互相交流启发。学员们通过认真学习、反复思考和自我解剖形成体会文章后,分小组交流,每位学员都要宣读自己的文章，然后开展讨论、评议，互相学习，互相启发。不少同志说："过去是'不识庐山真面目，只缘身在此山中'，虽然天天在下面转，但对本地的优势劣势缺乏认真分析研究，往往拿不出符合实际的工作意见。通过学习、交流，大家互相评议，深受启发，心头豁然开朗，今后工作思路更清晰了，方向更明确了，重点更清楚了。"小组交流后选择优秀者到大会交流，以取得标杆效应。

四是培训与考察干部相结合。培训期间，我与地委有关领导以及组织部门的负责同志，深入到学员中，通过与学员面对面谈话、听取小组发言和大会交流、看学员写的文章等方法，考察了解他们的理论水平、政策水平以及思维方式、文字功底、综合分析能力和口头表达能力，从中掌握干部状况，发现优秀人才，以便今后加以重点培养。不少同志深有感触地说："这个培训班既是自我解剖式的培训班，又是具有竞争性的培训班，别开生面。"

与过去的培训班比较，这期培训班出现了三个转变：一是在培训方式上，由过去那种"教员讲、学员记、应付考试背笔记"的僵化模式，向自我学习提高、理论联系实际、学习结合工作的新型模式转变。二是在学员学习态度上，由"要我学习"的被动型，向"我要学习"的主动型转变。学员普遍反映，这10天培训班，逼出了几身汗，瘦掉了几斤肉。废寝忘食者有之，梦中惊醒者有之，悔恨当初不努力者有之。三是在执行制度上由强制执行，向自觉执行转变。过去对培训班的制度要三令五申，强迫执行，可违犯者还是不少，邀伴出去吃请者天天都有，借故请假者不乏其人，下象棋、打扑克的比比皆是。这次学员们都能自觉地遵守有关制度。大家普遍反映，从来没有这样认真系统地学习文件，从来没有这样认真缜密地思考问题，从来没有这样自觉严格地解剖自己，从来没有取得这样大的收获。他们高兴地说："这样的培训，内容新、形式活、要求严、效果好。"

经营四特酒的理念之争

1985年9月5日，我带领行署有关领导、地区经委主任、财政局长、工商银行行长和有关专家，到清江县樟树四特酒厂调查研究（1988年清江县撤销，改设樟树市），就扩大四特酒生产规模现场办公。

樟树的四特酒，历史悠久，品质优良。周恩来总理曾为此酒留下过“清香醇纯，回味无穷”的赞语，邓小平也曾称赞四特酒为“酒中佳品，味道独特”。四特酒价廉物美，畅销市场，供不应求，连首都北京的市民也亲睐四特酒。四特酒成为江西一张对外的名片。但当时四特酒产量很少，无法满足市场的需求，更谈不上有规模效益。

早在1984年春，我就提出大力扩大四特酒生产规模，结果进展不太理想，主要是思想障碍不少。许多同志认为，四特酒的生产情况特殊，扩大规模有几大风险。一是质量难以保证，担心砸了四特酒的牌子；二是酿造技术难免外传，担心断了四特酒的命根子；三是万一没搞成，担心倒了四特酒这棵“摇钱树”，影响

我与农民交朋友

本县财政收入。说到底，还是小农经济思想在作怪。

针对这些思想障碍，我们深入到四特酒厂去现场办公，召开座谈会，多方面听取意见。在座谈会上，大家畅所欲言，充分发表各自的看法。首先要统一的认识是要不要扩大生产规模。经过讨论，大家都认为四特酒是江西的名牌产品、宜春的拳头产品、樟树的当家产品，目前走俏市场，正面临着扩大生产规模的极好机遇，必须抓住机遇加快发展。要从小农经济的思想束缚中解放出来，用现代化大生产的理念指导，做大生产规模，追求规模效益。这个问题解决了，大家就集中讨论如何在扩大规模中保证四特酒的质量，如何保证酿造技术的安全，从而实现又好又快地发展。针对一些人的思想顾虑，我提出，数量和质量是辩证的，当下的主要矛盾是供不应求。没有数量，也就无所谓质量。四特酒再好，群众见不到，买不到，还有什么价值？在激烈的市场竞争中，为保名牌而束缚手脚，是保不住名牌的。再说，质量优劣并不决定于数量多少，产量少不一定质量高，产量多不一定质量低，关键是要找到确保质量的办法。座谈会集思广益，终于找到了一个大家赞同、专家也认可的方案，即让全县有条件的乡镇都来生产酒基，统一到县四特酒厂勾兑，这样既可保证酿造技术不外传，又能保证扩大规模后四特酒的质量，使四特酒真正形成规模，占领市场。

为了切实支持四特酒扩大规模，现场办公会决定，实行特殊政策，加大投入，由财政贴息，银行增加贷款。地委还决定，将思想比较解放、开拓精神比较强的宜春县县长徐义生调任清江县委书记。该同志到任后，大刀阔斧抓四特酒生产，四特酒的产量迅速攀升，由 1985 年的年产 5 505 吨，发展到 1989 年的 22 259 吨，四年增长了四倍。四特酒产量增加了，质量仍然有保证。1989 年销售收入首次突破亿元大关，达到 11 523.77 万元，上交税收 2 934.04 万元，占撤县设市后的樟树市财政收入的三分之一。省政府根据市场情况，批准每瓶四特酒价格提高一倍。即便如此，四特酒仍然走俏市场。到 1990 年，樟树就成为全省第一个财政收入跨亿元的县级市，其中四特酒上交的税收占 70％。

实践证明，当时扩大四特酒生产规模的决策是对的。经营理念决定经济效益，用现代化大生产的理念指导，品牌才能真正成为“摇钱树”。

能上能下开新风

1985 年，宜春县（市）领导班子调整时，对 3 个县的县长要不要作调整，在地委领导班子内部引起了争论。

我到宜春工作，经常与县市领导班子成员直接接触，了解考察每个干部的素质。经过一年半的多次接触和工作考察，我发现有 3 个县长，此前都没有从过政，突然挑一个政府主官的担子，力不从心，缺乏与所任职务相匹配的能力，缺乏领导者应有的魄力，个别同志身体还不好。他们在一个地方干了一年多还不能进入角色，干部群众议论纷纷，批评他们“抓工作没点子，作报告念稿子，常年不离药罐子”。

我认为，这 3 位县长是忠厚正派人，本质是好的，但缺乏从政素质。在位一年半，政绩乏善可陈，不具备担任政府主官的水平和能力。主官关系全局，影响全局。要把一个县的工作搞上去，选好党政主要领导是关键。再说，干部“能上能下”也是党的一贯政策。因此，主张对这 3 位县长进行调整，另作安排，让他们各得其所，各尽其能。

但不少同志认为，这 3 位县长是按干部“四化”条件挑选上来的，工作上也没有犯错误，如果免掉，就是与中央干部“四化”方针相抵触。分管党群工作的地委副书记与组织部长商量之后一同找我交换意见。他们说：“实行干部‘四化’方针，是中央的一大战略，我们应该坚决贯彻执行。干部问题很敏感。你本人没有文凭，这次调整干部，10个县市你一次拿下刚提上来一年半的3位县长，人家会说你对干部‘四化’方针有抵触，对你的影响很不好。”我知道他们是一番好意，担心我这样做会“授人以柄”。也有的人劝我：“提拔干部，人家不一定感激你，而免去职务，人家就会记恨你一辈子。不仅他本人不服，还触动他的亲朋好友及人际关系网，特别会得罪当年提拔他们的领导，你可要考虑清楚啊！”

当我找这3位同志谈话时，他们开始思想也不通。他们说：“类似的情况还有，为什么别人没有下要我下？为什么全省其他地区都没有这样调整干部，宜春地区要这样调整？”

干部“能上能下”叫了多年，一直都是停留在文件上。当时的实际情况就是干部只能上不能下。我的最大压力是说我“没有文凭打击有文凭的，对抗中央的干部‘四化’方针”。为了避嫌，按兵不动，对事业不利；为了事业，将3个干部免掉，又危及自身。我告诫自己，一个领导干部，想问题、作决策，只从自身得失考虑，那就太渺小了。为了党的事业，也许暂时不被人理解，甚至遭到非议，这不足为惧。身为领导干部，要想有作为，要想闯新路，要想开新风，必须作好三个准备：一要准备当被告，身正不怕影子歪，要在当被告中成长；二要准备受委屈，即使有时上级裁判不公，也要让时间去检验；三要准备吃点亏，吃亏往往是福。

由于我的坚持，地委对上述三个干部还是作出了调整，根据他们各自的特点和长处，扬长避短，另作安排。经过耐心做工作，这三个同志都很愉快地接受了组织的安排，认为在原岗位继续干下去不仅影响工作，也影响自己的身体，把调整职务视为组织对自己的关心。

干部能上能下，在宜春动了真格的。这件事对干部特别是年轻干部触动很大。不少年轻干部接受了“无功就是过，平庸就是错，称职继续干，否则也要下”的新观念，清楚地认识到，担负一定的领导职务，仅凭年纪轻、有文凭是远远不够的，更要有水平、有能力，做出工作实绩。因此，他们更加努力地工作，更加自觉地锻炼自己，提高自己，在干部队伍中形成了奋发向上的新风气。

实践证明，对上述三位县长的调整，效果是好的。那三个县领导班子调整后，工作大有起色，经济社会发展很快，其中两个县财政收入过亿元，成为全省不多的几个财政收入过亿元的县市。

“我给你们送牢饭”

1986年6月，我到铜鼓县搞调查，走访中小学时，发现校园墙壁上写着“再穷不能穷学校，再苦不能苦孩子”的标语，而现状却是缺课桌，少板凳，校舍破旧不堪，尤其堪忧的是厕所很不安全，学生一不小心就会掉到粪坑里。县委书记告诉我，铜鼓县的中小学危房有上百所，校舍80%以上是干打垒的破旧老屋和老祠堂，危房面积高达40%，形势十分严峻。我忧心忡忡，立即与县、乡干部和当地群众座谈，商讨解决办法。

县、乡干部面有难色地说：“学校危房多，我们早就想解决，缺资金还可想办法，最头痛的是没有木材。”

我很不理解，铜鼓县森林资源丰富，人均造林超过2亩，人均有活立木70多方，怎么能说没有木材？他们不无委屈地说：“满山的树，可我们没有砍伐指标，不敢砍，砍了要坐牢啊！”

我说：“不砍树改造学校危房，压死学生要坐牢；砍树改造危房因没有砍伐指标要坐牢。看来，砍与不砍，反正都要坐牢。与其等危房压死学生去坐牢，不如砍树改造危房去坐牢。党中央、国务院三令五申，已经严厉通报过危房压死学生的事件，这种事件决不能在铜鼓县发生。解决学校危房，无非是山上砍点树，村里帮点工，县乡出点钱。你们向林业部门申请指标，我想一定会得到支持。如果真是为了改造中小学危房砍树而去坐牢，我给你们送牢饭。”

我的讲话为县里的同志壮了胆，那些林木资源丰富的村庄，根据改造中小学危房的需要，组织砍伐了 3 000 多立方米木材。为了统一规划，县委、县政府召开会议，成立了中小学危房改造领导小组，研究并制定改造学校危房的方案。根据摸底情况，先集中改造险情严重的校舍。改造危房的资金从县财政机动财力中挤出来，外加乡村自筹和社会各界捐助。改造危房的木材，从有限的砍伐指标中挤出来，全县每年拿出 1 万方指标改造危房，连续三年，后来又追加了 1 万方，共 4 万方木材指标，集中用于中小学危房改造，五年改造危房 5 万平方米。在县、乡、村三级共同努力下，全县中小学危房基本得到改造，一座座结实、安全的校舍坐落在青山绿水之中，学生们的读书声、欢笑声在山谷回荡。1990 年，铜鼓县被评为全省中小学危房改造先进县。

教育是国强民富的基石，青少年一代是中华民族的希望。消灭中小学危房，确保师生生命安全，是为政者的重要职责。为改造中小学危房，领导一定要敢于担当。

不挤“独木桥”　开拓“职教路”

1986 年，高安县在高考中又喜获丰收。为了总结和推广他们的经验，10 月 15 日，宜春地区教育局在高安县召开全区教育工作座谈会。

会议组织者得知我正在高安搞调研，请我到会上讲话，我欣然答应。他们都以为，我当过临川县的县委书记，现在又是高安县的上级领导，高安和临川一样，都是全省高考中的状元县，这次讲话一定会对他们的工作大加表扬。但出乎大家的意料，我到会的即席讲话，重点并不是如何抓好应试教育，提高升学率，而是谈要用足够的认识和力量办好职业教育。在我看来，能够为重点大学输送更多品学兼优的学生当然是好事，应当受到表扬，高安教育工作的经验也值得总结推广。但千军万马过“独木桥”，多少人被挤落桥下的现状却不容忽视。

我在会上给大家算了一笔账：宜春地区每年有1.5万人参加高考，其中有5 000人是补习生。有的补习生复读多年，年复一年应考，年复一年落榜，有的甚至是“高八生”，成了新时代的“范进”。而每年能考上大专以上的不过3 000余人，落榜生有1.2万人之多，除去5 000复读生，还有7 000高中毕业生要回到家中。更让人揪心的是初中毕业生，全区每年有4—5万初中毕业生，大约有3万人升不了高中，两手空空回到家里。两项相加，共有37 000名高、初中毕业生既不能升学，又无一门技术，放在社会上，无所事事，有的甚至走上了犯罪的道路。家长们也非常担心，有的家长给我写信，要求解决孩子的出路问题。而考上大学特别是考上重点大学的，毕业后基本上不回宜春工作。人们戏称：“一流人才漂洋过海，二流人才北京上海，三流人才深圳珠海。”只有师专、医专、农专的毕业生能留在宜春工作，致使宜春人才奇缺。

我们讲落后，这个指标落后，那个指标落后，这都是现象，真正的落后是人才。一个地方要发展，关键取决于干部的素质，取决于劳动者的素质。如果劳动者的素质差，只会卖力气，要想有个大翻身、大发展，难！要想争上游，空谈。教育要着眼于提高人的素质，除了为国家培养输送高端人才，还要为地方经济社会发展提供智力支撑。这就要大力发展职业教育。通过职业教育，出一批能人，促一方经济。必须改变单一应试教育的格局，下大力气拓宽职业技术教育这条路，使那些落榜的高、初中毕业生通过职校的培训，每人掌握一两门实用技术，成为怀有一技之长的劳动者，使全区每年能够培养出一大批既有一定文化知识、又有一定专业知识的实用人才，这对当地经济的发展、社会的进步将是一股巨大的推动力量。

单一的应试教育格局，是长期形成的。“万般皆下品，唯有读书高”，学生要“跳农门”，家长要望子成龙，升学率就成为评价一个学校乃至一个地方教育工作的唯一标准，领导、校长、教师的压力很大。他们说，升学率上不去，学生无出路，家长无盼头，校长、老师无面子，学校排名无位子。我在会上说，大力发展职业技术教育，就要做好三个准备：准备坐冷板凳，准备受谴责，准备挨批评。这三条都是暂时的，我们要有勇气走职业教育之路。

后来，我把大力发展职业教育的意见提到地委领导班子讨论。当时，地委班子内也有人提出质疑：大力发展职业技术教育，资金从哪里来？校舍在哪里？师资在哪里？实习基地在哪里？我说，创办职业技术教育是一项带全局性、战略性的大事，如果抓好了，就能促进全区经济社会发展。只要全区上下提高认识，统一思想，地委、行署加强领导，社会各界共同努力，是能够把这件大事办好的。认识统一了，地委、行署要求各级经济部门和业务部门以及企业都要把发展职业技术教育当作自己分内的职责，“有钱的出钱，有房子的出房子，有设备的出设备，有师资的出师资”。全区所有对口的工厂、农场都应是职业技术学校的实习基地。

1987 年的教师节，我到宜春凤凰职高慰问教师，参加教师座谈会。在听取意见后，我对教育部门、劳动部门提出要堵死两个“后门”：一是堵死毕业生“回炉”复读的“后门”。不开这个“后门”，可能升学率下降，要坐冷板凳，但要在所不惜。二是堵死职教外招工的“后门”。今后就业人员都应该经过职业学校或者职业培训班培训，没有拿到这两个证书的，招一个退一个，对用人单位还要提出批评。这两个“后门”都要列为违规来检查。

世上无难事，只要肯登攀。经过全区上下的共同努力，宜春的职业技术教育蓬蓬勃勃地发展起来了。到1988年，与1983年相比，全区职业中学由7所发展到54所；在校学生由1 585人发展到12 943人；职高毕业生由256人发展到4 359人。铜鼓县农业技术高中、宜春市洪塘职业高中、宜丰县职教中心成为全省第一批示范性职业学校。奉新冶城职校成为全国首批“省级重点职业高中”。长江以南地区南方十几个地市职业教育研讨会、全省职业教育经验交流会都在宜春召开，中国教育电视台专题播出《改革中的宜春农村教育》。

宜春的职业技术教育，立足积极培养各类实用人才。开设畜牧水产专业、林果茶种植专业、竹木工艺制作专业、农副产品加工、农机和电器修理专业，还有幼师、服装、家电、烹饪、工艺美术等专业，紧密服务于经济建设和社会生活。这些职校毕业生凭借学到的一技之长，成了企业特别是乡村企业的技术骨干，成了科学种田、农村技术活的能手。不少职校毕业生回到乡村后，成为推广农业科技的带头人。他们不仅自己依靠科技致富了，而且带领广大村民学习科学技术，运用科技致富。有的还牵头组建了各类“种植业协会”、“养殖业协会”和“信息交流协会”等，推广农科技术，互通市场信息，收到了很好的效果。也有的通过创办“科技文化学校”和“村民夜校”向村民推广、普及农业科学知识。实践证明，经济社会的发展需要大批实用人才，而实用人才必须通过职业教育来培养。它既减轻了“独木桥”的压力，又拓宽了人才成长之路。在宜春地区，经过职业技术教育培训的学生中，有一批走上了乡、村领导岗位，也涌现了一批拔尖的人才，如宜春曙光职高工艺美术专业1988年毕业生林峰闯荡深沪之后，如今成为著名的铜工艺雕塑大师。

那些年，宜春经济走在全省前列，职业技术教育功不可没。

造伐风波

1987年5月的一天，省委主要领导急匆匆把我找去，很严肃地对我说："党的十三大就要召开了，你的代表资格审查暂时还没有通过，要待调查以后再定。有人反映你曾鼓励农民靠山吃山，乱砍滥伐，有没有这回事？"我回答："我是主张'靠山吃山'，但那不是'乱砍滥伐'。"我把事情的来龙去脉作了汇报。

我那时在宜春地区任地委书记。宜春山区面积占国土资源的70%，而林业产值占国民生产总值只有3%。我想，宜春工作要上去，必须发展林区经济。如何发展？1986年，我带队到靖安、奉新、宜丰、铜鼓四个主要林区县，就振兴林区经济问题进行专题调查。

通过调查，我们感到当时的具体林业政策束缚了林业经济的发展，主要是栽树的人没有砍树权，就连造林的清山材、间伐材、枝丫材（简称"三材"）砍伐也要到省林业部门审批。我们认为，限额采伐，国家下达采伐量，实行宏观控制，这是造福后代、惠及子孙的大事，必须服从，决不能只图眼前，不顾长远。但是，限制是为了发展，限额砍伐必须尊重实际，科学合理。林区的干部和林农都懂得：要发展就要清山，否则就无法更新造林；在我们红壤地区，杉树生长期为25年，超期不伐就停止生长；枝丫材如果弃之不用，也是浪费森林资源。如果不分青红皂白，盲目限制砍伐"三材"，既违反了自然规律，又违反了经济规律。自古以来就是"靠山吃山，靠水吃水"，关键是要充分而又合理地利用资源优势。而当下农民只有栽树权，没有砍伐权，砍伐指标掌握在远离林区、坐在城市大楼办公的人手中，结果是"树在山上摇风，人在山下受穷"。为此，我们提出，在保证林业发展的前提下，把清山材、间伐材和枝丫材利用好，发展加工业，让"三材"不断增值，把资源优势变成经济优势。我和林业部门的同志曾经算过一笔账，全区人工造林面积500万亩，可间伐面积200多万亩。按正常间伐量，每年至少可间伐木材50—100万立方，收入2—4亿元。这笔收入用来搞农业开发，三年可增收10多亿元，农业就能形成大气候，全区经济也就搞活了。合理利用林业资源，这方面的潜力大得很，是篇大文章。1986年3月10日，我在宜丰县委常委会上说："在木材问题上，要搞清资源，做到造多于伐，伐少于长，不到期不伐。在这个原则下，该砍的要砍，该间伐的要间伐，该清山的要清山。否则，就会'端着金饭碗讨饭吃'，经济搞不活，农民不能富。在宏观控制下，如何把木竹转化搞活，要采取变通的办法。宜丰五十年代造的林有2万多亩，树龄过30年了，应当要间伐。"同时，我明确提出"一定要保证砍一亩造二亩"。此后，我们这次专题调研所形成的调查报告《振兴林区经济的几个问题》，先后在新华社《内部参考》和《中国林业杂志》发表，在全国引起很大反响。

我们不但是这样说的，也是这样做的。林区县的"三材"除自用外，先销到本地区平原县(市)，后来逐步销到外县、外省，由此充分调动了林农的积极性，林区的经济得到迅速发展，各方面有了很大的变化。像铜鼓、靖安都是人口只有十几万的山区小县，由于"三材"利用得好，人均财政收入走在了全省县(市)的前列。

万万没有想到，我们的调查报告和我的这些讲话却被人断章取义说成是鼓动"乱砍滥伐，破坏《森林法》"。省林业部门向上级写了情况反映，国务院用《参阅件》的形式进行通报。省政府紧急召开全省电话会议，将《参阅件》的通报念了一遍。有一记者写了长篇报道，发表在《中国农村经营报》头版头条上，题目是《一把更大的刀》，说江西有一位颇有政绩的地委书记宣传"靠山吃山"，"农民要致富，上山去砍树"，"乡镇企业要发展，上山去砍树"，"号召农民拿起砍刀，将一个个山头砍光了"。这样一来，我一下子成了全国乱砍滥伐的典型。

我当然感到委屈。事实上，我一贯重视造林工作。在我任临川县委书记时，正值“十年动乱”，我们排除干扰，组织全县干部群众，在丘陵山区造了几万亩林。我到宜春工作，对林业经济倾注了更多的精力。1985年1月31日，我以专员的身份代表宜春地区行署同全区10个县长签订绿化责任状，加快造林步伐。后来又组织林区经济调查，充分利用林业资源优势，发展多种经营和乡村工业，使林区焕发了经济活力。

面对来自上级的批评和某记者的不实报道，在巨大的压力面前，我做了三件事：第一件，交代地委办公室收集我关于林业工作的所有讲话、批示，分送上级领导和各新闻单位。第二件，要林业部门统计这些年来宜春造林与砍伐的情况，用数据说话。林业部门算账的结果是，宜春地区林木生长量大于砍伐量，没有违反《森林法》。新华总社记者专程到宜春实地考察，他们没有看到砍光的山，看到的是宜春到处郁郁葱葱，在他们走过的几个地方中，宜春是森林保护最好的地区。新华社记者在《内部参考》和《中国林业杂志》发表了权威调查。第三件，请江西日报总编约林业部门的领导同志一起到宜春上高县山上实地考察，看到山上林木茂盛，并不是“将一个个山头砍光了”，考察结果与新华社的调查报告是一致的。

事实终归是事实，有关我“乱砍滥伐”的问题终于得到澄清。这场几乎要以我的政治前程为代价的造伐风波平息了，我光荣地出席了党的十三次全国代表大会。

这件事给我的启示是：尊重实际，方见真理；承受委屈，相信组织。

附：振兴林区经济的几个问题

（1986年4月）

今年3月上中旬，我们到靖安、奉新、宜丰、铜鼓等4个主要林区县，就振兴林区经济问题进行了专题调查。从宏观指导的角度看，我们认为，振兴林区经济，必须重视和处理好几个问题：

振兴林区经济重在林业

山区林区要以林为主，要重视发展林业。有了林业发展，振兴林区经济才能有前途。

（一）林区资源优势在林业。4 个县拥有有林山地 571 万亩，占山林面积的 79.2%，加上近年来造林面积，占有比例可超过 90%；活立木蓄积量 2 142 万立方米，约占全区 10 个县市的 80%。

（二）林区经济大头在林业。1985 年靖安县林业、林产品加工、森林副产品产值占全县工农业产值的 43%；全县财政收入来自林业的占 44%。铜鼓县木材采运及林产品加工业提供财政收入占全县财政收入 40.8%。林业，已构成林区县国民经济的重要支柱。

（三）林区农民增收重要来源靠林业。奉新县在 1984 年通过放宽林业政策，处理因山腐烂材 2 万立方米，林区农民人均收入增收了 100 多元；1985 年放开木材价格，人均增收 40 元。铜鼓县农民人均从木竹价格放开得实惠 80 多元。今后，林区农民增收主要还是依靠林业。

（四）林区经济发展的后劲离不开林业。林区的经济建设，翻番致富的事业，都要倚重林业。林业后劲足，则振兴经济的后劲也足；林业优势失去了，就会拖住整个经济发展的后腿。

造林与育林重在育林

林业生产要有后劲，必须造林育林。就造林育林的关系来说，造是前提，管是关键。首先是造，而后是管，但是管比造更为重要。在这个问题上，我们看到 4 个县都有经验和教训。

管理不好，事倍功半。解放以来，4 个县造林 271.9 万亩，保存面积只有 102 万亩，人工林保存率只有 37.9%，死去 169.9 万亩，若以每亩投资 30 元计算，损失达 5 000 多万元。据统计，1979 年以前的 30 年中，全区造林 643 万亩，保存率只有 37%。剩下 238 万亩，死掉 405 万亩，损失 1.2 亿元，损失惊人。为什么造林不成林，成林不成材呢？究其原因，就是重造轻管，重植树轻抚育，就是图绿化之名，不求成林成材之实；或者造了之后,人力物力跟不上管理。

管理得好,事半功倍。近年来,林业政策放开,造林与管理质量提高了,保存率也有了较大提高。这次调查中,我们在4个县看了十多处、20多万亩管得好的人工林,速生高产,效益喜人。一是坚持了高标准高质量造林。二是抚育管理紧跟上,前期抚育都在8次以上。三是合理间伐。我们所考察的10多个林场的人工林,前20年间的年生长量,每亩都在0.8立方米以上,高出全区平均增长率(0.135立方米)5倍以上,也就是说,管理好1亩可当6亩,这样有效益的好事,何乐而不为呢?

限额采伐重在科学合理

在林业生产中,要正确处理森林资源的开发利用和保护的关系,既要坚持限额采伐,又要尊重客观实际,做到科学采伐,合理采伐。

限额采伐,国家下达采伐量,这是宏观控制,必须服从。这是造福后代的大事,决不能只图眼前,不求长远。但是,限制是为了发展,限制必须尊重科学、尊重实际,从实际出发。有"三个不要限制":第一,造林清山材不要限制。要发展就要清山,要清山就有木材。4县一年造林达19万亩。今后这几个县大都是清山造林,每年清山造林只要占一半,一亩出清山材1.5立方米,就有清山材15万立方米。第二,间伐材不要限制。间伐是"救救人工林"的根本措施,要发展就要间伐。4县可间伐人工林39万亩,5年间伐完,每年要间伐8万亩,间伐一次每亩出材1立方米,可得间伐材8万立方米。第三,枝丫材不要限制。有规格材就有枝丫材。省里下达35.85万立方米采伐限额,按17%计算,枝丫材就有6万多立方米。以上三项合计29万立方米,这是保守估计。如铜鼓去年造林清山材是每亩2立方米,这样,清山与间伐的或许还要多一些。如果把这三者一限额,林区就没有多少木头可砍了,森林资源就远远发挥不出应有的效益。

采伐与销售重在就地转化

林区经济要振兴,转化增值是重点。要改变靠卖原木原竹过日子的局面,把木材资源优势变成真正的经济优势。

竹木转化多与少，效益大不一样。靖安县去年采伐销售木材 14.8 万立方米，森工及林产品加工业产值合计 1 359 万元，其中加工 1.5 万立方米，就地转化率 10.1%，加工产值 736.9 万元，占 36%。宜丰县去年采伐木材 6 万立方米，森工及林产品产值 2 046 万元，加工 2.3 万立方米，就地转化率 38%，加工产值 1 741.4 万元，占 85%。宜丰县采伐量少，森工及林产品加工业产值反而比靖安高，主要是就地转化率高，经济效益就高。

竹木粗加工与精加工，效益大不一样。木材粗加工，产值约增一倍，纤维板增 2.2 倍，刨花板增 2.4 倍，胶合板增 3 倍，造纸增 3.5 倍，木雕折合增 5 倍，缝纫机台板增 8 倍。因此，必须由粗加工发展到精加工。

木材转化增值效果如此明显，与其增加砍伐量不如大搞转化增值。去年，4 县消耗木材 44 万立方米，本地转化的只有 6.8 万立方米，仅占 15.5%，因此还大有潜力可挖。如果将就地转化率提高到 50%，可加工 22 万立方米木材，按 4 个县平均转化效益匡算，加工产值可达 1.27 亿元。木竹加工转化，大有可为。搞上去了，就能壮大经济实力。

管理与服务重在服务

对林业有个管理和服务的问题，管理就是服务，管理重在服务。

过去，林业部门管林业。现在，林业政策放开了，林业部门管，乡政府也管。这就有了矛盾，个别的乡政府宣布，农民不得向林业部门卖木材；有的林业部门看到别家经营木材不习惯，有看法。管理是一种服务，不是管卡压；放开是为了搞活，不能管死，不能再回到过去一统天下的老路上去，不能搞林业部门的一统天下，也不能搞乡政府的一统天下。流通体制要多渠道，允许竞争，不准搞垄断经营。林业政策放开，林产品价格放开，是为了让农民富得快一些，不要与农民争这个利。政府与部门的职责，就是服务得更好些。铜鼓县林业部门在木材经销中，以农民自愿或最低保护价收购，获利后税后利润的 60%返还农民，这是一种联营形式，发挥了国营主渠道的作用，也保护了农民的利益，这就是木材流通方面的服务。

服务要配套，服务要见效。振兴林区经济，事关全局。各级领导、各个部门都要重视服务工作。不单是流通销售方面的服务，还有造林、育林、加工、运输各个环节和信息、资金、人才、技术、设备、能源等专项服务。因此，要研究林业生产这种特定形式的产前、产中、产后服务，把服务工作做出成效来。

（原载新华社《内部参考》、《中国林业》杂志）

新班子学习“老三篇”

1987年5月，宜春地区顺利完成了县市领导班子换届工作，地委立即召开全区县（市）领导班子自身建设工作会议。这次会议的一项重要内容就是学习“老三篇”——毛主席的《为人民服务》、《纪念白求恩》、《愚公移山》。

会议安排学习毛主席的这三篇著作，当时很多人不理解，认为现在是改革开放年代，新知识、新科技、新信息层出不穷，要学的东西太多了，学“老三篇”不合时宜。

我为什么要组织县（市）新班子学习“老三篇”，不是心血来潮，也不是标新立异，而是根据当时宜春干部队伍状况决定的。

这次县（市）班子换届，提拔、交流、挪位，涉及300多人，其中有70%是1984年机构改革时新进领导班子的。他们中大多数人存在“三短三缺”的问题：入党时间短，缺乏党性锻炼；参加工作时间短，缺乏社会阅历；走上领导岗位时间短，缺乏领导经验。在这“三短三缺”中，“入党时间短，缺乏党性锻炼”是问题的关键，加强对这批干部的党性教育是当务之急。这次县（市）班子换届，涉及100多人的进退，进班子的人中有的飘飘然，退下来的人中有的想不通，个别人甚至与组织离心离德，两者都是党性不纯的表现。换届前我在调研时发现，有些年过50的干部认为“年龄快到杠，提拔无希望，干多干少一个样”，工作消极应付。

有些年纪虽轻但无文凭的干部则“不上班，不下乡，关起门来读文章”，一心一意要想拿张文凭，严重地影响工作。少数年轻干部走上领导岗位后缺乏自我约束能力，追求名、权、利，淡忘了党的全心全意为人民服务的宗旨。这些现象的存在，迫切要求我们在加强干部队伍组织建设的同时，必须加强思想建设和作风建设，必须加强对干部的党性教育，使我们的干部队伍既能解放思想、与时俱进，又能牢记党的宗旨，不忘党的优良传统。而毛主席的“老三篇”，恰恰是党性教育的最好教材，对于我们党的干部具有净化灵魂的现实意义。

通过学习“老三篇”，使这次会议收到了空前的效果。在讨论中，不少同志深有感触地说：毛主席的“老三篇”所体现和倡导的完全彻底为人民服务的精神，毫不利己、专门利人的精神，不怕困难、艰苦奋斗的精神，永远不会过时，在新的历史条件下仍然要发扬这三种精神。新进班子的同志说：“在我们刚走上领导岗位时，地委就组织学习‘老三篇’，这是给我们打预防针，增强免疫力，非常及时。”而班子中的老同志则说：“地委组织学习‘老三篇’，给我们精神上充了一次电，非常必要。”许多同志表示，“今后要经常温习‘老三篇’，把她作为一面镜子，经常照一照，看看自己的形象和精神好与差；把她作为一把尺子，经常量一量，看看自己的人格和境界高与低；把她作为一根鞭子，经常抽一抽自己，抽出工作的干劲、前进的动力”；“在工作中不偷懒、不懈怠、不满足、不停步”；“一切为了群众，一切依靠群众，密切联系群众，做一个既具有坚强党性、又具有鲜明时代特色的新型领导者”；“夹着尾巴做人，理直气壮从政，兢兢业业工作，谨谨慎慎掌权，经受住执政和改革开放的考验”。

“为官一任，造福一方。”这次会议之后，地委作出决定，今后凡是进入领导岗位的同志，必须把“老三篇”作为上岗前的必修课，认真学好。

“先拿钱后推车”

1987年10月下旬的一天，我从北京出席党的十三大回宜春。时已傍晚，我们乘坐的小车行至距宜春十多公里处陷进了泥坑。

同车的地委宣传部部长吴德培同志立即下车去察看，说：“不要紧，陷得不深，到附近找几个农民帮忙推一下就过去了。”

话音未落，路旁就站着四五个手持铁锹的农民。吴部长走上前去说：“来来来，帮我们推一下，这是地委领导的车子，他刚从北京参加十三大回来。”

几个农民一动不动，无一人答话。

吴见状生气地说：“你们怎么啦！地委书记的车子陷住了，叫你们帮推一下，都不肯动？”

这时，一个农民终于开口了。他说：“拿10块钱，我们就推。”

另一个农民接着说：“不管哪个书记，先拿钱，后推车。”

吴部长拿出10元钱给了一个农民，气愤地说：“你们对领导一点感情都没有！”

车子几下就被推出了泥坑。

当时秋雨蒙蒙，看不清几个农民的面目。我下车问几个农民：“你们是在这里等陷住的车子，想靠推车赚几个钱吧？”

农民回答：“不错。”

我说：“这样做虽然不是坏事，但很危险啊！”

“有什么危险？”农民反问道。

“如果有人说这个坑是你们故意挖的，岂不是要担破坏公路的罪名？”

吴部长插话说：“人家会说你们是拦路打劫。”

他们听了齐声说:“政府是实事求是的,怎会冤枉我们!”

我说:“很好,就凭你们这句话,对政府还是信任的。刚才听你们说,不管什么书记,先拿钱,后推车,像是对领导很有意见,是吧?”

他们回答:“对。叶书记讲过,要在一年之内让全区农民喝上井水。现在两年过去了,我们村里还没喝上井水。”

我终于明白了他们生气的原因,诚恳地说:“对不起,我说过的话未兑现,怪不得你们有气。”我向他们表示,明天就派人来调查,如属实,立即帮他们挖水井。

他们说:“你明天来人调查,打水井,我们明天就挑石头,把路上这个坑填好。这10块钱你们拿回去,我们不要。”

这件尴尬的事,让我想了许多,彻夜难眠。一句“先拿钱后推车”,背后蕴藏着深刻的道理,足以让人警醒。

其一,“先拿钱后推车”是对的。说实话,当时在车上听到“先拿钱,后推车”这句话,心里比割肉还难过,认为这是一切向钱看的思想作怪,一点感情都不讲。仔细想来,自己还停留在“吃大锅饭”不计报酬的年月,观念跟不上,既然要他们付出劳动,理应得到报酬,何错之有?这恰恰是农民价值观念更新的表现。

其二,“先拿钱后推车”,折射出群众对党和政府的信任打了折扣,其原因是自己的承诺没有兑现。我反省自己,干工作,决不能满足于布置了什么或说了什么,而在于落实,在于结果。同时,要时刻牢记“群众利益无小事”,水井的问题关系到群众的切身利益。你不关心群众的切身利益,你就休想得到群众的信任和尊重。

其三,“先拿钱后推车”,是群众对领导干部官僚主义的批判。从“先拿钱后推车”到“你明天派人来调查、打水井,我们明天就挑石头把坑填好”,并硬要把钱退回,这个转变过程,不是农民一切向钱看,而是领导说了不算;不是农民对干部没有感情,而是干部对农民缺乏感情；不是农民对领导尊重不够，而是领导对农民关心不够。这就是自己官僚主义的表现。如果官僚主义不改，今天不丢脸，明天还是要丢脸的！

几天后，召开全区三级干部会议传达党的十三大精神，在讲到克服官僚主义、密切联系群众、关心群众疾苦时，我讲了这件事的尴尬场面，讲了自己的认识过程，讲了自己的体会。到会的同志一致表示，要举一反三，联系思想实际，克服官僚主义。

（原载《江西日报》）

一石激起千重浪

1987年12月27日，星期天，上午8点。宜春地区行署大礼堂座无虚席，连主席台两侧、礼堂的走廊上都站满了人。这是我在向地直机关2 000多名干部作报告。是什么内容引起如此轰动？

这还得从我外出考察说起。我到沿海地区考察，接触了不少企业的老板，发现不少私企老板个人素质并不是很高，论文化、口才、组织能力等等，宜春有许多干部比他们强。但人家经济搞上去了，赚到了钱，原因是他们思想观念比较开放，较好地利用了沿海的开放政策、海外关系、特区优势。我们花很大的代价到外地去引进人才，实际上人才就在我们身边。全区上下党政机关近万名干部，年轻的不少，文化高、能干事的人有的是。这么多的人才挤在机关里无所事事，为什么不组织他们转移到经济工作第一线去锻炼成长、转变思想观念？我把这个想法提到地委、行署会上研究。大多数同志认为，工作重心转到以经济建设为中心上来，也要求干部转型，熟悉经济工作，参与经济工作，到经济工作第一线去转变观念，增长才干，早转早得到锻炼的机会，早转早学到本领。也有的同志担心，全省只有宜春这么搞，上级又没有要求，行不行？我说："只要方向对，没有'大气候'，我们创造'小气候'。改革犹如大浪淘沙，我们要做改革的探索者。"

一石激起千重浪。"转移"干部到经济工作第一线的决定，一下子成为全区上下议论的中心。不少同志为能够转移出去搞经济工作而情绪激动，跃跃欲试，很快就有几十名机关干部报名"转移"。他们要离开办公室，到基层、企业等经济工作第一线去寻找用武之地，要当"转移"的先行者，改革的"弄潮儿"。但这毕竟是一场伤筋动骨的改革，它改变了原来的工作格局，触及到人们的思维方式、工作方式和生活方式，牵动着千家万户。有的人恋"窝"、恋"权"、恋"清闲"，迟迟不肯报名；有的勉强报了名又后悔；有的担心"转移"出去回不来，成为精减对象；有的担心不熟悉经济工作，搞不出效益难交账；有的四处求情希望不"转移"；有的听说要"转移"，甚至全家痛哭；也有个别的发牢骚、讲怪话。有的部门领导担心把骨干力量"转移"出去，影响机关工作。

这项改革引发种种反应，是意料之中的。我的那场报告会就是地委为了消除干部的顾虑而安排的。会上明确宣布：转移干部"三不变"（单位、职务、工资不变），"两提高"（出差补助略提高、允许奖金比机关高），决不强行，决不搞形式主义，决不搞"一刀切"。对"转移"干部在第一线工作的期限不作硬性规定，鼓励"转移"干部在经济工作第一线建功立业。经过实践锻炼，愿意留在经济工作一线的，可以继续干下去；对"转移"干部中素质优秀、表现优异、成绩突出的，提拔重用；转移的时间可以是一年、二年、三年，要求回原单位的，可以回来。愿意留下的可以留下，做到转得愉快，转得受欢迎，转得有效益。

组织干部力量向经济工作转移的决定得到了全区各级党委、政府和广大干部的拥护和支持，各县（市）都有一批有志者要求下去。短短两个多月时间,全区就向基层、企业等经济工作第一线转移干部 2 866 名,占机关干部总数的 31.5%。他们中,担任县(市)长助理的 12 人,乡镇企业经理的 285 人,企业厂长(经理)助理的 205 人;承包企业的 105 人;到下属经济实体的 935 人;从事各项咨询服务的 78 人;从事各种经济技术项目的 869 人;从事开发性农业和到老区、贫困地区扶贫的 300 人;到驻外窗口从事经济协作的 77 人。他们在各自的工作岗位上勤奋学习,努力实践,克服困难,开拓进取,成了宜春经济建设的一支生力军,并活跃在各个经济建设领域。

有的在企业发挥了顶梁柱的作用。全区有 105 位“转移”干部竞争中标,承包了一批连年亏损、濒临倒闭的企业,给这些企业带来了生机和活力。铜鼓县县长助理张昆挂钩县滋补营养厂,发挥自己懂医懂药的专长,协助该厂开发“保健茶”等 4 个新产品,在广交会上供不应求。万载县交通局一名副局长转移承包搬运公司,扭亏为盈。丰城县孙渡乡 24 岁的乡团委副书记转移承包乡农机厂,使生产一台冲机的工价由原先的 1 100 元降低到 278 元,降低工价成本 75%。

有的为经济发展发挥了桥梁纽带作用。他们发挥自己朋友多、见识多、信息多的优势,牵头成立“经济信息员协会”,在乡镇企业与有关部门之间牵线搭桥,为所在地的经济发展提供有益的信息。

有的在农业开发中发挥了智囊团的作用。他们充当乡政府的智囊,主动从事农业开发工作,积极推广科学技术。丰城县畜牧水产局一名副局长,“转移”到孙渡乡“商品鸭基地”,推行孵化、养殖、加工、销售“一条龙”,使该乡当年就饲养商品鸭 60 多万羽。奉新县一名副局长“转移”到会埠乡负责柑橘开发项目,在荒山荒坡栽种橘树 2 千多亩。宜丰县高级农艺师熊怡然,“转移”到棠浦乡后,不仅自己承包了“万亩田”和“无籽西瓜”的技术指导工作,而且深入到 6 个行政村举办科学种田讲座,还举办了

10 多期技术培训班。

许多"转移"干部也因此找到了展示自己才华的机会和平台，经过实践的磨砺脱颖而出。宜春卫校团委书记、青年教师袁富儿积极响应地委号召，挂职到地区麻纺厂当销售员，后来"下海"经商，经过多年的打拼，成为商界骄子。他创办的深圳市合正房地产集团有限公司，是全国百强房地产企业，房地产业务从深圳扩展到烟台、东莞、惠东等地，主营业务从房地产扩展到金融、酒店，从国内扩展到美国。他至今还把当年的"转移"看成是自己人生的转折点，心怀感激之情。

干部"转移"也促进了机关工作。三分之一的干部"转移"后，面对人手少任务重的情况，不少县(市)机关引进了"满负荷"工作法，一人顶两人用，加快了工作节奏，改进了工作作风，提高了办事效率。

这次改革的成功，让我们体会到，看准了的事情不要等，不要盼，而要敢字当头扎实干。有"大气候"不会抓住机遇，是一种失误；没有"大气候"，不会创造"小气候"，则是一种无能。

"这个干部我们要"

上世纪八十年代，宜春地区发展乡镇企业遇到了资金短缺的困难。如何破解这道难题，是大家十分纠结的一件事。

地委、行署考虑，除了向上跑项目争取资金和向外招商引进外资外，决定从财政拿出一笔资金贴息，鼓励企业贷款加大资金投入。这个决定得到了地区各家银行的大力支持。有位行长积极拆借资金，甚至占用了其他地区银行的贷款额度。由于见事早，动手快，措施有力，宜春抢占先机，乡镇企业如雨后春笋蓬蓬勃勃地发展起来，乡镇企业这条"短腿"率先在宜春伸长。

后来，有的兄弟地市发展乡镇企业找当地银行贷款时，发现贷款额度早就被宜春银行拆借用掉了，宜春农行一下成了众矢之的。省农业银行认为曾文龙违反了省农行放贷的规定，给予他撤销宜春农行行长职务的处分，调到萍乡农行当一般干部。

得知这一消息后，我坐不住了。曾文龙是为了宜春乡镇企业的发展而被撤职，是为支持宜春地委、行署的工作而被撤职，如果我们宜春不为其鸣不平，就显得宜春地委的领导太没有担当，以后谁还愿意支持宜春的工作？于是，我亲自到省农业银行与领导恳谈。我说，宜春乡镇企业发展起来了，我们要感谢农业银行给予的大力支持。宜春农行的 4 000 万元贷款全部用到了乡镇企业，见到了显著成效，而曾文龙本人没有谋取任何个人私利。他之所以这样做，是响应宜春地委、行署的号召，是我们要求条条部门配合支持的，要说错，错在我们。对于这个干部，你们不用，我们宜春要。

我是代表一级党委提出要求，省农行领导同意让曾文龙离开农行系统，调宜春工作。经过地委集体研究，曾文龙被安排到地区建设局担任纪检组长，在新的岗位上继续为宜春的改革发展贡献力量。

这件事在条管单位引起了强烈的反响，他们普遍感到在宜春工作有安全感，可以放心、放胆、放手做事，也更加支持乡镇企业的发展。奉新县工商银行行长周绪阳在国家银根紧缩的情况下，亲自带队与兄弟行联系，拆借 1 000 万元，为该县乡镇企业解决了燃眉之急。

改革是一条探索之路，认识和具体做法上难免不一致甚至出现失误。重要的是要看其动机是把改革和经济建设搞好，还是企图为自己捞一把；看其手段正当合法，还是违纪违法，搞“上有政策，下有对策”；看其结果是发展了经济，还是肥了自己的腰包。作为领导，要敢于担当，主动承担责任，保护改革者，以利于改革的推进。

一步"险棋"

1988年，丰城撤县设市。该市人口过百万，在宜春全地区工作中举足轻重。在县市领导班子调整时，我对丰城市的党政领导班子配备格外关注。经过慎重考虑，提议53岁的丰城市委排名最后的一位副书记周展南担任市委书记，上高县28岁的副县长调任丰城市市长。

丰城的副书记周展南曾在外县市任县委副书记十多年，家有年迈的母亲。年过50的时候，他要求回原籍丰城县工作，照顾老母。我觉得他这个要求合情合理。我同丰城县委的同志商量，没想到他们不赞成，认为他个性强，脾气傲，共事难，回丰城会影响班子的团结。经过做工作，他们同意了周展南调回丰城。在丰城县领导班子会上，我明确宣布两条：一、在县委副书记中，周展南排最后一位；二、如班子出现不团结，唯他是问。经过这几年合作共事，班子的团结没有出现问题，周展南在工作上倒有突出的表现。他分管乡镇企业，视野宽，点子多，有魄力。讨论工作时，他发表的意见，总会得到班子其他成员的赞同，大家公认他的工作能力强。这种情况我看在眼里，记在心上。

上高县的各项工作走在全区的前头。我对地委负责组织工作的同志说，出成绩的地方应该出干部。他们全面考察上高县委、政府班子，发现两名同志表现突出，一位是县委副书记，后被提拔到另一个县担任县委书记，后来也成长为一名正厅级干部；一位是县政府28岁的副县长，分管工业和乡镇企业，是改革浪潮中的一员闯将。我亲自对他进行过考察，感觉他的最大优势是年纪轻，又经过基层历练，很有发展潜力。

大家对我提出的丰城市的党政主要领导的配备人选有很大的顾虑，认为这是一步"险棋"。"险"在哪里？书记人选年龄偏大，书记和市长人选都没有文凭，不符合干部“四化”条件，这是政治上的风险。这一老一少都是由副职提任正职，第一次合作就挑一个百万人口大市的工作担子，能不能担起重任，工作上也有风险。

我耐心地解释说，经过反复比较衡量，觉得这一老一少是最佳搭配。周展南虽无大学文凭，但在几个县市工作过，担任副书记10多年，经验丰富，工作老练，有亲和力，是个帅才，适宜掌舵；那位年轻的副县长，虽学历不高，但思想敏锐，有改革勇气。他们两人的共同特点是有胆有识，敢为人先，敢作敢为，很对路，搭班子在一起定能干出一番事业。我又说：老少配，老的提携后俊，年轻的虚心向老同志学习，团结应该没有问题。后来班子成员同意了我的意见，实践也证明，这两位同志没有辜负组织的期望，心往一处想，劲往一处使，团结一班人同心同德，改变了丰城的面貌。丰城的工作上去了，干部也锻炼成长了，书记进了地委班子，年轻市长后来成长为省部级干部。

丰城市这一老一少党政主官的成功选配，使我坚定了1986年我在实践中总结出来的使用干部的思路，这就是，在坚决贯彻干部“四化”方针的同时，要从实际出发，注意调动三种干部的积极性：一是调动“能人”的积极性。对那些敢于改革、有创造性、兢兢业业干事业又往往有争议的人，只要不是以权谋私、违法乱纪，就大胆使用。二是调动没有文凭但有水平干部的积极性。全区有上万名没有大专以上文凭的干部，但他们中有不少人没有文凭有水平，没有学历有能力，实践经验丰富，政绩突出，对这样的干部，同样给予提拔重用。三是调动50岁上下干部的积极性。全区有4 000多名50岁上下的干部，他们有丰富的经验，有群众基础，有比较好的作风，在传帮带中起着重要的作用。这三种干部的积极性发挥得如何，直接关系到全区的工作。我的这个思路和做法，得到了中央组织部的肯定，发表在中组部《组工通讯》头版头条，后来以《调动不同干部的积极性》为题，发表在

《人民日报》、《江西日报》上。

附：调动不同干部的积极性

（1986年12月16日）

近几年来，我们按照干部“四化”方针，调整各级领导班子，把大批优秀中青年干部提拔到各级领导岗位上来。被选入领导班子的中青年干部不负众望，思想活跃，富有创造力，做出了显著成绩。我以为，在继续推行干部“四化”方针的同时，还要注意调动三种干部的积极性，使他们更好地为四化建设服务。

一要调动“能人”的积极性。干部队伍中，有干实事的人，也有平庸的人。在改革形势下，所谓能人，就是敢于改革、有创造性的人，而他们当中有一些又往往是有争议的人。在我们宜春当过地方官的唐代文学家韩愈说过：“事修而谤兴，德高而毁来。”这种现象至今还没有绝迹。有一个乡党委书记，有事业心，有能力，在他带领下，这个乡农业、林业及乡镇企业都办得比较好，农民人均纯收入在全县最高。县委经过考察，准备呈报推荐他为副县长。有人一听风声就告状，问题列了八九条，经过调查核实，绝大部分都是捕风捉影。我们没有听信不实之词，还是及时提拔了这个同志。在工作中，除了干的，还有看的、评的、怨的。有的人专看干的人笑话，找干的人岔子。因此，我们要旗帜鲜明地保护那些兢兢业业干事业的干部。改革，难免有失误，有缺点，只要不是以权谋私、违法乱纪，都是前进中的问题，改了就行。如果不辨曲直，一告就信，一信就查，就会干扰我们的事业，挫伤干部的积极性。我们还主张多打招呼少立案，教育为主，预防为主，不要等问题成了堆再查办。

二要调动没有大专文凭的干部的积极性。在我们地区，没有大专以上文凭的干部占大多数。有些中青年同志离开工作求文凭，不能很好地处理工学矛盾，有的甚至严重影响了正常工作。有一个上百万人口的大县，一年中间，10名县委常委有4名脱产3个月复习备考，导致有一段时间开不成常委会。社会上流传一句顺口溜：“年轻的学文化，中年的干四化，年老的守电话。”还有一些同志有了文凭，就公开向党伸手，要职务，要待遇。为了处理好工与学的矛盾，调动没有大专文凭干部的积极性，我们采取了三条办法：第一，成人考试名额合理分配，一个单位不能太集中，凡脱产学习要经上级领导机关批准，学习专业要对口，并奖励在工作岗位上自学成才者。第二，不能有了文凭就闹提拔，也不可能人人提拔，要在实践中经受锻炼和考验，根据实绩择优任用，公开伸手要官的不给。第三，对虽没有文凭但政绩突出的，同样给予提拔重用。这几条，对调动没有文凭的同志的积极性起了很好的作用。

三要调动50岁上下的干部的积极性。这批干部数量不少。他们一般有三个优点：有丰富的经验，有群众基础，有比较好的作风。他们有三种精神状态：一是老将不减当年勇，扎扎实实干工作；二是职务未退思想先退，“年过55，何必再辛苦”、“年过半百无所求，舒舒服服度春秋”；三是少数同志即将退下来，抓紧为了房子、儿子操劳，“有权不用，过期作废”。对后两种精神状态的同志，要多做思想工作，调动积极性，克服消极因素。为此，我们在强调年轻化的同时，不搞层层递减，县、乡领导班子中都保留了一定数量的年过50岁的同志。对少数有能力、有魄力、有开拓精神的干部，即使年届五旬，也给予提拔；对一些退下来身体好的同志，给予实职工作，留在第一线上继续发挥作用；表彰、奖励表现好的老同志，使他们年过半百有所求。此外，做好离退休老同志的安置工作，让老同志健康长寿，颐养天年。这样做，也有利于调动50岁上下干部的积极性。

（原载《人民日报》、《江西日报》）

伸长乡镇企业这条“短腿”

1988年3月10日至12日，全省地市委书记、专员市长会议在宜春召开。会议的主题是进一步解放思想，深化改革，促进乡镇企业突破性发展。

事前，省委领导通知我：一要准备好参观现场；二要介绍发展乡镇企业的经验。我想，现场无需准备，宜春的乡镇企业已经遍地开花，随时随地想看哪里就看哪里。介绍经验也谈不上，但几年来的体会确实很深刻，可谓是酸、甜、苦、辣、咸五味俱全。

上世纪八十年代初，江浙一带乡镇企业异军突起，有力地促进了地方经济的迅猛发展。而我们宜春地区乡镇企业发展滞后,是全区经济工作中的一条“短腿”。如何将这条“短腿”伸长,成为摆在地委、行署面前一个急需解决的问题。宜春政治上不是革命老区,经济上不是发展重点,地理上不是战略要地,文化上缺少名胜古迹,改革开放又不是试验区。全区中央和省属大型企业产值仅占全区工业总产值的13.18%,与全省各地市相比属于最低比例。既无重点投资建设项目,又无特殊优惠政策。同时,缺资金、缺能源、缺人才、缺技术。面对这种情况,怎么办?

通过组织外出学习考察和反复深入调查研究,我想,没有“大气候”就勇创“小气候”;没有大企业就大抓小企业。第一,“小”可以群众性大办,有利于发挥宜春劳动力多的优势;第二,“小”可以“一县一业”、“一乡一品”,有利于发挥本地原材料丰富的资源优势;第三,“船”小好调头,能较好地适应市场需求,同时有利于规避风险。于是,我们明确提出,宜春发展乡镇企业要做到:一是高位推动。要求全区各级党政“一把手”亲自抓,各套班子齐心抓。各级干部带头“洗脑”、“换经”转观念,既讲“无农不稳”念好“田字经”,又讲“无工不富”念好“厂字经”,特别是念好“乡企经”。彻底改变“讲农业大半天,讲工业一支烟”的现象,把乡镇企业放到重中之重的位置,做到制订计划时,突出乡镇企业的指标;安排工作时,突出乡镇企业的内容;总结工作时,突出乡镇企业的经验;年终评比时,突出乡镇企业的成效。二是条块联动。要求地、县有关部门和驻宜春的省管条条单位都要主动关心、积极支持乡镇企业的发展,做到有钱出钱,有力出力,有技献技,同心同德,各尽所能。三是“四轮驱动”。要求做到乡办、村办、户办、联户办“四个轮子”一齐动,各种形式一齐上。动员广大农民“洗脚上岸”兴办企业,坚持农忙下田间,农闲进车间;白天下田间,晚上进车间;晴天下田间,雨天进车间,一手抓“米袋子”,一手抓“钱袋子”。

通过深入细致的思想工作和大张旗鼓的宣传教育，全区迅速掀起了大办乡镇企业的热潮。可是，刚刚起步走就碰到“拦路虎”，各地普遍反映资金不足、人才难找，真叫人食不甘味，夜不成眠。我们不断深入企业找能人了解情况，商讨对策。请专家“把脉”、“开方”，献计献策。为了解决资金短缺问题，除了向外招商、引进资金，向上跑项目、争取资金外，采取财政贴息的办法，请各金融单位支持。为了解决缺人才、缺技术的问题，要求各级领导一是眼睛向外请人才。如靖安县两利村支部书记陈振玲，为了解决生产漏电保安器的复杂工艺的问题，正月初三就带着钟厂厂长陈振学，到江苏海安县请5位师傅到厂传艺。二是眼睛向内找人才。全区向经济工作第一线转移干部2 866名，占机关干部总数的31.5%，其中任乡镇企业经理的285人，任厂长（经理）助理的205人，个人承包企业的105人。三是自办职校育人才。通过创办一批职业技术学校，培养一大批农村急需的实用人才。到1988年，职教在校生总数由1983年的1 585人增加到12 943人；职高毕业生由256人增加到4 359人。这些学生毕业后大都回到家乡，不少人成了乡镇企业的有用人才，极大地促进了乡镇企业的发展。

“三缺”问题解决后，宜春的乡镇企业如雨后春笋般蓬蓬勃勃地发展起来。然而，新的问题又出现了，不少企业厂长反映，上级主管部门和监督部门隔三岔五就到厂检查，挫伤企业干部的积极性，影响生产。有的厂长跑到我这里诉苦，表示要撂挑子不干。我很理解他们，心想，为了发展乡镇企业，他们想尽了千方百计，走遍了千山万水，吃尽了千辛万苦，地委一定要支持他们。为此，我找纪检监察部门的负责同志开会，要求他们为经济建设服务，支持企业的工作。今后凡到企业检查要经地委同意，并提出对企业要查“死”不查“活”，查差不查好，检查他们为什么搞不上去甚至把企业搞垮了。对那些搞得好的企业厂长，只要不违背中央精神的不查，不违法乱纪的不查，不以权谋私的不查,凡是非实名告状的不查。这就给那些优秀企业的厂长顺了气,壮了胆,使他们甩开膀子,放心大干。当省委规定公务接待只能"四菜一汤"时,我们要求各级干部严格执行,而对企业特别是乡镇企业在产销交往中的接待则适当放宽。我提出上述这些观点,开始有些同志想不通,认为这会影响廉政建设。后来组织他们到沿海发达地区去学习考察,使他们普遍感到大开眼界,大长见识。我们提倡监督部门与企业挂点联系,与企业厂长经理交朋友,帮助企业把握发展方向。

通过采取一系列措施,宜春形成了一个上上下下齐抓乡镇企业,各行各业支持乡镇企业,乡乡村村大办乡镇企业的浓厚氛围。各县(市)以市场为导向,坚持依托资源优势上项目,依托优势项目上产品,依托拳头产品上批量。樟树市依托丰富的粮食资源,扩大四特酒的生产规模,由原来年产 4 000 多吨扩大到 2 万多吨,成为一大税源。万载、宜春两县(市)抓住传统产品烟花鞭炮上批量,使之成为出口创汇的拳头产品。高安、上高利用本地的瓷土资源,批量生产适销对路的釉面砖,产品占全省的三分之一多。铜鼓、宜丰、靖安、奉新等山区县发挥木竹资源丰富的优势,大力发展"三板"、竹编、家具等竹木加工业。为适应农林产品加工企业的需求,全区相应建立了笋用林、茶叶、苎麻等外贸基地 66 个,其中以农副产品为原料的加工产品供货额占外贸供货额的 79%。全区形成了食品、建材、机械、花炮、煤炭和木材加工等六大支柱产业。

通过几年努力,宜春乡镇企业这条"短腿"迅速伸长,到 1988 年,全区乡镇工业五年平均增长速度比全省高 7.96 个百分点,产值占工业总产值的 50.33%,成为工业发展中的"半壁江山",其中以农副产品等资源为原料的工业产品占乡镇工业总产值的 84.78%。宜春全区人口占全省的 12%,乡镇工业产值占全省的四分之一,成为全省的先进典型,参观者络绎不绝。

全省地市委书记、专员市长会议在宜春召开时,我介绍了宜春乡镇企业发展的过程和体会。许多参观者谈体会时说，要真正做到“为官一任，造福一方”，就必须要有敢为人先的志气，思路上比别人宽一点，认识上比别人深一层，谋划上比别人高一筹，行动上比别人快一步；必须要有敢于担当的勇气，面对困难和挑战，敢于迎难而上；必须要有大义凛然的锐气，面对非议和质疑，敢于挺身而出，激浊扬清；必须要有出奇制胜的谋略，出奇制胜是兵家的经典，主政一方、商海弄潮，更需要出奇制胜。

乡规民约

1988 年下半年的一天，上高县委书记给我打电话，说县检察院接到群众举报，要把翰堂乡一位村支书按“侵犯私人财产罪”抓走。我问他究竟是怎么一回事，他把事情的经过告诉了我。

原来，这个村有一片集体柑橘园，过去因为有乡规民约，谁偷摘了橘子，就杀谁家的猪，全村按人分肉，所以满树黄澄澄的橘子把树枝压弯在地，都没有人敢摘一个，甚至落到地上也没有人敢捡。后来因强调依法办事，废除了乡规民约，橘子还未熟透就被人摘掉一大半。乡村干部没有执法权，看到这种事也不敢管。本该派出所管，但一个派出所 5 个民警，要管 3 个乡镇，根本管不过来。这个村的支书气得睡了三天不起床，怎么也想不通。第四天，他从床上爬起来，召开全体村民大会，决定重新恢复乡规民约。村里偏偏有人不相信乡规民约还管用，仍然去偷摘集体的橘子，村支书便叫人按乡规民约杀了他家一头猪，全村每人分了 4 两猪肉。这事告到县检察院，检察院认为杀猪是侵犯私人财产，应该追究刑事责任，决定把村支书抓起来。乡党委书记急着找县委书记说：“村支书是执行全体村民的约定，把村支书抓起来，以后谁还敢管事？”县委书记听了情况后，觉得乡党委书记讲得有道理,于是出面制止抓这个村支书。但检察院的同志说:"杀了人家的猪,是违法行为,不抓不行。"检察院的同志也是好意,劝县委书记不要管这个事,否则会说你以权压法,上面正在抓权大于法的典型。在这种情况下,县委书记便给我打电话,并表明了他的态度。我听了县委书记的陈述,也觉得不能抓这个村支书。法律保护私有财产,同样也保护公有财产。村支部书记是为了保护集体财产而执行乡规民约,是为公而不是为私。于是我表明了不能抓这个村支书的态度。

但事后有人对我说:"叶书记,你这也是搞权大于法,以权压法。"我对他们讲述了我的观点:"依法办事是治国方略,无疑十分重要,也非常正确。但是,第一,目前我国的法律尚不健全,摘几斤橘子、砍一两棵树、偷点茄子辣椒乃至偷鸡摸狗,并无法律条文约束。第二,基层执法队伍力量薄弱,一个派出所5个人管3个乡镇数万人,怎么管得过来?而乡规民约则能发挥村民自治、自我教育、自我管理的作用,成为国家法律的有益补充。第三,相比于国家法律,乡规民约的优势在于更接地气,有较长的历史传统,有深厚的社会基础。自古以来,基层都是用乡规民约来约束群众的行为。汉朝刘邦当过亭长,管方圆十里的治安,靠的是乡规民约。中国几千年,一个族长可以管几百号、上千号同宗族的人,靠的是乡规民约。解放后,生产队长管理一个队的治安秩序,靠的也是乡规民约。现在群众中流传:"五十年代敞开门,六十年代关着门,七十年代锁着门,八十年代装铁门",实际上是留恋乡规民约的作用。当然,那些为保护少数人特权、维护封建礼教、手段残忍的乡规民约要坚决废除,而对那些有广泛群众基础、保护生产、维护治安、合符实际情况而又不与法律相抵触的乡规民约则要维护,这有助于依法治国,有助于正民风、树正气,有助于及时解决群众中的诸多矛盾。我的这些观点,后来在中央党建研讨班上作了陈述,受到当时中央领导同志的肯定。

研讨班上抒己见

1989年1月4日至2月2日，中央举办我党建党以来的第一期党建理论研讨班。参加人员有部分省委书记、省纪委书记，南京、武汉、厦门三个市的市委书记，地委书记只有我一人，还有中组部、中宣部、中纪委、中央党校、新华社、人民日报等单位的负责同志以及一些党建方面的专家教授，总共学员31人。

中央对这期研讨班高度重视。有一个星期天，突然通知说中央主要领导同志要来召开座谈会。在这次座谈会上，中央主要领导同志说："省委的同志到北京开会的机会多，讲话的机会也多，今天让地、市的同志先讲。"

我在会上即席发言，开门见山讲了三个问题：

第一，"四化"干部中的"三短三缺"问题。我说，干部"四化"方针是我们党在新的历史时期的战略方针。在新的历史时期，我们党的路线、方针、政策都发生了变化，举国上下大干四个现代化，只有让一大批年轻的、有文化的干部充实到各级领导班子中来，才能保证党的路线、方针、政策的贯彻执行，保证四个现代化的实现。否则，改革开放难以推行，革命事业难以发展，干部队伍也将会出现断层。然而，这批年轻干部中大部分"先天"不足，存在"三短三缺"的问题，需要"后天"补上：一是入党时间短，缺乏党性锻炼。这批干部大多是改革开放后入党的，对党的知识、党的历史知之甚少，没有经历党在各个时期、各个阶段所经历过的风风雨雨，所以，必须加强党性锻炼。具体就是要加强马列主义理论、毛泽东思想的学习，加强《党章》和党的历史的学习，使自己真正明确党的性质、宗旨和根本任务，不断改造世界观。二是参加工作时间短，缺乏社会阅历。这批干部基本上是1968年以后毕业的大学生，他们从学校门到机关门，下到基层少、接触群众少，缺乏群众基础、群众观念、群众感情。因此，应将其职务挂在班子里，然后下到基层去锻炼，使其在群众中吸取营养，提高自己。三是走上领导岗位时间短，缺乏领导经验。这批干部大都是在1984年机构改革后陆续走上领导岗位的，至今也就是五六年的时间，没有经过多岗位、多台阶的历练，领导经验相对缺乏，需要上级领导多加指导，老同志多多帮助。总之，这批干部的“三短三缺”问题，必须引起中央乃至各级领导的重视，用5年左右的时间抓紧给他们补课。

当我讲到这里时，中央主要领导同志笑着问：“为什么是5年左右的时间？”

我说：“因为5年内还有一批建国前和建国初期的干部在位，他们党性强，阅历广，领导经验丰富，可以传、帮、带。”他听后点点头。

第二，法制建设与乡规民约要相辅相成。我说：现在国家的法律很多，这是好事，但执法人员少，管不过来。一个派出所三五个人，要负责3个乡镇，怎么管得了？下面普遍反映：法多群众不知道，人少管理不过来。而过去，族长可以管好一个族的治安，生产队长可以管好一个队的治安，靠的就是乡规民约。我们宜春地区上高县有个村有一片集体橘园，以前靠乡规民约管得很好。取消了乡规民约后，橘子还没熟就被人偷摘了，村书记气得在家里睡了三天三夜，最后下决心恢复乡规民约。不久，抓到了一个偷摘柑橘的人，依照乡规民约的规定，杀了他家一头猪分给村民吃。第二天，检察部门派人要把村书记抓走，说他杀群众的猪是侵犯私有财产，法律要保护私有财产。县委书记不同意，打电话给我，我说不能抓，因为这个村书记是通过执行乡规民约来保护集体财产。听完这个事例后，中央主要领导同志当即表态：“从现在起，有利于发展生产、有利于社会安定的乡规民约要恢复。”

第三，关于“双轨制”的问题。我说：在改革过程中，中央对部分物资价格实行“双轨制”，两条轨道之间有一个很大的空当，容易使一些人从中牟利。讲到这里，中央主要领导同志说：“‘双轨制’是党的十三大定的，这里就不说了。”

座谈会结束时，中央领导同志与所有参加研讨班的同志一一握手。当握着我的手时问：“你那个地区是山区还是平原？”我说：“有平原、有丘陵、有山区。”他说：“你刚才讲得很好。”在场的新华社记者拍下了这张握手的照片，但我从未拿出来张扬过，连地委班子成员和家里人都不知道。

在分组讨论时，江苏省委书记说：“老叶，你是学什么的，讲起来一套一套，你的发言很有见地，充满了辩证法。”湖北省委书记接着说：“叶学龄同志讲的几个问题在我们省也同样存在，很多人也都心知肚明，但能像他这样直言不讳的人却很少，其勇气确属难能可贵。”

附：对提高年轻领导干部素质的思考

（1988 年 3 月）

随着改革的深入和干部“四化”方针的贯彻执行，一大批优秀年轻干部走上各级领岗位，这是党的事业后继有人的组织保证。广大年轻干部走上领导岗位后，肩负着党和人民的重托，寄托着时代的希望，以崭新的姿态努力学习，勤奋工作，发挥出自己年轻、敏锐、好学、上进的优势，在改革开放中锐意进取，在经济建设中勇挑重任，赢得了党和人民的信赖。

但是，辩证唯物主义告诉我们，世间一切事物都是一分为二的。既要看到年轻领导干部与经济建设和改革开放相适应的一面，又必须看到不相适应的一面。帮助年轻领导干部全面、正确地认识自己，为他们提高自身素质创造良好的环境，这不仅是关系到党的事业成败、民族兴衰的大问题，也是我们进行党的建设的一个重要课题。

年轻领导干部的优势众所周知，然而他们在自身素质上也存在先天不足，集中表现为“三短三缺”：

一是参加工作时间短，缺乏实际锻炼。由于时代和事业发展的需要，一部分年轻干部，尤其是从家门、校门到机关门的“三门”干部，参加工作不久就被推上了政治舞台，走上了领导岗位。这些年轻干部社会阅历比较浅，肩上并没有真正感到过担子的分量，很少得到独立处理重大问题的实际锻炼。尽管这些同志主观上比较努力，终因缺乏实际锻炼，也就缺乏解决实际问题的真知灼见和能力，因而，感到工作吃力，甚至容易犯简单化、片面化性的毛病。由于没有经受什么艰难困苦或逆境的磨炼，经历过于一帆风顺，也容易产生优越感，急于追求“自身价值”的实现，对前途期望值过高，一遇到挫折又容易消极苦闷，甚至自暴自弃。

二是入党时间短，缺乏党性锻炼。以宜春地区为例，全区县市领导班子成员中，“文革”后入党占 22.8%，有的甚至是上岗前不久才入党。他们中的一些同志由于缺乏党性锻炼和党内政治生活的磨炼，缺乏政治上的坚定性和原则性，在贯彻执行党的路线、方针、政策遇到风浪时，容易左右摇摆；在个人利益与事业需求发生碰撞时，容易患得患失；在名利与奉献的关系上，容易看重职务，一个台阶尚未坐热，又盯上了另一个台阶。还有极少数人滥用职权，以权谋私。这都将损害党在群众中的形象和威望。

三是从政时间短，缺乏领导艺术。有些年轻领导干部由于没有在一定政治台阶和一定领导岗位上磨炼，甚至一下子进到陌生的环境，思维方式不相适应，缺乏组织能力，难以总揽全局、协调各种关系，在纷繁复杂的矛盾中感到束手无策，经常为有劲使不出来而苦恼。有的则只懂一门业务知识或专业技术而不擅管理，难以独当一面，担负领导责任，工作往往被动。

形成以上状况的原因是多方面的，既有客观因素，也有主观因素。从客观上讲，一方面，任何一个干部的成长都要经过年轻时期，“三短”是必然的，时间上短就容易造成素质上的缺；另一方面，由于人们对干部“四化”方针认识的片面性和执行中的偏差，导致一些年轻领导干部素质“三短三缺”的矛盾加剧。比如，有的一讲“革命化”就谨小慎微，宁可起用没有争议的“老好人”，也不用能干事但有争议的干部；有的一讲“年轻化”，就简单地认为干部年龄越轻越好，把一些本来适应在某一级岗位上锻炼的干部越级提拔到更高的层次，拔苗助长，适得其反；有的一讲“知识化”，就把文凭当作“选官符”，机械地把文凭与水平等同起来；有的一讲“专业化”，就到业务尖子里去选领导，把一些擅长技术业务而无志于政治工作的干部推上领导岗位，避人所长，强人所难。这些倾向必然导致年轻领导干部素质不适应新形势要求的情况。再一方面，由于社会环境和陈旧观念的影响，有的人因为年轻领导干部资历浅而瞧不起他们，因为经验不足而刁难他们，因为暂时的失误而非议他们，凡此种种，都不利于年轻领导干部素质提高。

从主观上分析，一是有的年轻领导干部觉悟慢。"三短三缺"在干部成长过程中人皆有之，然而觉悟高的人能够从严要求自己，尽可能把这个过程缩短到最低限度；觉悟慢的人则不能正确地认识自己，及时发现自身素质的短缺。二是有的年轻领导干部不善于处理工作与学习的关系，他们中的大部分都经过学校的系统教育，有一定的理论基础，但上岗后往往不注意更新知识，尤其不善于向基层干部和人民群众学习，难以实现认识上新的飞跃。三是有的年轻领导干部缺乏自我约束能力，在改革开放的新形势下，经不起社会上不正之风和各种腐朽思想的侵蚀，往往注重了名、权、利，淡忘了党的全心全意为人民服务的宗旨。有的一上台就安于现状，不愿深入实际，脱离群众，忙于迎来送往，保"乌纱帽"，做"太平官"；有的还很不检点，违法乱纪，丧失共产党员的品格。这些都是影响素质提高的主观因素。

年轻领导干部是青年一代的骨干，是国家未来的栋梁。正确认识年轻领导干部的长处和弱点，积极创造条件，帮助年轻领导干部补其先天不足这一课，让年轻领导干部不断提高其自身的素质，这是领导班子建设的重要内容，也是党的建设的百年大计。如果把矛盾掩盖起来，颂长护短，或者揭短抑长，都不利于年轻领导干部的成长，而且会贻误党的事业。因此，对年轻领导干部，针对"三个短缺"，强调"三个坚持"，是非常必要的。

第一、坚持理论学习，提高年轻领导干部的思想素质。思想素质的形成是一个不断完善的过程。年轻干部职务的变化，不等于水平也随之提高。勤学习，是年轻领导干部自我完善的重要途径，也是事业上的成功之路。一些年轻干部党性不强，与他们缺乏马克思主义理论修养是密切相关的。党性，植根于共产党的宗旨，来源于科学的共产主义世界观、人生观。因此，各级党政班子的领导同志，当务之急是扭转对年轻干部重使用、轻教育的状况，要更多地关心班子中年轻干部的学习和成长，合理安排工作，帮助他们从文山会海和迎来送往的事务圈子中解脱出来，让他们有机会到党校或培训班去集中学习。在考评班子时，要把年轻领导干部的学习，特别是马列主义理论的学习作为一项重要内容来检查。要通过各种途径，为年轻领导干部学习创造条件。通过再学习，使他们牢固树立辩证唯物主义和历史唯物主义的世界观，能够更好地运用马克思主义的基本立场、观点、方法去研究改革开放中的新情况，解决改革开放中的新问题，在改革开放的实践中经受锻炼，增长才干；使他们不断提高贯彻执行党的路线、文针、政策的自觉性，能够密切联系实际，用党在社会主义初级阶段的理论统一思想和行动，加深对党的基本路线的认识，解放思想，实事求是，富有创造精神；使他们更加注重自身的思想意识修养，做到光明磊落，胸怀宽阔，团结同志，努力把自己锻炼成为一个成熟的党的领导干部。

第二、坚持党性锻炼，提高年轻领导干部的政治素质。各级党组织要用共产党员的条件来要求他们，严格督促他们过好双重组织生活，自觉地加强党性锻炼，强化宗旨观念，坚持用党性、党的原则、党的纪律来约束和规范自己的行为，树立起多贡献少索取的人生观、价值观，不断增强自己的公仆意识。年轻干部不管在什么岗位，处在何种地位，都要注意自己的行为是否有利于维护党和人民的利益。当自身利益与党和人民的利益发生矛盾时，要像刘少奇同志说的那样"无条件地服从党和人民的利益，牺牲个人利益，而不能在任何形式的掩盖和借口之下，企图牺牲党的利益去坚持个人利益"，"在任何时候，任何情况下，都应该全心全意地为党的利益和党的发展而奋斗，并且应该把党的、阶级的成功和胜利，看作自己的成功和胜利。"特别是在改革开放的今天，年轻领导干部要掌好权、用好权，防止权力商品化。要保持廉洁，继承和发扬党的优良传统。要经常反思自己，对照改革的形势，对照时代的要求，对照改革中先进的人和事，反思自身存在的弱点，明确自己的努力方向，奉公守法，严于律己，勇于开拓，立志献身，改造自我，塑造良好的形象。年轻干部还应做到"欲令之行，己要先行，欲禁之止，己要先止"，以身作则，言行一致。那种在工作中不求实效谋实惠、不求贡献谋优俸的思想行为和以权谋私、贪污受贿等腐败现象，应为年轻领导干部所不为。

第三、坚持实践锻炼，提高年轻领导干部的业务素质。一个卓越的领导干部并非是天生的，而是在实践的艰苦磨炼中成长起来的。年轻干部也必然经历一个从不成熟到成熟、从低层次到高层次的发展过程。因此，有意识地把年轻干部推向经济工作第一线，有利于提高年轻领导干部的业务素质，在实践中增长才干，逐步成熟起来。“纸上得来终觉浅，绝知此事要躬行。”改革开放的大趋势为年轻干部健康成长创造了有利的社会环境，也为年轻领导干部施展才能和抱负提供了广阔的天地。年轻领导干部要积极投身到改革的实践，不断总结，不断提高领导艺术。离开了社会实践，什么聪明才智都无从谈起；离开了社会实践，也从根本上失去了检验干部素质的标准。近两年来，宜春地区采取了从地、县机关选派一批政治素质好，有培养前途，但缺乏实践锻炼的中青年干部到县、乡担任县长助理和乡、镇长助理；鼓励年轻干部下基层创办、领办乡镇企业；有计划地进行干部上下交流；有目的地选派年轻干部到艰苦的地方去工作和挂职锻炼等办法，使年轻领导干部得以在实际工作中及时调节自己的知识结构、奋斗方向、心理情绪和思维方式，尽快缩短自己适应领导工作的时间和差距，不断提高自己的领导水平，取得了很好的效果。

年轻领导干部素质的提高，内因固然是主要的，但作为一级党组织，严格按照干部“四化”标准，科学合理地进行干部培养和选拔，则是重要的前提条件。干部革命化、年轻化、知识化、专业化是一个辩证统一的整体，贯彻执行这一方针不能顾此失彼。在考察培养年轻干部时，不能只注重年轻和文凭而忽视思想和水平；在配备领导班子时，不能只强调个体优秀而忽视群体优化；在选拔任用干部时，不能只强调专业拔尖而忽视扬长避短。要贯彻公开、平等、民主、择优的原则，把那些符合干部“四化”要求而又在领导岗位上有发展前途的年轻干部选拔到各级领导岗位上来。我们要全面地、正确地对待和使用年轻领导干部，正是因为年轻领导干部参加工作时间短，才需要给予更多的帮助；正是因为他们从政时间短，才需要给予更多的支持，为年轻领导干部创造新的成长机制。

“江山代有才人出，各领风骚数百年。”老一辈革命家开创了基业，中年一代作出了贡献，希望的火炬就要交到年轻一代手中。邓小平同志说，“我们可以预见，一个人才辈出、群星灿烂的新时代必将很快到来。”我们衷心祝愿当代年轻干部在改革开放的历史大潮中搏击风浪，勇往直前，健康成长。

（原载《江西日报》）

不要秘书代劳

上世纪八十年代，我在宜春地区工作 7 年，先后任行署专员、地委书记，一直未配专职秘书。因此，在宜春地区没有“某某是叶学龄的秘书”一说。

像我们这级干部，中央早有规定不配专职秘书，这本是遵照执行的事。但那时执行得并不好，不仅地级领导配专职秘书，连县市一级领导也有固定秘书，有的还配文字秘书、生活秘书。有的干部昨天还在给领导写材料，今天当了领导，就要秘书为他写材料。有的领导连主持大会的开场白、结束语都是秘书事先写好的，秘书写什么，领导就念什么，领导水平等同于秘书水平。干部群众说，当这样的官太容易了，只要会批条子，会念稿子，会坐车子，会碰杯子就行，人们称为“四会干部”。

给这种领导当秘书，秘书也苦不堪言。“大会三六九，小会

不要秘书代劳　自己动手

天天有”，秘书人员忙于给领导写讲话稿，白天写不完，晚上挑灯夜战。有的秘书们自我调侃：“前世造了恶，这世搞写作；白天吃不香，夜晚睡不着。”领导参加会议、看文件、听汇报多，各方面情况都是领导掌握，秘书不在领导之位，要谋领导之政，确实是强人所难。以前有一个故事，说一位秀才写不出文章，苦思冥想，辗转难眠。妻子说：“夫君，你写文章怎么比女人生孩子还要难？”秀才说：“娘子，你有所不知，女人生孩子是肚子里有东西，而我肚子里是空空如也！”

当领导，就是要担负更大的责任，理应思想水平更高，理论修养更深，对上级精神和下面的实际情况掌握更多，对如何部署工作、采取哪些措施心中更有数，这些都装在领导的脑子里。开会讲话无非就是将平时学习、调查、思考的东西说给大家听，只要平时工作扎实，勤于思考，到会即席讲话就不是一件难事，无需要秘书写稿。好的讲话材料和工作总结，不是秘书写出来的，是领导善于学习理论政策、善于集中群众智慧、善于总结群众经验的结晶。重大会议的讲话稿或代表领导集体作的报告，可以集体创作，但领导必须出思想、出观点，结合实际的工作部署、切实有效的工作措施，必须由领导自己拿，秘书人员只能做些文字上的补充、完善。如果认为领导开会就是念念稿子，那不但影响工作，也影响自己的长进。

因此，领导不能依赖秘书。不只是我个人不配专职秘书，我们地委还专门作出决定，地委领导成员一律不配专职秘书，除代表地委的正式讲话外，其他工作场合的讲话不要别人代写讲话稿。每个领导成员每年要抽三分之一的时间到基层调查研究并亲自撰写调查报告。县市一级更不准配专职秘书。地委还规定县市领导班子成员到地区开会汇报工作，一律不准念稿子，谁分管谁汇报，这有利于干部的提高。凡副县级以上干部每年要在基层蹲点、调查、工作60天以上，在基层住宿30天以上，写出两篇以上有质量的调查报告。无特殊情况达不到这些要求的，不晋级、不提拔、不评先进。我本人每年都有100多天下基层，最多时达到200天。下基层调查研究，每次都是轻车简从，自己选择路线，自己定调查内容，口问手记，从不假手于人。开会一般都是即席讲话。

我想，作为一个领导干部，对自己分管的工作，基本情况应该烂熟于心；对自己做过的工作，应该简明扼要、条理清晰地归纳出来。这些都是领导要做的事，也体现领导的责任和水平。

纪检干部的新形象

我在宜春工作时提出，纪检干部要树立可敬、可亲、可畏的新形象。这个讲话后来刊登在新华社《内部参考》上。中央召开廉政工作会议，宜春纪委在会上介绍经验。宜春纪委与企业交朋友的经验，也在《人民日报》刊登。

我之所以提出这样的要求，是因为在改革开放之初，宜春地区经济部门和企业的干部与纪检监察部门的干部关系并不融洽，对待发展经济与廉政建设的关系往往各执一词，“公说公有理，婆说婆有理”。

我召开企业厂长座谈会，请他们围绕解放思想、改革开放、加快经济发展讲计划、谈措施，没想到厂长们纷纷发牢骚、吐怨言。有的说：“现在是干的不如看的，看的不如捣乱的。匿名信告状八分钱，纪检来人查半年”。有的说：“一个人干，一群人看，几个人查，怎么干？”在现实中也存在每每是干事的人“惹事”、不干事的人“太平无事”。有一位承包企业的党员干部开始致富了，却总是提心吊胆，说一天不看报纸就不放心，一个月听不到领导的鼓励心里就不踏实。

我组织经济部门的同志讨论。他们反映，改革开放面临很多新情况、新问题，有些没有明确具体的政策，心有疑虑，担心犯错误。在干部中还流行一种说法，说纪检监察部门是“婆婆”，我们就是小媳妇，婆媳关系难处理，反映了他们害怕纪检监察干部的心理。也有的把经济发展与廉政建设对立起来，认为抓廉政建设，经济工作就难以搞活。

我又和纪检监察干部谈心。他们反映，除了查案子，接触外界的机会少，其他部门的同志也很少和他们来往，认为只有两种人与纪检监察干部打交道，纪检监察部门找的是有问题的人，找纪检监察部门的是告状的人。大多数纪检监察干部认为，自己的工作就是按领导的批示查办案子，其他工作与他们关系不大。

地委经过认真分析，认为问题出在双方，解决问题则应先从纪检监察部门入手。于是决定分期分批组织纪检监察干部赴沿海，到改革开放的前沿、经济发达的地区考察学习，开眼界、换观念，吸收新鲜经验。考察回来后，组织他们座谈，使大家认识到，纪检监察工作也要与时俱进，一定要围绕党的中心工作转，参与中心，搞好监督。要把是否有利于发展生产力，作为考虑一切问题的出发点和检验一切工作的根本标准。纪检监察工作的目的，是把经济搞活，是保证经济发展的社会主义方向。要保护大多数干部群众的积极性，要着眼于广大党员干部的健康成长。正是在这个基础上，我提出纪检干部要树立可敬、可亲、可畏的新形象。

“可敬”，就是执法如山、秉公办案、刚直不阿、不徇私情，受到人民的尊敬。我们坚持用生产力标准，围绕改革抓党风。主张大胆探索，允许失误，理直气壮地支持和保护发展。比如，樟树四特酒厂扩大生产规模，地纪委收到了很多告状信，经过调查核实，有的是无中生有，有的是捕风捉影。纪委召开全市干部大会，通报调查结果，当场宣布，如下次再有人诬告，将严肃查处，从而有力地支持了四特酒厂的改革。又比如，地委提出转移三分之一的机关干部到经济工作第一线，纪检机关也收到不少告状信，说不符合中央精神，省里也没有部署，宜春另搞一套。地纪委旗帜鲜明地指出，这是一项为机关“消肿”、为企业“输血”的改革之举，必须坚持，从而使这项改革得以顺利实施。在实际工作中，我们注意划清改革中的失误同钻改革空子搞违法乱纪的界限。纪委通过调查研究，先后两次制定了 17 条有关政策界限，给坚持改革者吃了“定心丸”。由于纪检监察工作做得稳、做得实，实事求是，既保证了党的方针政策的贯彻执行，又支持促进了改革，理所当然地受到了广大干部的尊敬。

“可亲”，就是关心广大党员的健康成长，使广大党员觉得纪检监察部门可亲。地委提出，纪检监察干部要主动与经济部门和企业的领导交朋友，增进了解，既监督违纪违法，又保护改革。纪委贯彻“教育为主”、“预防为主”的方针，做到在“预防”上下功夫，在“超前”上做文章。对改革中的普遍性问题早抓教育，对倾向性的问题早作防范，对苗头性问题早打招呼，使一些不该发生的问题消灭在萌芽状态。1988 年樟树药交会之前，纪检监察部门对伪劣药材上市和索要回扣等问题加强预防措施，防止了不正之风的发生，成交额创下历史最高纪录，既保护了干部，又促进了经济发展。我们还总结了几个对内讲廉洁、对外讲服务的先进典型。在工作方法上，我们提出多打招呼、多面谈、多上门，把工作做在前头，少立案、少惩办。过去是平时没人管，出了问题七八个人去查一个人，一搞就几个月，这对工作损失太大了。现在纪检监察部门听到反映，主动找有关同志来谈心，打招呼，教育启发犯有毛病的同志自己改正。纪检监察干部与做经济工作的同志交朋友，使纪检干部与改革者之间拆除了“隔心墙”，架起了“连心桥”。我们坚持实事求是，分清政治界限，不搞一刀切；重在教育和改正，不搞不教而诛。这些做法合情合理，使广大干部口服心服，感到可亲。

“可畏”，就是要使违纪的党员干部感到纪检监察机关可畏。当时有人劝我，抓经济工作要抢先，抓党风廉政建设千万不要抢先，抢先就会把一批干部搞垮，把经济搞死。这种把遵守纪律与搞活经济对立起来的认识显然是不对的。既要改革开放，又一定要保证社会主义方向。要在监督机制下搞活经济，在搞活经济的同时经受住权利、金钱、美色的考验，这是党的干部健康成长的正确途径。当时我们提出，纪检监察工作要"敢"字当头，一要敢于监督同级领导班子成员；二要敢于碰硬，对手握人、财、物及其他各种权力的单位，对有资历有关系有后台的人，只要是违反了党纪政纪，就必须检查、监督乃至处分；三要敢于破难题，对成了风的问题，如请客送礼、干部利用职权建私房的问题等，要一个一个解决好；四要敢于创"小气候"，有些问题难办，上面又还没有布置抓，不能坐等，看准了就要敢抓。纪检监察部门做到坚持原则，执纪如山，秉公办案，不徇私情，就能产生强大的震慑作用，让违法乱纪者感到可畏。

可敬可亲又可畏，是纪检工作、纪检干部的完整形象，三方面缺一不可。宜春地区纪检工作始终坚持以服务经济建设为中心，紧随时代，紧密配合改革开放，工作做得有温度、有热度、有法度，使广大干部在改革开放的大潮中思想活跃，意气风发，既敢为人先，又政风清廉。全区有42%的地直单位评上了全省各系统的先进，全区在发展乡镇企业、多种经营和增加财政收入等方面都名列全省前茅。

协调关系是一门领导艺术

改革开放后，随着形势的发展和事业的推进，各级领导层也出现了一些新情况。一是领导班子多了，各级都有党委、人大、政府、政协；二是领导成员多了，各套领导班子都有十来个领导成员。在实际工作中，各套班子之间、领导成员之间、部门之间、条块之间，往往存在认识上的分歧，导致工作上的矛盾。常听干部感叹:“几驾马车,个个抢先”;“麻布袋里的钉子,个个想出头”;“工作好做,关系难处”;“共事好是幸福,共事不好是痛苦”。

我也有过这样的经验教训。在抚州地区任专员时,因与地委主要领导工作意见不合,矛盾愈演愈烈,结果两人都被调离了抚州。后来我想,大家都是为工作,之间并无根本利害冲突,原因主要是没有理顺关系,加上谈心少、沟通少,相互都不理解,以至于造成对立,影响团结。我在宜春当专员时,总结经验教训,比较注意这个问题。当我任宜春地委书记时,更加注意协调方方面面的关系,从中也悟出了些带规律性的东西。

比如,在党政之间,坚持重大经济和社会发展问题实行党委决策、政府指挥、部门实施的原则,克服党委包揽、政府依赖或党委制约、政府摆脱两种偏向;在班子内部,坚持民主集中制和个人分工负责制,确立了事关全局的问题、政策不清的问题、制度不明的问题必须集体讨论,此外一概由个人分工负责的原则,既防止个人说了算的偏向,又避免事无巨细都等着集体讨论的偏向;在上下级关系上,既坚持上级领导下级、下级服从上级的组织原则,又倡导上级为下级服务、下级为上级分忧;在条块之间,明确工作上条条指导块块,政治上块块领导条条,共同为发展经济服务的原则,克服条块分割的现象;在前后任之间,坚持承前启后、又扬又弃,既不因循守旧,又不全盘否定,前任正确的要发扬,不正确的要摈弃;在监督与被监督的关系上,强调监督机关和干部树立可敬、可亲、可畏的新形象,在监督中服务,在监督中搞活,提倡多打招呼多教育,把眼睛盯住不干事的、生是非的、制约改革的、违法乱纪的,使广大党员和干部都能放心、放胆、放手工作,使各种渠道运行通畅,令行禁止。

在诸多关系中,关键是协调班子之间的关系。几套班子之间,首要的是协调党政班子的关系。党委是领导,政府要在党委领导下工作。政府又是一级政体、实体,党委要充分发挥政府的职能作用。党政班子的关系,关键又是党政“一把手”之间的关系，实际上是党委“一、二把手”的关系，“一把手”总揽全局，协调各方，工作上多为“二把手”创造条件，多承担责任；“二把手”多替“一把手”着想，多为“一把手”分忧分责，互相信任，互相配合，心想在一起，劲使到一处。

协调关系是一门领导艺术，是更高层次的领导。协调工作做好了，就能充分发挥领导班子的集体智慧和整体优势，形成齐心协力干事业的合力，就能形成“众牛爬坡、个个出力”的生动局面。我在宜春地区工作7年，上上下下领导班子都比较团结，很少有“搞内耗”、“窝里斗”的，各项工作也顺利推进。

从讲话不敢睁眼看台下到即席就讲

1990年2月，在我即将调离宜春地委的前夕，地委办公室正在召开全区各县、市委办公室主任会议。会议结束时，地委办公室主任刘文广来找我，说大家想见见你，是不是到会上看望一下，鼓励几句。当时，我正在主持地委、行署领导班子会议。会议一结束，我便匆忙赶到办公室主任会上。我即席讲了办公室

从讲话不敢睁眼看台下到即席就讲

干部要增强四种意识：一要增强超前意识，当“事前诸葛亮”；二要增强事后意识，做“事后诸葛亮”；三要增强忧患意识，为领导分忧；四要增强奉献意识，甘当无名英雄。地委办公室的同志记录整理后，上报省委办公厅，同时下发到全区各县（市）和地直单位。省委办公厅则转发到全省各地（市），同时上报到中央办公厅，被中央办公厅以《秘书人员要增强四种意识》为题刊登在中办《秘书工作》杂志上，在全国办公室系统引起了很好的反响。

类似这种即席讲话整理成文的情况不少。有的同志说我的讲话有针对性、哲理性、鼓动性，听起来是一种“享受”。当然，说这种话，不排除有恭维的因素，但即席讲话这种功夫也的确是长期锻炼出来的。说来惭愧，我曾有过三次登台发言，吓得不敢睁开眼睛看台下。

一次是1952年3月18日，在新民主主义青年团入团宣誓大会上。头天，我的入团介绍人洪连阶同志对我说：“明天区里开新团员入团宣誓大会，你代表新团员发个言。”当时，我刚由一个农村青年选为龙坊乡文书，从未上台讲过话。我对洪说，我好怕，不敢上台，你换个同志吧。洪说，这是团组织的决定。当天晚上，我怎么也睡不着，不知明天讲什么。那时对新民主主义青年团的性质、任务以及团的章程都是刚刚接触，知之甚少。第二天，当大会宣布我发言时，顿时心跳加快，两腿发抖，站在台上闭眼不敢看台下，许久没有开口。台下一鼓掌，头天晚上想好要讲的几句话，全吓跑了。约二三分钟的发言，只有“拥护共产党的领导”、“服从团组织的决定”两句比较切题，这两句话还是洪连阶同志事先教我讲的，其余不知讲了些什么。会后，悔恨自己胆子太小、脑子太笨，一个人跑到会场外去哭。

第二次是1953年12月中旬，县委召开三级干部大会，总结统购统销工作，表彰先进，每个区要推荐一名先进模范在大会上介绍经验。我们第七区推荐了我。那时，我是区委宣传委员，负责剑溪乡的统购统销工作。全乡18万斤购粮任务，完成了28

万斤,被评为先进个人。这次发言,心里比上次还要紧张。一是上千人的大会,面对的都是干部;二是什么是经验,自己连概念都搞不清楚。会前,有几个晚上睡不好觉。几分钟的发言,又是不敢睁开眼睛看台下。整个发言,只讲了工作的过程,像“流水账”。现在回忆,起码有三条经验可讲,一条是忆苦思甜,激发阶级感情;第二条是干部带头,乡长龚龙金、乡主席蔡员木带头卖余粮,带动全乡干部群众踊跃卖粮;第三条是典型引路,耐心地做通了几个“钉子户”的工作,震动全乡。可惜,我没有讲出一条经验。事后又一次恨自己没有出息。

第三次是1959年暑期全县中小学教师集训,改造思想。当时,县委宣传部没有部长,我是主持全面工作的副部长,要向集训班作形势报告。因为听报告的都是知识分子,自己心里又是一阵紧张。报告开始的几分钟,还是不敢睁开眼睛看大家。后来想,我是领导,你们是被领导,虽然你们是知识分子,但我事前作了充分的准备,要讲的内容都是你们不知道的,所以没什么可怕的,这才大着胆子放开来讲。这次报告算是比较成功的,博得热烈的掌声。

此后,讲话心跳加快、两腿发抖、不敢睁开眼睛看台下的情况没有了。可见,这是一个实践锻炼的过程、一个学习的过程。世界上的事情没有生而知之,只有学而知之。在长期工作的实践中,我坚持学习,从不懈怠。

由于注重学习和积累,我的讲话水平不断得到提高,除代表领导班子集体讲话外,我一般都坚持即席讲话。就是到省委、省政府汇报,甚至在中央领导面前,我也不用稿子,即席就讲,常常得到领导的肯定。不少即席讲话的观点、内容被上级有关部门内部刊物和“简报”选登。

“台上一分钟,台下十年功。”即席讲话看似无备,实则有备,这个“备”就是平时坚持学习、调查研究和理论思考。

作报告、讲话,是领导干部的重要职责之一,也是领导干部必须具备的条件之一，这就是通常讲的“唱功”。我们做任何一项工作，都要先作宣传、造舆论。干工作，“做功”固然重要，但“唱功”也必不可少。“唱功”是“做功”的先导，“做功”是“唱功”的归宿。任何一项目标的实现，首先都必须统一思想，取得共识，只有这样，才能万众一心为之奋斗。

作报告、讲话，真正要达到有针对性、哲理性和鼓动性的要求，一要掌握“武器”，打牢自己的理论功底。二要“吃透两头”，即“吃透上头”，熟悉党的方针、政策，与时俱进；“吃透下头”，多作调查研究，把准群众脉搏。三要深入浅出，晓之以理，动之以情，不漫无边际讲“空话”，不照搬书本讲“套话”，不哼哼哈哈打“官腔”。我们有些不成功的讲话、报告，问题就出在要么停留在感性阶段，上升不到理性，使人不得要领；要么生吞活剥理论，空洞无物，使人感到乏味；要么照搬照套别人的东西，你未讲，人先知。因此，讲话、作报告，切忌经验主义、教条主义。

附：秘书人员要增强四种意识

（1990年2月）

办公室的工作，说到底就是“服务”二字。办公室是参谋部门，要为领导服务；是机关的中枢，要为机关服务；是办事机构，要为基层服务。如何服务得更好，我以为增强这样四个意识至关重要。

一、要增强超前意识，当好“事前诸葛亮”。所谓超前意识，是指预见性、敏感性、超前性。“凡事预则立，不预则废。”办公室的工作人员如果没有超前意识，这个参谋是当不好的，这个服务是搞不好的。人云亦云，人知我知，或人知我不知，岂不是只能给领导做个伴？

要有超前意识，当好“事前诸葛亮”，一要知全局，知上、知下、知左、知右。知道上面的精神，以把握方面；知道下面的情况，以把握动向；知道左邻右舍在干什么，以把握自己在横向比较中的位置。二要勤调查。没有调查就没有发言权，调查研究是超前意识的基础。三要有尽可能广的知识面。政治、经济、文化、自然科学等各个方面的知识都要学。在党委办公室工作，尤其要学哲学、历史等基本知识。只有知全局，勤调查，知识面广这诸多因素的综合，才会具有超前意识。只要大家有这方面的自觉性，向这方面努力，我们的超前意识就会更强，我们的参谋和服务就会更好。

二、要增强事后意识，做“事后诸葛亮”。“事前诸葛亮”固然好，“事后诸葛亮”也不可轻视。可以说，没有事后意识，就没有超前意识，不做“事后诸葛亮”，就成不了诸葛亮。诸葛亮隐居隆中，博览群书，纵观历史，就是当事后诸葛亮。事后意识就是指总结提高。事后善于总结，就能更好地预见将来。我们现在工作中普遍的问题是急急忙忙往前走，事后不思量。成功了的经验上升不到理论，失败了还自我感觉良好。毛主席说过，人类总得不断地总结经验，有所发现，有所发明，有所创造，有所前进。可见“四个有所”是在事后意识基础上产生的。四川武侯祠有一副对联，上联是“能攻心则反侧自消，从古知兵非好战”；下联是“不审势则宽严皆误，后来治蜀要深思”。这就是事后意识，是“事后诸葛亮”评诸葛。我们办公室工作的重要任务之一是总结经验，帮助领导提高决策的正确性，认识失误的危害性，从理性上提高自觉性。不要怕人家讲我们是“事后诸葛亮。”“事前诸葛”固然好，“事后诸葛”也不可少。我希望今后在一项重大活动后，办公室要主动承担或组织力量及时总结经验教训，使我们的认识提高一步，事业前进一步。

三、要增强忧患意识，为领导分忧。办公室的工作，权不大任务大，官不大责任大，要同领导共命运，同人民共命运，同集体共命运。在一个县工作，要有县兴我荣、县衰我耻的思想、情操，忙领导所忙，急领导所急，忧领导所忧，这就是为领导分忧愁。古人云：“见其下之明明，知其上之赫赫。”如果我们办公室的同志都精明能干，处处顾大局，办事精益求精，遇难而上，甚至委屈自身而顾事业，那就是对领导的有力支持，也算分忧。以你之“明明”，让领导得了个“赫赫”，也是分忧。领导与被领导之间是分工的不同，目标是一致的。思想上决不能后退，有风险决不能回避，要主动站到第一线分忧解愁。

四、要增强奉献意识，甘当无名英雄。办公室的工作人员是默默无闻的无名英雄，这是由办公室工作的性质决定的。比如，自己写稿子别人念稿子，自己执笔别人署名，自己接客别人陪客，这都是奉献。可以说，办公室的同志是在“难”中做工作。人员少，事情多，很难；领导多，关系复杂，很难；条件差，任务重，很难，不仅如此，而且有时是一面承担繁重的工作，一面还要遭受非议。你离领导远了，人家说你离心离德；跟得近了，又说你别有用心；抓得太紧，下面有意见；任务完不成，领导有意见，左右不是。我干过两届县委办公室主任，兼过五年地委秘书长，略有体会。我感到，办公室是锻炼人的好场所，是最好作奉献的场所。工作性质要求你默默无闻作奉献，任务重要求你一心扑在事业上作奉献，矛盾多要求你在夹缝中作奉献，要求高逼着你在拼搏中作奉献。

同志们都在作奉献，写了无数的材料，加了无数的晚班，作了无数的调查，提了无数的好建议，遭到无数的非议，最终各业得到了发展，自己得到了锻炼。奉献意识越强越好，对党的事业越有利。

（原载中央办公厅《秘书工作》杂志）

角色转换

学会求人

1990年上半年，我调任省委统战部部长。有些同志说，统战部门一无权，二无钱，处处要“求人”。在实际工作中，我也感到，过去在县委、地委担任领导是“一呼百应”，到了省委统战部却“百呼不应”。为什么？因为部门权力有限了，办事就要“求人”。

后来仔细一想，所谓“求人”，也就是加强联系，办好事情。客观地看，“求人”是一个普遍的社会现象。我们已经不再是封闭的自给自足的小农经济社会，随着社会化大生产的发展，社会分工越来越细，每个人、每个单位都处在一定的社会环境和社会关系之中，万事不求人的单位和个人是没有的。从个人来说，好像什么事都要求人，上学、就医、找工作，甚至殡葬都要“求人”。从单位来说，要完成工作任务，也需要方方面面的配合，“求人”实际上是一个合作互补的过程。所以，我在统战工作会议上的第一个报告，就是讲要“学会求人”。我说，不求人的思想是同社会化大生产和社会主义商品经济的发展不相适应的。为了党的事业去求人，没有什么不好。求人越多，说明我们对社会发展规律的认识越深刻；求人越多，就是工作责任心越强的表现；求人越多，就是工作本领越大的表现。搞统战工作，就是要“敢于争取，善于求人，乐于吃亏，勇于奉献”，只有这样，才能做出成绩。

因为统战部门权力小，工作困难大，有些同志常常有埋怨情绪。我对大家说，统战部门权力小是工作性质决定了的，但我们工作能量仍然很大，这又是党的路线方针政策决定了的。一味地埋怨党委不重视、部门不支持、手中没权力，是无济于事的。我们看问题，要多从内因分析，多看内因的作用。所以，我主张在困难面前就要“学会求人，学会加压，学会自尊，学会坚持”。做工作，一靠真理，二靠争取。仅仅靠权力是不能持久的。“求人”当然不是乞求，而是要据理力争。只要我们是为着党的事业着想，只要我们掌握了统战工作的思想理论武器，困难是可以克服的。

我自己也带头放下架子，下功夫去求人。记得有一年换届选举，有一个地区 14 个县区推荐 14 个党外人士担任政府实职，就有 6 个落选了。我主动上门找该地的地委领导做工作，对方甚至说“非党人士落选有什么不好吗？如果共产党员落选，哪还有面子？”我说：“统一战线是我们党的‘三大法宝’之一，加强与非党人士合作是工作大局的需要。党外人才济济，代表性广，可以更好地团结群众，有着党员替代不了的作用，一定要按照省委要求落实好。”经过交谈，这位地委领导思想豁然开朗了。结果，次年在政府几套班子选举中，党外人士全部按要求补齐了。那一年，通过多方面努力，全省党外人士安排的人数、比例也由在全国倒数第二名，跃身为顺数第二名，仅列于湖南省之后。这件事更加增强了我们做好统战工作的信心。

对待统战部门自身工作条件的困难也是如此。那时候，各地县委、县政府工作部门配备公车的还不多，而各地的组织部、宣传部、办公室的领导大都由县委常委兼任，所以都配了工作用车，统战部的部长只是各级政协副主席，就配不上车了。因为工作需要，统战部门为什么就不能配车呢？我找到省委领导陈述实情，经过努力，省政府下达了 100 辆县级统战部门的用车指标。指标下来了，不少地方又因财政经费问题搁浅了，还是要“求人”。经过积极争取，各县区委统战部门都配上了工作用车，自然也就提高了基层统战部门干部的工作积极性。

为了更好地宣传贯彻党的统一战线方针政策，省委统战部办了一个《心桥》杂志，但是发行工作困难重重，1990 年只发行 4 000 多份。我要求大家要在“难点”中工作，着力发扬“求人”的争取精神，努力克服政治上的“灰色情绪”、工作上的“畏难情绪”、待遇上的“攀比情绪”，放下“失落感”，增强“责任感”，沉下身子到基层去做工作。结果，1991 年的发行量超过了 4 万份，是 1990 年的 10 倍。可见，靠真理、靠争取、靠务实、靠善于求人，就没有克服不了的困难。

我坐了一回“冷板凳”

1991 年 5 月的一天，我到一个县调查统战工作，地委委员、地委统战部部长陪同一道前往。

那天早上，县委书记很热情地来陪我们吃早餐。刚刚坐下，县委组织部的同志陪同地委组织部一位科长和两个干部来了。县委书记立即起身相迎，握着科长的手说：“盼星星盼月亮，终于把你们盼来了。”接着引科长一行到隔壁去用餐。我们以为县委书记很快会过来陪我们，可是，等啊等，一直等了十多分钟未见过来。我便提议：“我们先吃，边吃边等吧！”谁知直到我们吃完了，书记也没有过来。虽说一个早餐书记陪不陪无所谓，陪了身价不高，不陪身价不低，但是不知怎的，心里硬是不舒服，总感觉这是坐了“冷板凳”。地委统战部部长更感到怠慢了我，如坐针毡。

用完早餐，我说：“走，到隔壁去看看，给县委书记告个别。”当我们推门进去时，县委书记不无尴尬地站起来解释说：“不好意思，怠慢了领导。因为我们报了几个干部，半年多都没来考察。今天科长来了，我一边陪科长吃饭，一边汇报。”

我转向科长，科长也站起来，他并不知道我是谁。我笑着对科长说：“怎么称呼你？”

他说：“我姓胡。”

我说：“你姓月吧！”

他又说：“姓胡，古月胡。”

我说：“刚才书记说，盼星星盼月亮，你应该姓月才对。”

科长很成熟，既未生气也未出声。我继续说：“科长来了，是星星是月亮，如果你们部长来了，那岂不是太阳了，太阳要光芒四射呀！年轻人，组织部门只是党委对干部的管理部门，不是决策部门，称不上星星与月亮。”一席话，说得那位年轻的科长无言以对，县委书记也倍觉难堪。

说过后我想，也真冤枉了这位科长，因为他并未自称“星星与月亮”。也不能怪县委书记，他是从关心干部、考虑工作出发。问题是“人心不古，世风日下”。人们信奉的是“权力”，正所谓“跟着组织部，年年有进步；跟着统战部，离家差一步”。所以，自己坐“冷板凳”也就不足为奇了。

走出来后，我对地委统战部部长说：“你是地委领导班子成员，是不是讨论干部很少发声？县委书记们不在乎你这个地委领导成员？”

她说：“人事问题都是组织部先拿方案，一把手点头才上地委会，我们一般委员发什么声，还不是随声附和。如果提不同意见，现在又不保密，本人知道了，会恨你一辈子。同时书记会认为你唱反调，不配合。还是不发声为好。”

我想，她在地委委员会上也是坐“冷板凳”，凑个人头数，于是我批评她明哲保身不对。她反过来批评我说：“你是老县委书记、老地委书记，你过去主持讨论干部哪里有好多民主？”

对她的批评，事后我想了很久，真是当局者迷，旁观者清，她的批评是对的。想当年,自己在别人眼里可能也是“星星”、“月亮”,可能也是发扬民主不够,让有些人坐了“冷板凳”。我当然不可能再返回去当县委、地委书记,但我真心希望往后各级党委一定要发扬党管干部的优良传统,在研究干部时不能光听某个部门的意见,也不能“一把手”个人说了算,班子内部一定要发扬民主,集思广益,体现集体领导的组织原则。

我与非公有制经济人士的交往

从 1990—1998 年,我做了近十年的统战工作。新时期党的统一战线已经发展成为工人阶级领导的、工农联盟为基础的全体社会主义劳动者、拥护社会主义的爱国者和拥护祖国统一的爱国者的联盟,是最广泛的统一战线。邓小平同志强调,新时期的统战工作宜宽不宜窄。因此,统战工作实际上已经从民主党派拓展到无党派人士,从港澳台拓展到海外,从文化科教界有造诣的人士拓展到非公有制经济人士。作为统战部门,要与各种统战对象打交道,其中就包括与非公有制经济人士

我与非公有制人士的交往

的交往。

改革开放以来，形成了以公有制为主体、多种所有制经济共同发展的基本经济制度。非公有制经济是现阶段中国社会主义经济的重要组成部分，是国民经济中一支不可缺少的力量。努力做好非公有制经济人士的工作，是建设中国特色社会主义需要，也是维护国家团结大局的需要。

在多年与非公有制经济人士打交道的过程中，我的体会是，首先要有胆量去交朋友。由于习惯思维，不少人把非公有制经济视为资本主义的洪水猛兽，患的是"恐资症"，生怕与之打交道，生怕道不清、说不明、牵扯不清。但是，你不去与非公有制经济人士交朋友，怎么能了解到他们的心声与诉求？怎么能把党的相关政策落到实处？尤其是外商来内地投资了，怎么才能做到"安商、富商"，留住外资企业呢？所以，我常常深入到非公有制经济人士中去，了解情况，听取呼声，帮助解决问题。要取得非公有制人士朋友般的信任，只凭职务空口许诺是不行的，必须不怕非议，与之交往，既实实在在为其服务，又保持自身廉洁干净。

与非公有制经济人士打交道，要靠宣传和执行党的政策，为他们提供帮助和服务。一般地说，非公有制经济人士常常会遇到"办证难、合同兑现难、维护合法权益难"的问题，所以要多做宣传工作，让大家了解非公有制经济也是社会主义经济的重要组成部分，在市场经济运行中应当一视同仁。当年有位省政协港澳委员张某，与南昌市某单位合作，投资开发了一个"电子城"。项目竣工后，原单位领导已经易人，后任领导却把这个项目让给了别的客商，当事人叫苦不迭。我闻讯后，立即找到省政府主要领导陈述实情，要求落实原定合同项目。省政府领导委托我牵头，把市政府办和市相关部门找来协商，最后解决了问题，维护了客商的合法权益。有位省政协港澳委员，当年经九江市政府同意，在九江圈了块地搞房地产开发。可是到楼盘竣工开售时，地皮价格已上涨了许多，当地有关部门竟然认为其中有弊，逼迫开发商承认是行贿才批到的便宜地，封了银行账号，扣押了当事人。我闻讯后，立即与省有关部门联系，要求尊重事实和合同内容，实事求是给予纠正，这才让客商挽回了损失，安下心来在江西搞开发。还有位港澳委员，是江西旅港同乡会会长，原与省直有关单位在胜利路盖了个商品楼，竣工后正准备出售，就有人举报说，有的房间发现屋漏，电视台等新闻媒体着急就要曝光。果真如此，这商品楼就无法销售出去，客商就亏大了。当事人欲诉无门，找到我陈述情况。我了解到，项目手续是齐全的，因而是合法的；建筑质量方面的问题，可以要求开发商及时认真整改。我与有关新闻媒体交涉，让他们暂时不要着急报道，要允许人犯错误，也要允许人改正错误。这才争得了时间让开发商返工，保证了建筑质量之后再开售。客商为此十分感激有关部门的宽容，后来在江西还追加了新的投资项目。还有一位省政协香港地区委员沈某，当年在南昌市首家开办的歌舞厅生意红火。有的媒体和执法机关的干部进去消费不付钱，还掏证、掏枪吓唬人，甚至动手打人。沈某半夜三更找我诉求，我便及时报告省政府主要领导，使事件得以及时制止和解决。

类似这种办证困难、合同不能兑现、侵犯合法权益方面的问题，每年都会碰到上十件。尽管每件都存在各种复杂性，但我一不推诿，二不回避，总是热情接待，细心倾听。我能出面协调解决的尽力解决，解决不了的及时向省委、省政府汇报求得解决。介入这些复杂的矛盾，难免会遭到误解和非议。但是，既然做了统战工作，就要为省委、省政府分忧，尽心尽责，义无反顾。

附：从一对枕芯说起

——回忆叶学龄关心扶持民营企业二三事

张　平

1981 年，我从抚州通用机械厂下岗后开始创业，办起了一个“弹簧枕芯厂”，挂靠在抚州二轻局经理部名下。我不会忘记我的第一桶金是怎么得来的。

那年，全区春季商品展销会在抚州赣东饭店隆重召开。我满怀信心携厂产枕芯赴会，本以为产品既柔软、舒适，又养生保健的特性定会打动人心，因为人生有三分之一的时间是在枕头上度过的，谁不想舒适惬意呢？可两天下来，订货者寥寥，情急中我便拿了几对枕芯，请经理部发给参会人员试用。有一天，时任抚州行署专员的叶学龄同志来到会场参观指导，走到我的展台时，高兴地说：“小伙子，你的产品我试用过了，好用，我买了那对。”当即就拿了 14 元钱给我。我说：“给你试用的，就免费了。”他说：“那不行，一定要公平交易。”之后，他对二轻局领导说：“要重视科技产品，努力打开市场。我看这种枕芯设计合理，即舒适又养生，顾客是需要的。”在他的关心支持下，二轻局经理部加大了宣传力度，吴经理还印发了不少优惠券促销，引得各地客商纷至沓来。五天会议，厂里订货近两千套，一下子变得供不应求。我也真的淘到了经商的第一桶金。现在想来，这完全得益于贵人相助，当然不能忘记叶专员。

之后，我又前店后厂，办起了纸箱工艺厂、竹木混浆回收厂，创办了“天马商场”。当时，家电在社会上还很时髦，我从南京 720 厂引进了一批电器产品，包括电视机、电风扇、三用机等，年销量竟达到 5 万余台，生意做得风生水起。不久，我作为台属代表被推选担任了抚州市政协常委和抚州市商会副会长。1990 年，叶学龄同志调任省委统战部部长、省政协副主席，从关爱民营台属企业的角度，对我倍加关怀，又把我选进了省工商联执委。2005 年，我在抚州开办“万紫千红”大酒店，叶学龄同志闻讯亲自为我题写了店牌，并送来上百幅摄影作品画框作为酒店装饰，令我感动不已。心想，那么多画框作品总要算点制作成本费吧，就送去两万元以表谢意。可是，叶学龄同志严词拒绝。他说：“我支持你，是希望你把民营企业做强做大，为地方经济多做贡献。而我们的交往，应该做知心干净的朋友，否则，我再也不会理你。”一席话叫我无言以对。后来，我们的友谊也确实保持着清正、淡泊，偶尔带点礼品去看他，他收下的是水果，退回的是礼品。他说：“我有国家工资保障，什么也不缺，你把礼品都拿去孝敬父母吧。”他还常常告诫我：“做生意不要靠拉关系，那是暂时的；诚信经营才是长久的。”又说：“要节约资金办企业，把有限的资金都放到发展企业上去。”这些话令我受益匪浅。

1995年,我成立了“三九”公司,与海南省政府合作,投入了福利彩票销售工作,仅此一项,连续四年在当地纳税每年超过一千万元,令政府和商界刮目相看。我还在海口投资两千万元注册成立了“海南明发娱乐有限公司(香港独资)”,创办了海口市“中国城”和具有国际一流电玩设施的“皇家乐园”,一时间成为海南省投资最多、规模最大、场地最繁华的娱乐场所。2001年,我又与几家公司合股成立了“太平洋(海南)邮轮有限公司”,引进希腊豪华游轮明辉公主号,既促进了海南文化旅游业的发展,又赢得了较好的社会经济效益。期间,党和国家领导人胡锦涛、温家宝和中央有关部门负责同志以及海南省委、省政府的领导同志,都先后莅临公司视察指导,我也被推选担任中国侨联委员、海南省侨联常委、海南侨资企业家协会副会长、海南省企业家协会副会长、海南省民营企业家协会常务副会长、海南省台盟专家咨询委副主委、海南省政协委员等职。

从一个下岗职工变成一位知名企业家,今日的成功,当然不能忘记往昔的艰辛,不能忘记所有帮助支持过我的领导和朋友。为此,我秉承“乐善好施,回报社会”的理念,自九十年代初到海南落户后,先后多次出资在海口成功举办了“明发杯”中国女排联赛和“全国健美大赛”。1998年,长江中下游发生了百年不遇的特大水灾,我向家乡捐款30多万元,帮助灾民渡过难关。汶川大地震发生后,我向灾区捐款数十万元,表达了自己的一份心意。特别是我的家乡临川,素有“才子之乡”的美誉,多年来,我不仅把一些华侨、台商、马来西亚客商引到抚州落户发展,还先后资助过教育事业和帮助贫困学生就学,累计捐款超过100万元。为了支持家乡建设,我还赞助40多万元用于兴建抚州市政亮化工程。当然,所有这些与党和政府对我的关心支持,与家乡父老对我的培育爱护比较起来,都是微不足道的。我只是从多年市场经济大海的搏击中深深地体会到,一个企业要走出失败和暗淡的困境,不仅需要个人的刻苦坚持,更加需要党和政府的关怀支持。从这个角度说,我从泥泞走到平川,从辛酸走到成功,每一步,都有着叶学龄同志对一位普通民营企业家的关心和爱护,令我一辈子不能忘怀。

(作者系海南省民营企业家协会常务副会长)

我亲身体验了政协工作的特殊性

我从1990年4月起，担任省政协副主席、党组副书记，协助主席主持日常工作。这对于我来说，是一个重大的转变。过去长期在地区以下一线党委、政府工作，有职有权，一呼百应。而政协是个无权的地方，真的是百呼难应，刚开始确实有点不适应。

既然来了，也想把政协工作做好。所以找了很多有关政协工作的文件和书籍学习，同时也向政协的老前辈和政协的机关干部学习。这才知道，党的统战政策和政协理论十分深奥，而政协这个组织又十分特殊，政协委员和政协干部对政协工作的认识也很不统一。听到反映最多的就是“两无”：一无权，二无用，是“花瓶”，是“摆设”。党委是领导核心，人大是权力机关，政府是执行机关，政协只是个协商机构，不能有权。正因为无权，所以许多同志认为政协说话不起作用，说了也“白说”。认识不统一，对工作的指导也就有分歧，有的主张多做，有的主张少做；有的主张做实，有的主张做虚；有的认为政协要与党委保持一致，就不允许有不同声音，有的认为政协就是说话的地方，要敢讲真话，允许不同意见；有的认为政协民主监督要参与办案甚至直接办案，有的则认为政协民主监督是“君子动口不动手”，一动手就“越位”。种种不同的认识，往往在实际工作中表现出来，影响政协工作的开展。

经过一段时间的学习和实践，我慢慢理清了思路。我觉得，认识上的不同，都源自对政协性质的理解不同。很多人并不真正了解政协的性质，甚至不知道政协是个什么组织，应该归到哪一类。有一次，我看到邮政局编印的一本厚厚的电话号码簿，把政协归到群众团体一类，实在让人生气。1996年，我参加上饶地区政协工作座谈会，在会上即席讲了我对政协性质的理解。我说，政协是个特殊的组织。从本质上来说，政协是我国统一战线组织。它不是人大，但与人大同为我国政治体制的重要组成部分；它不是政府，但可以对政府的工作实行民主监督；它不是民主党派，但为民主党派参政议政提供场所和渠道；它不是群众团体，但把群众团体一起吸纳到政协的各个界别中来。它也不是西方议会，中国不搞三权鼎立，但政协也要参政议政。政协有特殊的对象。从政协委员的构成来看，有共产党和各民主党派成员，有无党派爱国人士，有各人民团体、各民族和各界别的代表人士，因此政协具有广泛的代表性。政协委员大都是政治上有影响，或学术上有造诣，或艺术上有名气，或经济上有实力的人士，确实是智力雄厚、人才荟萃。政协有特殊的职能。它的职能就是政治协商、民主监督、参政议政。这十二个字，是我国社会主义民主政治建设的一大创造，是我国社会主义民主制度的一大特色、一大优势。正因为政协有上述几个特点，所以它能发挥特殊的作用，简言之，一是广泛团结的作用，二是协调关系的作用，三是服务大局的作用，四是促进和平统一祖国的作用。认清政协的特殊性质，就要按照李瑞环主席的三句话做好政协工作，即“尽职而不越位，帮忙而不添乱，切实而不表面”。我的这个讲话后来在《人民政协报》上发表了。

在实际工作中，往往还遇到一些关系难处理。比如，政协活动多与少的关系。活动少了，政协工作难以尽职，政协委员也难以发挥作用，政协在社会上就“无声无息”；但活动过多，特别是那些没有实质效果的活动多了，既加重委员的负担，也不可能得到各方面的支持。又比如，政协说话“算数”与“不算数”的关系。如果政协说话都要“算数”，政协就成了“第二人大”或“第二政府”了，从这个意义上看，政协说话“不算数”是对的。但政协是发扬社会主义民主的重要场所，是个说话的地方，应该畅所欲言，敢讲真话。只要说得对，有道理，就可以帮助推进党委、政府决策民主化、科学化。政协虽不决策，但能影响决策；虽不指挥，但能协助推进决策的贯彻落实。从这个意义上说，政协说话又是“算数”的，说了不“白说”。再比如，政协内部“同音”与“杂音”的关系。政协既然是统一战线组织，就要统一方方面面的认识，保证与共产党同心同德。但政协囊括了各个界别，由于代表的利益不同，难免会有不同的声音，有“杂音”是正常的。统一认识要在“杂音”的基础上求同。如果不允许“杂音”，就会“万马齐喑”，就谈不上发扬民主。政协既有广泛的代表性，也应当有巨大的包容性，允许“求同存异”，求大同，存小异。还比如，政协民主监督的“力度”与“尺度”的关系。常听有人抱怨说政协民主监督力度不够，其实有个用什么尺度来衡量监督力度的问题。政协的民主监督与纪检监察部门的监督不同，不能用纪检监察部门直接办案的尺度来衡量政协的民主监督。政协的监督也与群众监督不同，但类似群众监督，是一种有组织的群众监督。它不带有强制性，不具有法律约束力，主要是通过提意见、提建议、提批评、提供社情民意来实行监督，是“君子动口不动手”，一动手就“越位”。但政协具有广泛的代表性和一定的权威性，所提的意见能产生较大的影响力。“四提”提得好，符合实际，有理有据，甚至比别人高出一筹，就能促进有关问题得到解决，这就体现了政协民主监督的力度。1997 年 8 月，我在参加全国政协举办的“人民政协的理论与实践”研讨会上就政协工作中的这些关系问题作了发言，受到与会同志的好评。

在政协工作，我深深体会到，必须认真学习马克思主义、毛泽东思想的统一战线理论和人民政协理论，必须学会用辩证的观点来分析和处理工作中的各种关系。只有这样，才能摆正位置，既尽职尽责，又不越位。

附 1：认识特殊性　发挥政协作用

新的历史时期，充分认识人民政协的特殊性，切实发挥人民政协的特殊作用,对建设有中国特色社会主义具有重大意义。

人民政协的特殊性表现在:

首先,是特殊的组织。李瑞环同志讲,政协就是政协。我理解,政协不是人大,但与人大同为我国政治体制的重要组成部分;不是民主党派,但为民主党派参政议政提供场所和渠道;不是群众团体,但把群众团体一起吸纳到各个界别中来;不是西方议会,但可以参政议政。这就是政协组织的特殊性。

其次,有特殊的对象。从政协委员的构成来看,有各民主党派成员,有无党派爱国人士,有各人民团体、各族各界代表人士,具有广泛的代表性。从政协委员的知识结构来看,有教授,有高级工程师,有各行各业的智者能人,真正是人才荟萃。从政协委员的分布来看,有党派、团体的领导人等高层人士,有密切联系群众的各界代表人物,能够广泛接触实际,真实反映社情民意。可以说政协委员大都是政治上有影响,或学术上有造诣,或经济上有实力的人士。政协委员的这种特殊性,是其他任何组织所不具备的。

再次,有特殊的职能。这个特殊职能是政治协商、民主监督、参政议政。政协的这种职能,是我国社会主义民主政治建设的一大创造,也是我国社会主义民主制度的一大特色、一大优势。

其四,发挥着特殊的作用。一是广泛团结的作用。人民政协本身就是中华民族大团结的象征。在巩固和发展由全体社会主义劳动者、拥护社会主义的爱国者和拥护祖国统一的爱国者结成的最广泛的联盟中有独特作用,是其他任何组织无法相比的。二是协调关系的作用。政协是亦官亦民的组织,位置超脱,因而有利于统一认识,协调关系,化解矛盾,增进共识。三是服务大局的作用。全国有各级政协委员 48 万多,其中有很多专家、学者、顶尖人物,他们见识多,层次高,有真知灼见,发挥整体功能,能为宏观决策、为大局服务作出应有的贡献。四是促进和平统一祖国的作用。政协中有港澳同胞界别,发挥他们的优势,对于统一祖国、振兴中华有着重大的作用。

所谓特殊性,就是指组织、对象、职能和作用与众不同,不可替代。(以下略)

(节选自《在上饶地区政协工作座谈会上的讲话》,
原载 1996 年《人民政协报》)

附 2:正确认识和处理政协工作中的几个关系

李瑞环主席在全国政协八届一次常委会议上指出,新一届政协要"尽职而不越位,帮忙而不添乱,切实而不表面"。这三句话是根据政协的性质、地位、职能、作用提出来的,是对今后一个时期政协如何开展工作的全面概括和要求,是做好新时期政协工作重要的方法论。在实践中我们体会到,要运用好这一方法论指导政协的工作,履行好政协的职能,充分发挥人民政协在两个文明建设中的作用,有几个关系要正确认识和处理好。

一、政协活动多与少的关系

政协履行职能,发挥作用,需要通过各种活动来进行。所谓活动,包括例会、视察、协商座谈、情况通报、调查研究、参观考察、学习交流及联谊交友等等。一般来说,活动的多与少,可以反映政协工作活跃的程度,如果活动少了,政协工作难以"尽职",委员也难以发挥作用,政协在社会上就会"无声无息"。但是活动过多,特别是那些没有实质效果的活动过多,既加重委员的负担,也不可能得到各方的支持。对于那种超越政协职能范围的活动更不能搞,一搞就"越位"。因此,要正确处理好活动多与少的关系,就要把握好"度"。这个"度"就是自己力所能及,各方乐意配合,社会表示欢迎。这样的活动,再多也不算多。相反,自己力所难及,各方难以配合,不属政协职能,不受社会欢迎的活动,再少也多了。

为了使政协工作既生动活泼,又富有成效,我们在实践中努力做到:第一,有计划地开展活动。年初,就通盘考虑全年的活动安排,拟出活动计划,经主席会议审定。在选题上,注意选准角度。一是紧贴省委、省政府的中心工作,年初就主动向省委、省政府领导及有关部门征求拟提交政协协商和调研的课题;二是根据尽力而为、量力而行的原则,选择既是党政急需又是政协能够发挥优势去做的题目,作为协商监督的议题或专题调研的课题;三是区分哪些课题是政协可以为主去做,哪些课题政协应当配合去做。各专委会全年活动计划和工作重点也要经主席会议讨论同意,再组织实施。第二,有准备地开展活动。每一项活动,都要求做到周密组织,充分准备。每年例会前我们都安排委员视察。常委会议召开前一个月就向所有常委发出通知,告诉会议的主要议题,以便进行必要的准备。同时还围绕常委会议议题组织专题调查或视察。每次协商座谈会也都做到事先有情况通报。第三，有重点地开展活动。省政协集中主要精力抓好每年的几次例会和一年一次的集中视察。每次例会集中协商讨论省政府工作报告。每次常委会议一般安排一个议题，以便议深议透。议题不贪大，不求全，有重点，重实效。如去年三次常委会议协商讨论的议题，都是着眼大局，从小角度切入，小题大做。5月的常委会议配合当时正在开展的“严打”斗争协商社会治安问题，选择了加强社会治安综合治理基层基础建设这个角度。8月的常委会议围绕省委作出的主攻工业的部署，选择了减轻企业不合理负担、改善企业外部环境的角度进行协商。11月的常委会议学习中央关于加强社会主义精神文明建设若干重要问题的决议，侧重就加强文化建设，一手抓繁荣、一手抓管理的问题进行协商。今年5月的常委会议，选择了“进一步解放思想，改善投资环境，加快招商引资步伐”作为这次常委会议的议题，侧重协商讨论改善软环境问题。这几次常委会议都因为选题较好，开得比较成功，会后形成的建议案都得到省委、省政府的高度重视。实践证明，活动多还是少，主要看活动的实效，看政协自己能不能承受，各方面愿不愿配合，社会欢迎不欢迎。

二、政协说话“算数”与“不算数”的关系

在政协工作，经常听到一种议论是，政协说话“不算数”，“说了也白说”。这种看法直接影响部分委员“尽职”的积极性。我们理解，政协既不决策，也不指挥，履行政治协商、民主监督、参政议政的主要职能，说到底，是通过“四提”来实现，即提意见、提建议、提批评、提供社情民意。在一定意义上，政协说话“不算数”是对的，这才是政协。假如政协说的话都要“算数”，那就成了“第二人大”或“第二政府”了。政协是发扬社会主义民主的重要场所，是个说话的地方。各界人士在政协以对国家对人民高度负责的精神发表意见，畅所欲言，不必怕负具体责任而不说，也不会因不负具体责任而乱说，所以少了许多禁锢，敢说真话，能反映方方面面的愿望和呼声，而这正是政协的一大特色，又是党和政府所需要的，凡是正确的意见，都有利于决策民主化、科学化。从这个意义上看，政协说话又是“算数”的，并非“白说”。

事实上，政协说话说了并不“白说”。从我省来看，首先，省委、省政府及有关部门对政协提出来的意见建议是很重视的。近几年，无论是政协例会协商监督或调查视察所提的意见建议，还是委员所提提案或反映的社情民意,很多都引起重视或被采纳。去年5月的常委会议协商讨论社会治安问题,并以主席会议的名义向省委、省政府报送了《关于搞好社会治安综合治理必须进一步加强基层基础工作的建议案》,省委、省政府的主要领导作了批示,省委政法委、省综治委对所提建议逐条研究,提出采纳意见,并专门下发了《根据省政协〈建议案〉进一步改进和加强我省社会治安综合治理基层基础工作的意见》,有力地推进了综治工作的基层基础建设。其次,只要政协反映的情况是真实的,提出的意见和建议是可行的,政协说话就一定会算数。去年5月,法制社团委员会部分委员反映沿湖一些地方因使用非法渔具捕捞,造成渔业资源锐减,渔民呼吁"救救鄱阳湖"。这条信息通过政协渠道上报后,省委主要领导作了批示,省政府分管领导责成有关部门对沿湖县市开展了一次专项检查和治理,促进了鄱阳湖沿湖地区的渔政管理。去年部分委员提出"关于加强南昌市生猪屠宰管理"的提案,由于提案反映的问题是老百姓强烈关注的,同时又提出了解决问题的切实可行的办法,因此很快被南昌市政府采纳,便这一老大难问题基本得到解决。实践证明,政协虽不决策,但能影响决策;虽不指挥,但能协助推进决策的贯彻落实。可见政协说话不是靠"权力",而是靠"实情",不是靠"说了算、能拍板",而是靠说得对,能说出高人一筹的道理。政协万万不能攀比权力,万万不能求立竿见影,要多看潜移默化的作用。事实上,只要政协能反映真实情况,运用集体智慧,提出科学的可行的意见建议,就一定不会"白说"。

三、政协民主监督的"尺度"与"力度"的关系

在政协工作,还经常听到一种埋怨,说政协民主监督的力度不够。这里就有一个用什么尺度来衡量监督力度的问题。监督有多种形式。民主监督是人民政协的主要职能之一,也是我国监督体制中的重要组成部分。政协的民主监督不是群众监督,又类似群众监督,是一种有组织的群众监督。它不带有强制性,不具有法律约束力。但由于政协具有广泛的代表性和一定的权威性,所以能产生较大的影响力。政协的民主监督主要是通过"四提"来进行,是"君子动口不动手",一动手就"越位"。政协民主监督有自己的"尺度",这个"尺度"就是"四提",即提意见、提建议、提批评、提供社情民意。"四提"提得好,力度就大,就发挥了民主监督的作用如何使政协的民主监督搞得更有气氛,更有影响力,更有效果,更有力度,这就要看我们所提的意见、批评、建议是否符合小平同志的理论，是否符合党和国家的方针政策，是否符合当地的客观实际，是否有根有据、有理有力，是否比别人高出一筹。这种监督显然不同于纪检监察部门直接办案，如果用纪检监察部门的“尺度”来衡量政协的民主监督，那当然会感到力度不够。（以下略）

（这是1997年8月在全国政协举办的
“人民政协的理论与实践”研讨会上的发言摘要）

“锋芒毕露”之我见

在我从政的几十年里，有关对我的议论中最多的一个词是“锋芒毕露”。有的老领导批评我太“锋芒毕露”，有的老朋友劝诫说我“吃亏就在于‘锋芒毕露’”。这种议论，一般都是善意的，开始时我不以为然。后来说此话的人越来越多，迫使自我反思：自己在为人、为官上究竟怎样“锋芒毕露”了？究竟应该怎样看待“锋芒毕露”？

所谓“锋芒毕露”，据《中国成语大辞典》解释，指言辞犀利，敢作敢为，比喻锐气和才干全都显露出来，也常指爱逞强显能，好表现自己。扪心自问，我只是实话实说，一不是为了争强好胜呈英雄，二不是显露头角出风头，而是为了革命工作，为了维护党和群众的利益。其实我心里也明白，自己这种“锋芒毕露”，有时确实不识时务，不顾场合，容易伤及别人、得罪领导，但我不愿违背自己的心愿说话，不愿违心地附和别人，更不会投领导之所好。有几件事至今记忆犹新。

1989年在宜春时，一次与新华社记者交谈，我说政治体制改革要与经济体制改革同步，不然经济体制改革寸步难行。我举例说了几个权力部门总是一贯正确，横竖都有理。这个问题不解决好，改革发展就要受到阻碍。记者把我的谈话发表在新华社《内部参考》上。这一来，立即掀起了轩然大波。我一上午接到三个电话，分别是那几个权力机关的领导同志打来的，批评我的言论否定了那几个部门的工作，会带来负面影响。

我在担任省政协副主席期间，把在宜春工作时曾经遇到的情况或做过的工作、说过的观点系统地作了一番思考，又结合当时的现实情况，以议“成绩”为主要内容，在《江西日报》上先后署名发表了4篇时评：《警惕在“政绩”面前摔跤》、《好在成绩未“写满”》、《成绩与实绩不可画等号》、《成绩未必都是喜》。特别指出，有些成绩背后有忧，因为有些成绩的构成有水分，有些成绩来源不正，有些成绩本来就不该要。那种弄虚作假、饱含水分的成绩，那种急功近利、搞短期行为得来的成绩，那种不顾大局、脱离实际，违背规律、盲目蛮干，只图形式、不问效益的成绩，不但不是喜，而且是患、是忧。这类成绩越大，祸害越大。也许这组文章过于尖锐，据说有位领导同志对此有些看法，认为我的文章否认了江西的大好形势，甚至要组织人写文章进行批判。后来新华社《经济参考报》头版头条全文刊登了《成绩与实绩不可画等号》一文，我这才平安无事。

上述一次谈话和撰写的4篇文章，可以说是我“锋芒毕露”最集中的表现，其内容都不是自己工作职务范围内的事，完全可以不讲、不写，但我还是讲了、写了，引起了领导的不悦，也给自己找了“麻烦”。但我始终没有接受“教训”，没有学“聪明”一些，而是无怨无悔。因为，我觉得自己的行为是对的，问心无愧：一、所批评的现象，都是在调查研究时发现的，是客观存在，既非凭空捏造，也没有夸大其词；二、对事不对人，是对不良现象，不是针对具体领导；三、行为光明正大，所讲的意见和观点都是通过正当的渠道，或在党的会议上讲，或在党报和内部刊物上发表，说了、写了不推卸责任，敢于担当；四、摆事实，讲道理，以理服人。

人们都说，“以柔克刚，从不受伤；锋芒毕露，遍体鳞伤。”我对“锋芒毕露”却有另外的理解：锋芒毕露的人，应该是襟怀坦白的人，没有什么需要藏着、掖着；锋芒毕露的人，应该是光明磊落的人，不搞阴谋诡计；锋芒毕露的人，自己身上是干净的，不怕别人找茬、揪尾巴。当然，锋芒毕露难免招来非议，难免伤及别人，这确实要讲究场合，讲究方法，讲究表达艺术。在敢讲真话的同时，要加强自身修养。

附1：警惕在“政绩”面前摔跤

（1992年1月29日）

每届领导班子上任，首先考虑的是如何在任期内做出政绩，这是事业得到发展的需要，也是人民群众的愿望。但不少地方反映，有的领导班子谋求政绩采取了一些不可取的做法。如有的急功近利，在情况不明的情况下，急于上新的项目，铺新的摊子，似乎没有“新”就没有“绩”。由于要办的实事太多、太急，就挤企业、挖财政、加重农民负担。有的浮夸谎报统计数字，不是自下而上，而是自上而下统一口径，规定要报几位数。有的强迫命令，明明效益不好的项目也要上，明明不合理的费用也要交。还有的压低前任基数抬高自己的政绩。

这样千方百计求“政绩”当然事出有因，有些领导干部对政绩的概念理解不透彻是重要原因。据《汉语大词典》称：“政绩”，旧时指官吏治理政事的事迹。“政事的事迹”不是一时一事的小事迹，应是全局性、长远性、群众性的大事迹。当今讲政绩，恐怕起码应该包括物质文明建设与精神文明建设的成就、当前成绩与长远后劲、经济发展与社会进步等，否则就是不全面、不持续、不稳定的政绩。那些靠短期行为或歪门邪道谋来的“政绩”，只能导致“政绩”上去了，后劲垮下来；或者职务上去了，形象损坏了。

旧时，一面人民饥寒交迫，一面官吏“政绩昭著”，得到升迁，这是由他们的唯心史观决定的。我们是历史唯物论者，人民是主人，领导是公仆，一切成绩属于人民。“做官顾本届”，或把政绩完全归于某个人的功劳，是错误的；采取不正当的手段谋求个人的所谓“政绩”，也是错误的。如不纠正，说不定有一天会在“政绩”面前摔跤。

（原载《江西日报》）

附2:好在成绩未"写满"

(1994年1月31日)

某单位年终总结工作,经过几上几下讨论,最后一稿群众很满意,说这一稿好就好在成绩未"写满"。

年终岁尾,每个单位都要总结工作,都有个如何评价成绩的问题。是"写满"、写过头,还是留有余地,确是一个值得研究的指导思想问题。总结工作,肯定成绩是必要的。因为看到成绩,既可鼓舞士气,增强前进的信心,又可体现改革开放的威力,提高执行党的基本路线的自觉性。

但是,对成绩估价太高,写得太满或写过了头,就不可取。把成绩写得太满,容易使自己自满,甚至飘飘然。写过了头,那就更不应该,违背了实事求是的原则。

时下,有些单位的领导,总结工作时喜欢把成绩打满,甚至夸大成绩。比如,有的强调"充分"估计成绩,不能抹煞群众的功劳,于是组织力量"搜集"成绩,七拼八凑,把似是而非的东西,统统收到成绩里面来。极少数人甚至贪天之功,夺人之功。据云,强调"充分"肯定成绩是有原因的;一是如果别人把成绩打得很满,自己的成绩留有余地,会当下游,面子上难看;二是只有把成绩打"满",才好提炼经验,才能"拔高";三是成绩就是政绩,同自己的奖金、升迁有直接关系。可见在总结工作时,怎样对待成绩,有指导思想问题,还有思想作风问题;有下面的问题,也有上面的问题。正确的方法,还是某单位群众赞叹的,"不要写满好"。

(原载《江西日报》)

附3:成绩与实绩不可画等号

(1994年11月16日)

成绩与工作实绩都是进步的表现,都是纵向相比较而言。总体讲,成绩中有实绩的因素,实绩又可出更大的成绩,二者紧密相联系。但是成绩与工作实绩不可画等号。成绩是人民群众创造的,工作实绩是领导主观努力的结果。成绩是具体的,可以通过一时一事来体现。在一定条件下,每个人都可能做出成绩,只是大小不同而已。工作实绩是领导者运用党的政策同客观实际相结合,充分调动群众的积极性,取得具有战略性、全局性和长远性的效应，这种工作实绩并不是每个领导者都能取得，更不可能立竿见影。

明确成绩与工作实绩不可画等号很重要。第一，不会贪天之功。成绩中有的是政策的机遇，有的是天老爷相助，诸如企业遇到某项政策调整的机遇很快活了起来，农业遇到风调雨顺获得特大丰收，这都是成绩，但不是工作实绩。因此，我们总结工作时常讲，成绩归于党，归于群众，同时感谢老天的帮忙。如果这样的成绩收归己有，岂不受之有愧！第二，不会夺人之功。有一种成绩是前任打的基础，正好本届班子出效益；或者领导者的工作并不得力而群众自发地创造出奇迹，这些也都是成绩，把这种成绩视为工作实绩，显然是自觉或不自觉地夺人之功。第三，不会搞浮夸。搞浮夸的目的是想扩大政绩，使成绩变为实绩，而实绩与个人得失有关。如果明确成绩与实绩不可画等号，浮夸自然没有必要。第四，不会搞短期行为。工作实绩，是符合党的基本路线的实绩，这种实绩靠短期行为是出不来的，非要在正确决策、两手都硬上下功夫不可。第五，不会飘飘然。有些领导一上台，就碰到风调雨顺或政策调整的机遇，以及前任打的基础正在出效益，于是就认为自己已经实绩昭著而飘飘然，个别的借机伸手要官。如果冷静思考成绩中有多少是自己的工作实绩，就飘不起来。

党的十四届四中全会决定指出，要全面考察干部的德能勤绩，要注重考察工作实绩。又强调衡量干部的德和才主要看贯彻党的基本路线的实绩。对照全会的精神，在成绩与实绩面前，不可不深思。

（原载《经济参考报》、《江西日报》）

附4：成绩未必都是喜

（1996年11月9日）

我们做工作都希望取得预想的成绩，有了成绩自然皆大欢喜。但时下有些成绩未必都是喜，有些成绩背后常有忧。

有些成绩的构成有水分。有的地方财政收入三年翻了一番，数字倒也不假，但其中很大一部分是通过企业贷款上交，或向农民摊派得来的。这种“贷款财政”、“摊派财政”把企业压得寅吃卯粮，把农民压得承受不起，严重挫伤企业、农民的积极性，影响党群、干群关系，岂能是喜！

有些成绩本来就不该要。有的地方抢着上项目，其实是低水平重复建设；有的新上项目今天投产，明天停产，成了包袱；有的赶浪潮，脱离实际搞开发区，结果成片的土地“晒太阳”，沉淀了大笔资金；有的盲目建“大市场”、“一条街”，到头来有场无市，冷冷清清。上述许多成绩往往都是靠多方集资，投入大量人力、物力、财力搞起来的，这种不尊重客观实际、违背经济规律、超越群众承受能力、劳民伤财而又不见效益的成绩，岂能是喜！

成绩本该是艰苦努力得到的收获，不事耕耘，何谈收获？我们需要的成绩是符合党的基本路线要求的成绩，是符合“三个有利于”的成绩。那种弄虚作假、饱含水分的成绩，那种急功近利、搞短期行为得来的成绩，那种在高指标的压力下加重企业和群众负担索要出来的成绩，那种不顾大局、脱离实际、违背规律、盲目蛮干、只图形式、不问效益的成绩，不但不是喜，而且是患、是忧。这类成绩越多，祸害越大。

要使成绩背后无忧，一是要对成绩做实事求是的分析，不能一见成绩就不分青红皂白地加以肯定和鼓励，而要用“三个有利于”的标准衡量一下，问个是真是假，问个来龙去脉，问个群众答应不答应、满意不满意、拥护不拥护、赞成不赞成。二是要在对成绩的分析中识别干部，形成正确的导向。对那些坚持党的基本路线，按“三个有利于”的标准，解放思想，实事求是，扎扎实实做出了成绩的干部，理所当然地应给予充分的信任和鼓励，大胆使用和提拔；对那些表面看有成绩，实际上是祸害的，特别是对那些为了个人的名利地位，图升迁而编造“政绩”者，不但不能提拔重用，而且要批评教育，情节严重的要依纪依法惩处。三是要加强对干部的教育，提高干部的素质。任何时候都不要忘记，我们的宗旨是全心全意为人民服务，只有心中不掺假，成绩才能无忧。

（原载《经济参考报》）

退而未休

清明墓前说故事

1998年，我从省政协副主席岗位上退下来，从此无官一身轻。

这年的清明节到了。过去从未回乡扫过墓，一是没有时间，二是怕因扫墓而招摇于众。现在退下来了，想想也应该回乡扫墓。

这天，前往扫墓的车辆有如过江之鲫，人流也熙熙攘攘。我怀着愧对祖先的心情来到坟山时，却见山下停放着各种型号的汽车，山上青年男女的欢笑声与噼噼啪啪的爆竹声交织在一起，这与我想象的那种庄严肃穆的场景大相径庭，与唐代诗人杜牧所吟"清明时节雨纷纷，路上行人欲断魂"的情景更是相去甚远。触景生情，脑海中不禁冒出一首打油诗："清明路上忙不停，车水马龙祭先人。焚香燃烛烧纸钱，谈笑风生祭亡灵。"

我把后辈和亲友们叫拢来，想借此机会对他们进行一些教育。我问他们："你们知道清明节的来历和意义吗？"

有的说："是一年二十四个节气中的一个节气。"

也有的说："是古代沿袭下来祭祀祖先的一个节日。"

"这个节日是怎么来的呢？"我接着问。大家一片茫然。于是，我便给他们讲了春秋时期"介子推守志焚绵山"的故事。我说："介子推在重耳最困难的时候，割自己身上的肉烤给重耳吃。

重耳当上晋文公后要请他出山，他不肯出来，而是用鲜血写了诗送给重耳，其中两句是：割肉奉君尽丹心，但愿主公常清明。这就是清明节的来历。”

讲完清明节的来历和意义后，我指着几个年轻人说：“你们都是戴大盖帽的，不是公安就是工商。大盖帽是代表国家执法的，你们手上都有点权力，那是用来为人民服务的，一定要秉公用好，廉洁清明，不能以权谋私，不能‘吃了原告吃被告’，更不能仗势欺人。”

当我讲到这里时，忽然想起解放前邻村几个人的故事，顺便讲给了身边的亲友和后辈们听。

我们村子东边有个濠上夏家村。这个村有两个人当了国民党的官。一个是国民党的代理县长，是位名中医。他一面做代理县长，一面行医看病，为穷人看病不收钱。另一个是国民党的乡长，他敲诈勒索，鱼肉村民。土地改革时，那个代理县长没有挨过批斗，仍然留下行医；而那个乡长被斗得七死八活，最后被判处无期徒刑。我们村西边的南头胡家村有一家两兄弟，老大任过国民党的区长、县法院院长，后来去了台湾。因为他平日乐于助人，从不欺压老百姓，老百姓对他没有什么意见。其弟则仗兄之势，在乡间横行霸道，无恶不作，土改反霸时被枪决了。

我用这几个故事，告诉亲友和后辈一个道理：吃百姓之饭，穿百姓之衣，莫道百姓可欺，莫忘自己也来自百姓。为民者存，害民者亡，这是一个历史定律。

故乡情

我自 1952 年从家乡调到区里当脱产干部，就离开了生养自己的故乡。但不管走多远，不论“官”多大，总也没有忘记故乡的人民。在位时，由于工作忙，很少有时间回去，可浓浓的故乡情始终萦绕在心头。

从领导岗位退下来后，至今十多年，我每年至少回去两次。一次是春节将临时，我偕老伴回去看望乡亲，给村里每户送上几斤猪肉，吃上一顿团圆饭，和乡亲们一块开个座谈会，拉家常、谈收成、话打算。一次是中秋节，与老伴一道亲自为村里每户送上两盒月饼，祝福他们家庭幸福、团团圆圆。

有一年中秋节前，我与省政协干部张康平一同到乔家栅制饼厂去订制月饼。饼厂老板问张康平："你订这么多月饼是发给干部还是开茶话会？"

张康平告诉他："既不是发给干部，也不是开茶话会。这饼是叶学龄副主席订制送给村里乡亲们的。"

老板听了十分感动地说："中秋节一般都是群众给领导送礼，哪有领导给群众送月饼的。什么时候你带我见一下这位领导。"

张康平说："他来了，就在车上，我带你去见他。"

老板见到我，紧紧握着我的手说："自古以来都是民给官送礼，还没见过您这样大的领导给老百姓送礼，您订的这些月饼我不收钱。"

我诚恳地说："中秋节我给故乡的父老乡亲送上两盒月饼，是表示我的一点心意，也是延续我们几十年的感情。你若不收钱，那我的行为就没有意义。所以，你的情我心领了，但钱一定要收。"

老板拗不过，只好按出厂价收了钱。

我每年中秋前都在这个厂订制月饼，工人们知道我是送给老百姓的，早早就会帮我准备好。有一年提货时，发现多了两箱，我要退回去。老板说："退不回去，这是几个女工拿钱加制的。他们看到你年年中秋给农民、给敬老院送月饼，深受感动，也想做点善事。"我便亲自到车间去询问是谁的善举，准备拿钱给她们。可女工们只是笑笑，谁也不肯承认。

这件事引起我深思：我的行为影响了群众，而群众的行为又感动了我。她们行善而不留名，可见人间处处有真情。

“粪”不顾身拍鹭鸟

1998年我从领导岗位上退下来后，就全身心地投入到生态摄影活动之中。早就听说南昌市新建县象山林场每年有数以万计的白鹭从遥远的南方来此栖息与繁衍，到象山林场去拍白鹭，自然成为我的首选。

这年清明节过后，一天下午，我约了几位朋友第一次到了象山林场。远远看去，果然有数千亩杉树林绵延起伏，连成一片，绿海茫茫，郁郁葱葱。千万只鹭鸟在丛林枝头聚集，飞动时犹如飞雪飘飘从天降，停立时如同白雪点点压枝头。

对于摄影者来说，鸟在树上，人在树下，无法用镜头拍下佳作。林场场长熊贤发同志说：不要急，到我家楼上去，从窗口向外拍。果然楼高望远，窗外天高地宽。近观鹭鸟，千姿百态。鹭

“粪”不顾身拍鹭鸟

鸟双腿修长，颈脖高昂灵动。此时正是鹭鸟发情期，毛鳞竖起，雪白透光，有如孔雀开屏。展翅求偶时，两眼通红，眼珠闪亮，各展美姿，吸引对方，舞姿翩翩，恰似丹凤求凰。有的正在衔枝筑巢，飞来飞去，忙忙碌碌，也有为筑巢争抢枝头，互不相让。有的雌雄并立枝头，卿卿我我，缠缠绵绵。无论是展翅飞翔的、或是亭亭玉立的，无论是独往独来的、或是成双成对的，都美到极致，令人目不暇接。

窗前正好有一棵杉树，树上有一鹭巢，鹭鸟飞来飞去，远处是圆圆的落日，我构思着想拍一张丹凤朝阳的佳作。可惜的是太阳落山只在瞬间，鸟来日未落，日落鸟未来，这次是拍不成了。

此后，为了这幅构图，我守了三天。在第三天，等到太阳、鸟巢和鹭鸟三者都成一线进入镜头时，我高兴极了。但鸟造型不好，再等太阳又下去了。我忽然发现，离熊家楼房东边不到一百米处，有一排平顶房。如果到平顶房上去拍，离树较远，显得太阳更高，拍摄的时间和机会就增多了。于是我急忙下楼，扛着相机往平顶房那边跑。因为心急如火，慌不择路，一不小心掉进了奶牛场的粪坑，裤子浸在粪坑里，沾满了牛粪。我顾不了许多，把相机往粪坑边一放，一骨碌爬上来，扛着相机又拼命向前跑，上到平房顶，终于抢到了理想的镜头。

当我拍摄完毕下来时，围观的摄影友和观鸟的人群一个个对我伸出大拇指，哈哈大笑。有的笑我 60 多岁跑步前进像个小伙子；有的笑我做事太执着，身上沾满牛粪也不顾；有的则开玩笑地大喊:“这才是‘粪(奋)不顾身’啦!”

人在着迷的时候，往往会将一切置之度外，忘乎所以。我也终于明白了，这就是摄影圈里所讲的“发烧友”。爱好摄影的人都经历了“发烧友”这个阶段，都有过忘我投入、辛勤创作的过程。

我深信，天道酬勤，一分耕耘，终会有一分收获!

参观西山万寿宫庙会有感

听朋友告知,新建县西山万寿宫有庙会,人山人海,热闹非凡。过去一听说庙会,就认为是迷信活动,下乡调研时偶尔碰到当地庙会,必然绕道而行,怕被扣上"不信马列信鬼神"的帽子。现在,西山万寿宫庙会作为民俗类已被列入国家级非物质文化遗产名录中,自己也想亲眼见见那壮观的场面,自信绝不会因参观一次庙会就动摇了自己对马列的信仰,于是,第一次去了西山。

来到距万寿宫一公里处,便见人流如潮,加上公路两旁摆满了卖香火、爆竹、旅游纪念品的摊点,车辆根本无法前行,只好步行。在人群中又钻又挤,终于到了万寿宫门前的广场,已是汗湿衣衫了。定神四顾,广场果真是人山人海,锣鼓喧天,鞭炮齐鸣,烟雾弥漫,地面上堆积了一层厚厚的鞭炮纸屑。广场旁边的320国道,挤满了进香朝圣的人群,另外四条公路和街道亦是如此。粗略估计,足有一二万人之众。来朝圣的人都分成一个一个团队,少的几十号人,多的几百号人,老的七八十岁,幼的只有几岁,真可谓"少长咸集"。每个团队的人都有明确的分工。为首的是高举绣有双龙图案旗帜、标明某姓某团(组)的旗手。几个年轻人跑前跑后不停地放鞭炮。接着是鼓乐队,锣鼓、二胡和唢呐合奏着不知名的曲调,昂扬激越,极富乡土气息。大队人马跟在后面,人人手拿香火或蜡烛,个个庄严肃穆。进到万寿宫院内,人们一个个在宫殿面前烧香、燃纸、点蜡烛,十分虔诚地叩拜。院内九座宫殿满满的都是跪拜的人群,默默许愿、还愿。拜毕,依次退到门外广场。为了用相机记录下这壮观的场面,我一个人跳上跑下,足足拍了两个小时,至天渐变黑才返回。

回到家里,白天那种热火朝天的场面在脑海中久久挥之不去,思绪万千,难以成眠。初步梳理,感悟有三。

感悟一,信仰的力量不可估量。西山万寿宫每年庙会期间几十万朝圣人群蜂拥而至,他们来自全国各地,包括香港、澳门和台湾,还有马来西亚、新加坡等地的华人。这一不是政府号召,二不是干部发动,三不是靠资金赞助,完全出于自发自愿,出自虔诚之心。许多人买不到吃的喝的甚至没有住的,却没有怨言。疲倦了,就地打坐或躺在空地上。有的为了烧八月初一头炷香,半夜三更起来排队等候。交通费和祭祀费用都是自掏腰包,绝无公款消费。这种自觉自愿的行动来自哪里?来自信仰。什么信仰呢?除敬重许真君的贤能外,就是信奉神灵,祈求这位好神仙除灾降福、保佑平安健康。当然,对于唯物主义者来说,这种信仰是虚无的,是无法实现的。共产党员信仰马列,信仰共产主义。正是靠着这种信仰,许多共产党员"砍头不要紧,只要主义真",不怕牺牲,前赴后继,我们党才能不断壮大,革命才能取得胜利。历史证明,高尚的信仰是前进方向,是精神支柱,是行动指南,是力量源泉。现在之所以还有许多群众信奉神灵而不懂得信奉马列,是因为他们还没有真正认识马列。马克思说得好,"理论一经掌握群众,也会变成物质力量。"如果有一天能将信奉神灵的群众转为信仰马列,那就不是庙会朝圣可比的了。

感悟二,进香朝圣与迷信活动不可画等号。社会上确有巫师、神汉骗财骗物,甚至用迷信方式造谣惑众,这是不能允许的。但到西山万寿宫进香朝圣,是朝拜晋代的许逊真君。相传许逊在四川旌阳做过10年县令,为官清正,倡导忠孝,为民兴利除害,深得百姓爱戴。他52岁辞官回归故里,在新建县西山修身炼丹。旌阳百姓百里相送,有300多人一直送到南昌不肯返回,愿随许逊学道修身。许逊精于医道,为人治病,药到病除,妙手回春,蜚声远近。当南昌洪水泛滥时,他用神剑将一蛟龙擒住锁于八角井中,从此风调雨顺,五谷丰登。许逊活到136岁时,在西山得道,"举家四十余口,拔宅飞升"。后人为纪念许逊,遂在其飞升遗址处修建道观,最终形成万寿宫,后成道教净明忠孝道的发祥地。人们把许逊飞升之日定为庙会朝仙日，以纪念许逊的功德。这一庙会习俗流传至今已有1 600多年，且因万寿宫是宋神宗所赐，故大大小小的万寿宫遍及全国，乃至海外华人亦建万寿宫，可见其影响之大。人们赶庙会祭祀许逊，敬贤祈福，表达的是对许真君的敬仰和祈求神灵护佑的愿望，与少数人利用民俗骗人钱财的迷信活动完全是两回事。一个去世1 600多年的许逊，今天仍有如此众多的百姓朝拜，可见许逊对后世的影响至深。诗人臧克家先生说过，"有的人活着，他已经死了；有的人死了，他还活着。"西山万寿宫庙会朝圣就是一个印证。我们现在倡导为官一任造福一方，很多官员都在为此努力。只要胸怀全局，心存百姓，为人民的事业鞠躬尽瘁，百姓一定会把你装在心中，正所谓"公道自在人心"。

感悟三，党的信仰自由政策是一种包容，是推动经济发展的动力。看看庙会中的各有所得，就会进一步认识到多元化和包容性的力量。偌大的西山镇，只要有空地，就停满了车辆。那些载进载出数以万计的车辆更是川流不息，由此可以看出流通业的发展。再看那些贩卖香火、爆竹、旅游纪念品的摊点，买卖双方都不用讨价还价，饭店旅店更是供不应求，忙得不亦乐乎，可以料想这些生意人准是赚得钱袋子鼓鼓的。朝拜庙会的人群了却了心愿，心灵得到了满足，一个个笑逐颜开。有的还要到馆子店里喝上几杯，庆祝不虚此行。庙会的繁荣，得益于政策的包容性。包容才能互赢、共赢，才有生动活泼的局面，社会才能在和谐中进步。

（原载《江西日报》）

精神上的美餐盛宴

婺源县有个赋春湖，四面青山环绕。这里山林郁郁葱葱，野果满地，怀抱一湖碧水，映照天光云影，不但景致优美，也是鸳鸯理想的栖息地。每年冬春两季，有数千对鸳鸯从遥远的北方来此栖息，成为东南亚最大的野生鸳鸯群。自从2000年开始，我每年都会到赋春湖拍鸳鸯，整整拍了10年，目的是想通过摄影这门艺术，拍出鸳鸯最野性天然、最美好的画面让更多的人共赏，从而增强人们爱鸟护鸟、爱护生态、保护环境的意识。

鸳鸯是一种多情鸟，出入总是成双作对。自古以来，赞美鸳鸯的诗词歌赋举不胜举，描绘鸳鸯的绘画刺绣随处可见，有关鸳鸯对爱情忠贞不渝的民间传说家喻户晓，可以说形成了一种鸳鸯文化。但知道鸳鸯的人很多，真正见过野生鸳鸯的人却很少，要想拍好野生鸳鸯也绝非易事。鸳鸯对生态环境的要求很高，生活在原生态的青山绿水之中，常常是人迹罕至之处。鸳鸯体型小，起飞降落速度快，又十分机敏警觉，很难接近。鸳鸯喜阴怕阳，常钻进山崖阴处，或躲在树枝里栖息，而摄影却恰恰要光，无光不成相。鸳鸯好戏水，又怕人接近，拍摄时多离镜头很远，很难拍到特写镜头。这些因素都给拍摄鸳鸯带来很大的困难。

第一次，我缺乏经验，一见鸳鸯来了就兴奋地猛按快门，连

精神上的美餐盛宴

续三天拍了几十卷胶卷，冲洗出来却没有一张成功，气得直骂自己笨。后来总结经验教训，反复察看地形，在村镇基层干部和群众的帮助下，选择鸳鸯经常降落的湖边浅滩挖了6个掩体。这便是我隐蔽拍摄鸳鸯的阵地。

一个隆冬的清晨，趁天还未亮，乡镇干部用小船把我送到湖对岸。我一个人带着一包方便面、一壶白开水，加上摄影器材，悄无声息地躲在掩体内，静静地守候鸳鸯的到来。从早上6时，直到下午1时，整整7个小时还不见鸳鸯的踪影。此时天又冷，肚子又饿，真可谓饥寒交迫。我泡好方便面，正准备填饱肚子，忽见数千只鸳鸯从天而降，在湖面翻滚追逐，热闹非凡，十分壮观。这突如其来的惊喜，让我心花怒放，眼里只有鸳鸯，哪还顾得上吃方便面啊。我拿起相机，按捺住激动的心情，仔细观察这群鸳鸯天然的生存状态。对对鸳鸯在水中游戏打闹，双翅拍水，浪花四溅，噼噼啪啪清脆的响声一串接着一串，如同放鞭炮一样。有的忽然飞起，轻盈敏捷地划过水面，只见波纹，不留半点声响。有的独自闲游，悠然自得，甚至闭目养神，似梦非梦。还时时有一只或一对鸳鸯漫游到我的镜头面前，或搔首弄姿，或相互亲昵，恰是送上来的特写镜头。我不停地拍摄，直到下午3时多，鸳鸯群飞走了，我才心有不甘地收起了相机。此时的我，已是饥肠辘辘，而先前泡好的方便面早已冰冷。我一口气把面汤喝完，待要吃面时却找不到筷子，只好用手抓着吃。尽管吃相难看，却感到从未吃过这样美味的野餐。

那10年间，我至少有100天去赋春湖拍鸳鸯，多次举办鸳鸯专题摄影展览，还出版了两本鸳鸯摄影专集，其中《拥抱》等作品荣获国际国内奖项。2008年，我在美国举办展览和讲座，100多位摄影爱好者听我讲述如何拍野生鸳鸯，特别是讲到用手抓面吃的情节时，笑声满堂，掌声热烈。可以说，每次成功的拍摄，几乎都是在饥寒交迫中完成的，而每次吃方便面的时候，总会回味拍摄过程，心里乐滋滋的。任何山珍海味，也无法与饥饿难耐时的食物相比，而心灵追求上的满足，更是精神上的美餐盛宴。

秋荷赞

时值寒露，这是“露气寒而欲凝结”的深秋季节。今年寒露来得猛，朔风骤起，阴雨连绵，炎热的“秋老虎”一下子被赶跑了，早晚反倒是寒气袭人。

我来到数天前拍摄荷花的乡间荷塘，眼前的景象令我震惊：原本是一派生机盎然，如今却满目疮痍。经秋风秋雨的摧残，碧绿的荷叶东倒西歪，有的渐转枯黄；已经盛开的荷花片片凋谢，七零八落；含苞欲放的花蕾张开痛苦的小嘴，欲哭无泪；不少挺拔的荷梗也低头弯腰，甚至被拦腰折断。虽说是季节更迭，天命难违，但内心委实有一种难言的惋惜与失落。

又过了几天，风静雨停，秋阳高照，气温转暖。我再次来到荷塘，欣喜地看到：被秋风刮倒的荷叶又昂然挺立，托起晶莹的露珠；未被摧残的荷花向阳怒放，坦露正在孕育的莲子；已渐成熟的莲蓬，也一个个将莲子和盘托出。此情此景，虽不似夏荷那

秋荷赞

样有“接天莲叶无穷碧，映日荷花别样红”的壮观，也不似夏荷那样有蜂恋蝶舞、蛙叫虫鸣般的喧闹，但毕竟是经历秋风秋雨打击之后荷花天然本性的又一次展示，让我们看到了荷花除“出淤泥而不染、濯清涟而不妖”之外，还有更多的品格值得赞美。

我赞秋荷之一，是她的成熟美。秋荷经过风雨，见过世面，受过挫折，其叶绿不嫩、花红不艳、茎瘦不脆、莲蓬小而子更甜。她不需浓妆艳抹、矫揉造作，全凭自己的本色，只是多了经历沧桑的厚重，显得更加成熟。她不嫉妒夏荷的得宠于世人，只为自己的坚定、自信而自豪。犹如人到中年，历经坎坷，方能做到宠辱不惊。

我赞秋荷之二，是她的残缺美。你看那经历风吹雨打的荷花，姿态各异，有的剩下两瓣，就像是在竖起双耳倾听天下事；有的仅剩一片，恰似披在少女头上的纱巾。此时新绽放的荷花，不同于夏荷初放时全是绿叶相扶，大多与橘黄的荷叶相依，又坦露出嫩莲的鹅黄，显然预示着这是收获的金秋季节。此情此景，令人心旷神怡。人们往往追求完美而容易忽视残缺美，其实，完美只是一种理想和愿望，残缺美则更现实更经常地存在于我们的身边。苏轼曾言：“人有悲欢离合，月有阴晴圆缺，此事古难全。”世事因有悲欢离合、跌宕起伏的过程才感人至深。月盈表达圆满，月亏妙似娥眉，一样都是美。

我赞秋荷之三，是她的心灵美。这种表面看不到、摸不着、存在于“骨子里”的美，实则是美的本质。夏荷与秋荷共同的使命是孕育莲子，来年再发以延续和拓展生命。夏荷是在顺境中完成使命的，秋荷则是在逆境中不负使命，需要坚定的意志、顽强的精神，需要付出更多的代价。秋风秋雨伤秋荷，只能伤其肌体，难伤其精神。她以坚不可摧的生命力，笑对艰难困苦而矢志不移，哪怕粉身碎骨还根扎于泥，以待明年再发。

秋风秋雨看秋荷，风雨摧残又奈何。岁月无情催人老，喜见秋荷硕果多。

我一连几天辗转于荷塘，拍下了秋荷的各种姿态，欣然成集，取名《秋荷赞》。为晚秋之荷写照，是为成熟之美写照，为逆境中不负使命的奋斗之美写照，为生生不息的生命之歌写照，并与诸君共赏、共商。

（原载《江西日报》）

荷　悟

我拍荷花已有 10 年。

5 年前，曾出版过一册专辑，题为《荷韵》。此后还是年年拍荷，从小荷尖尖到绿叶如盘，从含苞待放到荷花盛开，从红叶凋落到硕果累累，一直拍到残荷听雨声、叶碎风骨存，春夏秋冬未敢错过一个季节。耄耋之年，或因烈日炎炎中暑晕厥，或因朔风阵阵陷入淤泥，拍荷之心终究不能泯灭。之所以与荷花结下这种不解之缘，实在是因为荷花这种天赐的珍品，天赋了诸多值得人类学习的品格，总想把她展示的每一个美好的瞬间记录下来，使其永驻，且能启迪于人。自古以来，人们在向大自然索取物质财富的同时，也总是从大自然中汲取精神财富，人类文明由此得以进步。难道我们不应当从荷花的一生中有所感悟？

荷与人同为生命，都只是一个有始有终的生命的过程，在这个过程中实现着各自的使命。就在这个过程中，荷确实有许多东西值得人们学习。

荷的内在生命力让人惊叹。她除了必须的阳光、雨露、土壤等外部条件外，主要靠自己的生命力顽强地一天天茁壮成长，不需要更多的呵护。你看那小荷尖尖，破土而出，不怕风吹雨淋日头晒，转眼便成了硕大如盘的绿叶。荷的一生，佐证了内因是根据、外因是条件的辩证法。反观如今一些城里的孩子，在父母和爷爷、奶奶的百般呵护下竟被宠成了“小皇帝”，结果适得其反，孩子与生俱来的生命力变得脆弱了。

荷的天生丽质令人叫绝。古人赞荷花的名句举不胜举，或比贵妃出浴，或比凌波弄妆，描绘的多是她的雍容华贵；也有写她的闲适清静、高雅圣洁，最好的写照当推“出淤泥而不染，濯清涟而不妖”。我以为，荷花的至美在于质朴、纯真，表里如一，从不矫揉造作。含苞待放时，带着青春的羞涩，饱含着深深的情意；迎风怒放时，坦露胸怀，光明磊落，没有丝毫藏掖，任你欣赏和评判。岂止花如此，其叶之碧、茎之直、籽之饱满充实，亦无须矫情自饰。即便是残荷，也凸显着自然的残缺之美。爱美之心人皆有之。我并不反对适当化妆，但过犹不及，假的终归不如真的美。

荷的责任感使命感叫人钦佩。荷的一生，最终目的是结成莲子。为着这个使命，她从抽芽、长茎，到绿叶扶花，揽阳光雨露制造养分；她以娇艳之花接纳蜻蜓之吻、让蜜蜂授粉。一旦莲子孕育成型，为了不争养分，花瓣便一片一片脱落，正所谓“红衣脱尽芳心苦”。你看那莲蓬，好似将甜蜜的珍肴和盘托出，其实饱含的是荷根荷茎荷叶荷花付出的艰辛。她执着、坚定，即使褪却红妆，也无怨无悔。她无欲无求、无私无畏，用不着蝇营狗苟、尔虞我诈，争名于朝、争利于市。

荷的一生，是自强自立的一生，是光明磊落的一生，是无私奉献的一生。

我还要拍荷，矢志不移。

黄岗山上拍日出

《黄岗山日出》是我拍得比较成功的作品，许多朋友都说好。他们说，作品的背景是巍巍大山，可靠；底下是茫茫云海，开阔；云海之上是旭日东升，光辉灿烂，象征着事业与前程。这幅作品

黄岗山上拍日出

的复制品,被许多朋友索要做客厅的装饰。殊不知,为拍这幅作品,我曾 6 次上山,守候日出。即便是成功的这次,也费尽周折。

黄岗山位于铅山县以南,是武夷山脉的主峰,又称“武夷第一峰”,海拔 2 100 米,为华东地势最高点。早就想要拍摄黄岗山日出,但多次上山却没能如愿,黄岗山的气候瞬息万变,想碰上理想的天气实在太难了。

2004 年 3 月 3 日,我和几个影友一道,又驱车前往铅山。上午 10 时半到达铅山,便直奔黄岗山。车开了一个多小时,来到山脚下,在逶迤曲折的盘山道上爬了两个多小时,才到达武夷山自然保护区的驻地。此时已是下午 4 时多了,影友们考虑我已年逾古稀,建议先住下休息一晚,明天再赴山顶。我没同意,坚持继续前行。

从自然保护区到山顶有 20 多公里,山路崎岖难行,吉普车要走两个多小时,到达山顶已是下午 6 时多了。山顶与山下气候截然不同,不仅温差很大,而且寒风呼啸,细雨蒙蒙。山头白雪皑皑,满目银装素裹,既无衔山落日,也没有乱云飞渡,都不是我想要拍摄的景致。只好草草地拍了几张雪山、银树,即返回自然保护区驻地投宿，准备翌日下山。这一夜，我怎么也睡不着，心想，又是一次无功而返。

到凌晨4点，我走出户外一看，居然是雨过天晴，星光灿烂。我情不自禁地大喊：“好天！好天！”我把同伴一个个从睡梦中叫醒，催促他们赶快上山顶。

一夜寒风，积水的路面都已结冰，易滑难行。走到桐木关时，关上的铁锁也被冻住了，费了好大的劲才打开。山路陡滑，狭窄难行，一边是壁立千仞，一边是深渊万丈，全车的人都屏气凝神，紧张得喘不过气来。好不容易在早上6时之前赶到了山顶。

山顶天气果然很好，弥漫了一夜的大雾，终于散尽。西边一弯淡淡的娥眉月，斜挂天空不肯离去，似乎也在等待迎接东边的日出。我有些迫不及待了，早早选好机位，架好相机，凝神向东，静静地盯着天际。

过不多久，东方露出曙光，云层渐渐明亮。曙光中，云层变幻着由暗而亮的色彩，渐渐现出一抹橘黄，映出一条长带。长带下是茫茫云海和时隐时现浮动着的山脊，好似浩瀚的大海拥抱着座座岛屿。随着橘黄变红、变粗，云层表面镀上了一条红色的圆弧，呈弓形缓慢上升，又渐渐变白。浮上云海时变成了一个白色的银盘，且不停地在云海之上跃动。跃动中又变幻成红色的火球在银盘中飞快地旋转，慢慢跃升，略不经意，瞬间脱离云海，跃上天空，灼灼其华，绚丽异常。云海也被染上了华丽的色彩，云蒸霞蔚，妙不可言。我按捺不住内心的激动，不停地按动相机的快门，拍下了这一神奇的全过程。我手扶相机架，闭目凝神，心却久久难平，我陶醉了！

六上黄岗守日出，终于如愿以偿。这让我想起王国维在《人间词话》中所说的三种境界：“昨夜西风凋碧树，独上高楼，望断天涯路”；“衣带渐宽终不悔，为伊消得人憔悴”；“众里寻他千百度，蓦然回首，那人却在灯火阑珊处”。不经历前两种境界，就很难达到第三种境界。要想办成一件事，不要企求一帆风顺，而要立定志向，不懈追求，困难再大，也迎难而上，永不放弃。

苍天不负有心人，一分耕耘，必有一分收获。

渔夫情

2005年12月上旬的一天，天朗气清。我正在吃中午饭，忽然接到渔民老曾的电话，说梅溪湖到了好多白鹤。我立即放下饭碗，同司机赶往梅溪湖拍鹤。

约下午3时到达。只见上千只白鹤在湖面翻腾，千姿百态，觅食的、飞翔的、起舞的、争斗的……真是一湖鹤世界。我拍了十多年的白鹤，像这样精彩的场面不多见，心情激动，不停地拍摄。大约拍了两个小时，西边云层增厚，太阳躲起来了，只好收工回南昌。

约下午5时左右，车子走到赣江东边的象湖，一群人站在路中间拦车。我以为出了什么事，车子慢慢停下来。只听人群中有人喊："是他的车子，是他的车子。"待我下车，人群都围了过来。一个人说："叶主席，我们算定你会路过这里。"

我定神一看，是渔民老曾、老叶等几个朋友走在前面。我说："你们在这里干什么？"

"在这里等你啊！"

"等我干什么？"

"一年未见，看看你，送点鱼给你吃。"

只听有人叫："快点把鱼抬过来！"

两个小伙子从水里抬来一篓鱼，鲜活鲜活的，大约有几十斤。不管三七二十一，打开汽车后备箱就把鱼倒进去了。

我说："不行啊，你们一不过秤，二不算钱，我怎么能收呢？"

他们几个人齐声说："你不要瞧不起我们渔民，这几十斤鱼就像到菜园拔几个萝卜一样简单。”

我说:“谢谢大家的好意！你们这么辛苦,我怎么能不付钱就把鱼拿走呢？不行不行!”。

老叶说:“原来我们以为你起早摸黑搞摄影是为了赚钱,后来才知道你老人家退休后搞摄影是为宣传江西的生态,为了宣传鄱阳湖的候鸟。你这是无私奉献,吃几条鱼还不应该!”

当时我想,这个鱼要扒出来退还给他们是不可能了。我说:“好,你们的鱼我收下,但我有两个条件。第一条,你们到南昌卖鱼要到我那里做客,一次十个八个不为多,我请你们到东方豪景大酒店吃自助餐。那个酒店 26 层高,会旋转,吃一餐饭可以看南昌全景。第二条,我下次买两箱四特酒送给大家喝,一不准分掉,二不准拿回家去喝,只在这鱼坊草地上喝才有意义。”果然大家齐声应好。

后来我的承诺都兑现了。从此,我同这十几位渔民成为好友。我的车子在草洲上陷住了,他们会主动来帮助推。我在湖泥中失足跌倒,他们会跑过来扶。我常到湖区拍鸟,他们也常来南昌做客,可谓常来常往。

我想,一、与人交友,要放下架子,真正平等相待;二、尊重对方,不要强人所难;三、人敬我一尺,我敬人一丈,有来无往非礼也;四、交友重在友谊,重在感情,重在持久。

至今,我和这些渔民仍然保持着交往,成了一辈子的好朋友。

偶遇渔叟有感

小寒时节,虽北风呼啸,却天朗气清。相约几位生态摄影迷,驱车来到永修县与新建县交界处。这里是鄱阳湖的一个湖汊,水天相接,草洲无际,每年冬季有数以万计的天鹅来此处栖息。抬头望天，不时有天鹅飞来飞去，且“嘎咕嘎咕”地鸣叫着。环顾四周，除风吹草动、湖水拍岸之外，再也见不到人影。远离城市的喧哗，真有“久在樊笼里，复得返自然”的感觉，令人心旷神怡。

沿湖边小路信步向前，忽见一渔舍，是用芦苇、蔑垫和湖泥结成的。渔舍无门，只用一张破渔网拦着。连呼数声，里面走出一人，身材高大，平头黑发，隔网相视，微笑不语。见他并没有让我们进去的意思，我们只得隔网问候，他也隔网回答。

一问一答之间，我们知道了他姓胡，看上去最多40岁开外，他却说已经66岁，有孙子了，可见身体很好。他没读过书，在这里帮人打工，守鱼。自己做饭吃，菜就是一碗萝卜，说是“吃饱饭就好，不讲菜”。冬天就穿一件夹衣，盖一床旧棉被，垫的是禾草。我们说他过得太节俭了，他说“习惯了”。我们说，荒郊野外，晚上又不点灯，不怕鬼怪、不怕坏人嘛？他说，“我一不做亏心事，二没一件值钱的东西，怕什么？”我们说，这里太静，不觉得孤单、寂寞吗？他说：“不静。春夏天到处是花，很好看，虫子叫起来像唱曲儿一样。冬天湖里好多鸟，叫起来像唱歌一样。”

看似平常的对话，却在我的心灵深处引起了强烈的震撼。回来的路上思绪万千，回到家里还夜不能寐。

毫无疑问，这位守鱼的老人，物质生活是贫穷的。但我敢断言，他并不是最贫穷的。他起码还能吃饱饭，只是“不讲菜”而已。他有衣穿、有被盖、有活干，没有病魔缠身。我见过不少比他更贫穷的群众。我们在看到经济发展、市场繁荣、人民生活逐步提高的大好形势时，千万不要忘记还有像他这样甚至比他不如的贫困群体。我们的领导干部在讲成绩、政绩时，能不能到落后地区、贫困群体中多走走、多帮帮，把改变落后贫穷状况看成是以人为本的最重要的政绩？我们的百万、千万、亿万富翁们在挥金如土时，能不能减少点奢侈、克制点挥霍，“挤”出点钱来，或帮助落后地区发展生产，或尽点慈善事业的义务？

真正使我震撼的还不在此，而是我感觉到了守鱼老人精神上的十分富有。

在我们的对话过程中，始终是我问他答，甚至我们是什么人、从哪里来、来干什么，他都不发一问。这似乎有悖常理。起初让我百思不得其解，后来我悟出来了：因为他对我们并无所求。他知道我们是坐小车来的，却并未把我们当成领导干部或有钱的富豪，诉说他的苦衷以求得帮助或施舍。他"习惯"了他的生活，精神上并不感到缺什么，因此不需要求人给予什么。人们在交往中常常遵循"人情留一线，日后好相见"的法则，问明来历，留个名片什么的，说到底是防着万一有事要求人。他却不屑于这一套，大有万事不求人的气概。

在我们的对话过程中，他始终面带微笑，不卑不亢。第二天，我托人带了几件棉衣给他，他既不拒绝，也不问是谁送的，更未表示感恩戴德，依然只是微笑。这种微笑，是对生活感到充实的自信，正所谓"知足常乐"。孔子曾夸颜回"一箪食，一瓢饮，在陋巷，人不堪其忧，回也不改其乐"。我以为，守鱼老人比颜回有过之而无不及。他坦坦荡荡地笑对自己贫乏的物质生活，毫无半点掩饰，既不感到自惭形秽，也不因此怨天尤人，只用"习惯了"三个字一言以蔽之。我不禁联想到，毛泽东同志也曾用"好在苦惯了"来叙述红军生活的艰苦。仔细想想，能够习惯于种种艰难困苦，需要经过多少磨练！非但如此，守鱼老人还因此而什么也不怕。不怕鬼神是因为"为人不做亏心事、半夜不怕鬼敲门"。不怕坏人是因为没有什么可损失的东西，不怕偷、不怕抢。心底无私天地宽，"怕什么？"说得多么自豪与骄傲！

在我们的对话过程中，他谈起与花鸟鱼虫为伴时的那种喜悦心情溢于言表，看不出有丝毫寂寞与孤独，反而有一种独与天地精神共往来的豪情。这使我们感到，他虽孤身一人，又比较贫苦，却拥有用多少金钱也买不到的大自然，那是何等的富有。这种拥有，不需要争名于朝、争利于市，更不需要费尽心机、尔虞我诈，只要怀着一颗坦荡的心，亲近大自然，与大自然融为一体，就能获得。他用良好的心态对待大自然，大自然又回馈他拥有健康的身体，使他能老而不衰，这又该多么珍贵。古往今来，有许多隐士，或因怀才不遇，或因仕途不顺，转而隐居山林，“脱却朝衣独归去，青云不及白云高”。纵然如此，他们还是怀着“人道青山归去好，青山曾有几人归”的疑问，有的甚至慨叹“江村独归处，寂寞养残生”。即便是五柳先生陶渊明，隐居之后，一边“采菊东篱下，悠然见南山”，一边又叹息“穷巷隔深辙，颇回故人车”，耐不得寂寞，怀念昔日车水马龙的光景。他们都是出于无奈才到大自然去寻找心理平衡。只这一点，守鱼老人就比他们高出了许多。

我并非主张安贫乐道，或提倡大家都来当苦行僧。社会总是要前进，人们的物质生活和精神生活都要不断提高质量，这是毫无疑义的。我只是感到，守鱼老人耐得清贫、耐得寂寞，无欲无求、宠辱不惊的品格，是中华民族世世代代不可丢弃的优秀文化传统。在当今社会，假如不传承这种品格，就可能像有些人那样面对物欲横流而经不起诱惑，滋生贪念，甚至道德沦丧，走向犯罪。

（原载《江西日报》）

从憋气到扬眉吐气

我在美国加州举办的生态摄影展，是一次非常成功的展览。但这次展览的前前后后，却经历了从憋气到扬眉吐气的过程。

2008年，我送了几本江西生态摄影专集给香港几位朋友。他们觉得很美，转送美国加州的朋友。美国朋友边看画册边点头，盛赞生态优美，便问这是什么地方拍摄的。香港朋友回答是中国江西。美国朋友当即摇头摆手，说：“不！中国，江西，不

扬眉吐气　在美国办影展

可能!”

我听到香港朋友讲述后,心里十分不舒服。为什么看了画册点头盛赞,听说是中国江西拍摄的就摇头摆手?要么他们对中国不了解,要么带有政治偏见。事后我同几位同事商量,一定要到美国加州去办一次生态摄影展,让美国人看看中国江西的生态与环保的真实状况。

这年10月,应美国加州美亚沙龙摄影协会的邀请,我们筹备好了展览的各项事宜。这天,我们一行四人在北京去美国驻华大使馆签证。上午8时半进美国使馆排队,到下午2点半才排到我们。当我站在签证窗口时,签证官第一句话问,你去过美国吗?我隔着窗玻璃摇摇头。第二句话问,你去过别的国家吗?我又摇摇头。第三句话问,你一个月有多少收入?我说几千元。他把签证材料往旁边一推,表示拒签了,便叫,下一个。后面三个都是我的同事,申辩说我们是去美国做艺术交流的,你拒签是什么理由?签证官把头一扭,看都不看我们一眼。后面又一位同事说,他是我们的会长,他被拒签我们还签什么证?签证官才回过头来,鄙夷地说:“他一个月才几千元收入,怎么生活!"

我们四人掉头退出,失望而归。回到宾馆又气又饿。大家分析为什么拒签?是邀请单位级别太低?还是因我搞过统战工作记录在案?也有的抱怨我只摇头,不正面回答问题,对美国人傲慢。其实头天晚上我们就议论过,要作两手准备,如果拒签怎么办。当时我说,如果拒签,我要讽刺美国人几句,不去美国不遗憾,遗憾的是美国签证官不懂艺术;美国即使是天堂我也不会向往,我爱我的祖国。但几位同事都说不可得罪他们,否则连下一次签证的机会都没有了。

回来后,我找到江西海外联谊会的同志,问在加州有没有什么有名望的朋友。他们说,旅美江西同乡会有位副会长刚到南昌来了。于是我会见了这位副会长,问他加州政界有没有熟悉的朋友。他说有位华人市长姓刘,是好友,现在正在北京。我想,这是个好机会,我们请这位市长来南昌访问。这位市长应邀来昌,我以原省政协副主席的身份接待他,他同意回去发个邀请函来。省政协《光华时报》将我和他握手的照片登在头版。后来,就凭这位市长的邀请函和这张握手的照片再去办签证,签证官一句话未问就签下来了。

在美国的展出,我们出尽了风头,总算是扬眉吐气了。展出的头一天,美亚沙龙摄影协会举办了一个讲座,100 多人参加,请我介绍拍摄鸳鸯的经验,因为他们只在公园见过鸳鸯,没有见过成群的野生鸳鸯。我介绍了婺源赋春湖是东南亚最大的野生鸳鸯群的栖息地,有数千对鸳鸯;介绍我用战略战术诱其降落到拍摄点,和我在零下 2 度蹲掩体吃手抓方便面等情景。一个多小时的讲座,全场一阵又一阵掌声和笑声,把我当做"了不起的摄影大师"。第二天开幕,我带了 100 多幅 12 寸的花鸟作品,摆在签到的台上。近 200 人出席,看到照片爱不释手。很多人问,你这照片卖不卖,我说不卖,如果喜欢每人赠送一幅。一下子自动排长队,一个个要我签名留念。当时同事们不理解,问为什么不卖钱而是赠送。我告诉他们，美国人认为中国人穷，我要打肿脸充一回胖子，做一个“穷大方”，为中国人争口气，让美国人对中国人高看一眼。

那天开幕，中国驻加州领事馆文化参赞和刘市长出席并讲话，3 家电视台、9 家报刊争相报道，盛赞中国江西生态优美，环境保护有加，称我为“生态工程摄影师”。不少美国人和美籍华人要求同我合影留念。又是采访，又是签名，又是合影，又是讲座，我一下子成了新闻人物。

事后我回想这个过程，真个是“山重水复疑无路，柳暗花明又一村”。人只要有志气，有骨气，就一定能够争口气。

（原载《江西日报》）

甘大妈其人

我喜欢一清早就到附近一家超市门前的广场去锻炼身体。这里比较宽阔，绕超市转一圈，有 300 来米长。上班之前，这里也比较清静。

每天我都会看见一位老年女清洁工在这里打扫卫生。她总是天热一顶草帽，天冷一条围巾，推着垃圾车，不停地扫，非常认真，不放过任何垃圾。看得出她手脚挺灵活，走路也还矫健。开始因为不熟悉，互不打扰。时间长了，有一次她忽然跟我打招呼：“老爷子，你每天都来得很早啊！”我笑了笑。过了几天，我锻炼完了，主动与她聊家常，才知道她姓甘，别人都叫她甘大妈，今年 63 岁。她有个老伴，还有儿子、媳妇、孙女，全家五口人。她每月工资 800 元。老伴在一家银行当保安值夜班，每月收入 600 元。儿子身体不好，做了两次手术，没有工作。媳妇在一家酒店做工，工资还要供女儿上学用。她坐在超市围墙边吃早饭，饭是从家里带来的。我说：“吃冷的不好。”她抬头一笑：“不要紧，吃惯了。”我问她有没有菜，她说：“有自己腌的柚子皮，家里还有点青豆，留给老头子吃，他上夜班很辛苦。”

又过了几天，她拦住我说：“肯定是你向谁反映说我家有困难，昨天镇政府和村委会干部到我家走访，说要给我家3 000元困难补助。我们一家人商量，这钱坚决不能要。没为国家出力，还要国家补助，以后怎么做人！我们不要补助，只要劳动，有事做就好。”我无言以对。第二天，镇里的同志给我打电话，说这家人确实很困难，但思想很好，坚决不肯要补助。

中秋节这天，我问她买了月饼没有，她说单位发了，每人一斤，送给她母亲吃了。老头子单位也发了一斤，送给他干娘吃了。我问她孙女怎么办，她说外婆给了孙女一斤。

国庆节后，她很高兴地告诉我，她和老头子要和村里的一些人一起去北京，是村委会组织的，来回的火车票和在北京的吃、住都免费。她郑重地说，她和老头子去北京不是去旅游，是想去看看天安门，看看毛主席的遗体，别的地方都不想去。没过几天，她从北京回来了，特别高兴地告诉我，在北京看到了天安门，看到了毛主席的遗体。排了很长的队，许多人边看边流泪，她也流了泪，总算实现了这辈子的一个最大的心愿。我见她有些激动，故意岔开话题，问她从北京买了什么回来。她说买了一只北京烤鸭，贵的有200多元一只的，有100多元一只的，她买的是78元一只的。烤鸭好大一只，她一家五口，还请了两个亲戚来吃，一餐都没吃完，剩下一条腿留给孙女下餐吃。

和她的每一次对话，都会令我感动不已。她那质朴的语言，没有丝毫的做作，更没有豪言壮语，坦坦荡荡，实实在在，从中却可以看到一颗金子般的心，闪闪发光。她只是一个极普通的劳动者，生活在社会的最底层，从事着被许多人认为是最卑贱的工作，靠微薄的薪水艰难地维持生计。但她以此为乐，习惯了吃冷饭和柚子皮度日，“有事做就好”，这便是中国劳动群众几千年勤劳俭朴、知足常乐的本色。中秋节一斤月饼要孝敬母亲，家里还有点青豆要留给老伴，吃剩的一只烤鸭腿要留给孙女，这种人间真爱也是中国劳动群众几千年的传统美德。她在说起到北京看到了天安门和毛主席的遗体，实现了这辈子最大的心愿时，喜悦和激动溢于言表，为此还要买一只北京烤鸭带回来，一家人并请了两个亲戚共同分享这种幸福，这种举动折射出像她这一代人对祖国的热爱和对毛主席的感恩情结。更可贵的是，当镇政府给她家3 000元困难补助款时，在金钱和"做人"面前，他们一家毅然拒绝了金钱，选择了"做人"。

鲁迅先生曾经写过一篇《一件小事》。在他的笔下，车夫"满身灰尘的后影，刹时高大了，而且愈走愈大，须仰视才见"。这是他对劳动人民道德人格品质的赞美。现在时代不同了，但甘大妈的一言一行，再次印证了一个道理：物质生活的贫乏和精神生活的富足往往能在同一个人身上统一，真如此，便是一个崇高的人。值得深思的是，在经济日益发展，人民生活日益改善的今天，还存在一些困难户在所难免，这并不可怕。可怕的是，在种种诱惑面前丧失了劳动人民的本色，缺失了中华民族的传统美德，在生活富足的同时伴随着精神的空虚。

一封媒体转来的群众来信

2010年，《人民日报》副刊编辑徐怀谦同志转来一封群众来信，嘱我关心支持来信提出的要求。

写信的是位女青年，老家是江西玉山县，嫁到江苏无锡市。信中反映她的家乡有条河，没有桥，群众出行和学生上学极不方便。近几年因涉水上学，先后溺水死了几个学生。她写信给媒体，想借助媒体的力量把桥建起来。我与老徐曾有交往，他采访过我，在《人民日报》发表文章，表扬我退休后办生态摄影研究会，宣传江西生态好，环境保护好。由于是朋友，我同老徐通了个电话。我说，你明知我退休了，为何还把信转给我？徐说，你职务退了，党员没有退吧！说完哈哈大笑，放下了电话。我拿着信很是犹豫：第一，我未在上饶工作过，现在的市县领导又不熟悉；第二，建一座桥需要立项，需要资金，谈何容易？转念一想，老徐说得也对，我还是共产党员，还要尽一份党员的责任。学生溺水而亡，是人命关天的大事，事关群众的切身利益，怎能不闻不问？再说，人家已经写信到《人民日报》了，万一媒体把这件事曝光，也会影响江西形象。所以，最后还是下决心把这封信转给了上饶市委主要领导，请他给予关心。上饶市委将信转给玉山县政府，要求他们设法建桥。

没几天，玉山县政府一位领导给我打电话说，他们早就想建桥，但要省交通部门立项才能获得国家扶助。玉山县政府已经写了报告，想请我帮助与交通厅沟通一下。所幸省交通部门的领导和我曾在一起工作过，我将玉山县政府的报告转给他，请他们帮助立个项。省交通厅很重视，采取变通的办法立了项，大桥终于动工了。

大桥建成时，那位写信的无锡女青年要我为大桥题名，我谢绝了。通车典礼时，请我参加剪彩，我又谢绝了。过了几天，这位女青年专程来南昌看我，一见面就要跪下代表家乡感谢我。我急忙拦住她，对她说，应该感谢党和政府，也要谢你这位嫁出门的女儿及时反映家乡的困难。

退休后两封印象深刻的群众来信

退休时，我告诫自己，一不干政事，二不理民事，这叫不在其位不谋其政。但是由于从政多年，依然有一些群众向我致信反映他们的诉求，其中有两封信印象深刻。

十年前，宜春市磁化镇一位民办教师给我写信，要求转为公办教师，也就是国家正式编制的教师。她诉说，两夫妇都是教师，丈夫是公办教师，教了一辈子书，不幸去世了。她自己是个民办教师，教了20多年。她的教学资历长，能力强，可能是指标有限，可能是自己没有疏通关系，每年民办教师转公办教师都轮不到自己。家里有一个老母三个小孩，现在丈夫去世了，她无力赡养老人和小孩。如果能转为公办教师，她就招一个男人进家，把这个家撑下去。如果转不了，她就只好嫁人，这一家老小只好流落社会。她再三申明，这是诺言，不是要挟。看了这封信，我沉思很久，是置之不理，还是管一管此事？置之不理，也说得过去，不在其位，不谋其政嘛，但是党性、良心不能原谅。管一管吗，自己无职无权。翻来覆去地想，之后还是把这封信转给了宜春市委杨晓宁同志。好在我们曾有过上下级关系，称得上是老熟人。因为人熟，很随便，我只在信上签了"请你将这封信看完"几个字，一无指责，二无建议。一个月后，在杨的关心下，这位民办教师转了公办教师。两个月后，这位女教师带着新招进家门的丈夫到南昌，在我家门口走来走去，一个提只鸡，一个拿一小包糯米粉，要见我一面，要下个跪拜谢。此时，我在外面摄影，我的老伴拒不收礼，她们就在门口不走，一定要等见到我。后来我在电话中对老伴说，一、告知她们我几天之内都回不来；二、两样礼品收一样，鸡拿回去过年，糯米粉留下，算领了情。就这样，他们高高兴兴回去了。

第二封信是杨硫华的爱人老罗写的。杨硫华夫妇是1955年我在进贤县第十区（三里乡）工作时认识的，两人都是农技站的农技干部，至今60年未见过面。2013年忽然收到老罗一封信，信中诉说老杨早已去世了，她也80多岁了，一个儿子出车祸身亡，只有一个孙子在外打工，一个孙媳在进贤农村当教师。她向有关部门要求将孙媳调到县城教书，以便自己老有所依，但一直未能解决。看完这封信，论情，老有所依的要求不过分；论理，乡村教师如都要进城，城乡师资力量必然失衡。我把这封信转给县教育局处理。县教育局出于人性化考虑，将老罗的孙媳调到了县城教书，解决了老人的后顾之忧。过了些时日，我不在家，老罗坐在我家门口等我，要见我一面。我老伴说，老叶不在家，你有事去找有关部门解决。老罗说，见不到他也罢，我有封信请你转交给老叶。我回家时拆开信一看，掉出一根小小的金项链。当时一阵心酸，她这么困难还来送礼！我对老伴说，老饶，你要帮我一个忙，到进贤去找到这位老人家，把项链退回，表示心领了。老伴一贯支持我的工作，费了很多周折，才找到老罗退回了项链。

从两封信的前前后后，我想了许多。一、退休以后，还有群众向我写信反映他们的诉求，说明群众对自己还有点信赖，感到欣慰。二、退休以后，还处理群众来信又难免引起质疑，说我干预政事，放碗不放筷子。三、明明是组织帮助解决了问题，为什么要感谢个人？难怪人们把干部形象看成党的形象，可见干部的形象太重要了，任何时候都不能因个人的行为不轨而玷污党的形象。同时，也决不能把党的关怀变成个人的恩赐。四、为什么要以礼物感谢？是因为不送礼就办不成事的风气太盛？还是他们把我也看成是贪官？过去说“三年清知府，十万雪花银”，我当了十多年的“知府”，是不是在别人的眼里也该有多少雪花银？想到最后，只能自我解嘲：扪心自问，只要“无愧于党，无愧于人，无愧于心”就行。

有感于追拍天鹅

鄱阳湖是中国最大的淡水湖。鄱阳湖国家湿地公园为世界六大湿地之一。这里湖汊众多，湿地如网，特别适宜天鹅栖息，数以万计的天鹅选择来此越冬。每年从 11 月开始，一批又一批天鹅从遥远的西伯利亚飞来，直到第二年 3 月才陆续飞回北方，故鄱阳湖又称“天鹅的故乡”。我每年冬春两季追拍天鹅，使我对天鹅有了更多的认识。

天鹅喜欢群居，人们把天鹅聚集的小湖泊称之为鄱阳湖中的“天鹅湖”，这样的“天鹅湖”不下百个。“天鹅湖”中常常呈现出天鹅铺天盖地的景象，十分壮观，真个是“满目天鹅白茫茫，不见湖水和草场”。“天鹅起飞十八拍”，若是在湖边观察天鹅起飞，你能亲身体验到天鹅起飞时的恢弘气势，那飞快的箭步、崭齐的动作、方向的一致以及舞动双翅频频拍击水面发出的声响和溅起的浪花，令人叫绝，让我们真正懂得什么叫奋发向上，什么叫鸿鹄之志一举千里、横绝四海。天鹅在空中飞翔，阵式多变，或排成“人”字，顶风向前，势不可挡；或排成方阵，遮云蔽日，仿佛要压倒一切，让人感到，只要团结，就会有无坚不摧的力量。

群居的天鹅是由一个一个家族组成的。仔细观察，天鹅起飞降落，都是举家齐动。当它们在水草间漫步或嬉戏时，或窃窃私语，或夫唱妇随，或举家同乐，充满了亲情和温馨。偶尔也能看到两个家族间为首的雄性天鹅发生争斗，但其他家庭成员并不参与，总体上说，天鹅应属和谐的禽种。

在我的眼里，每一只天鹅都是天外仙客，都是白衣天使。它们美丽而圣洁，一举一动，都会激起一种可亲、可爱又可敬的感动。张羽时，雪一样的羽毛在阳光照耀下洁白无瑕、晶莹剔透；合羽时，就像是在拥抱大自然，大有君子风度。有时单腿独立，一站就是几个小时，或昂首翘望，审视眼前的一切，或缩颈藏头，悠闲地享受阳光雨露，让人不忍心去打扰它。天鹅的叫声宏亮，夜深人静时声闻可达数里。你可以想象，那可能是在呼唤情侣，抒发情感，或者是在感恩鄱阳湖湿地，庆幸人鸟共家园。

众多的天鹅不远万里而来，为鄱阳湖增辉，为人间增色，这当然是我们的骄傲。我想：第一，得益于上天的恩赐，让鄱阳湖水草丰茂，食物丰富，引得无数大自然的精灵竞相而来；第二，得益于党和政府重视生态环境保护与建设，从鄱阳湖区迁出了几十万人口，解决了人鸟争食的矛盾，实现了长治久安；第三，得益于江西人民爱护生态、保护环境的自觉性逐步提高，基本做到了对鄱阳湖的珍禽不捕杀、不干扰。

我用了十几个冬春追拍天鹅等大自然的精灵，目的是使生态之美吸引人，环境之美教育人，和谐之美感动人。

鄱湖拍鹤记

2013年的一天，鄱阳湖自然保护区的朋友告诉我，今冬有几十万羽候鸟来到鄱阳湖过冬，其中有数千只白鹤。一听有白鹤来了，我心情特别激动，立即邀几位摄影好友一同去鄱阳湖拍鹤。

一连半个多月，我们都是半夜起床，天亮之前赶到鄱阳湖，直奔事先搭好的掩体。从下车到掩体，要步行两千多米，踏湖草、踩湖泥，坑坑洼洼，一脚高一脚低，十分艰难，且随时都有滑

鄱湖拍鹤

倒或陷进泥淖的危险。晚风袭来，寒气逼人，虽说是薄雾轻霜，却也弄湿了我们的外衣，内衣则早被汗水浸透。好在我年年下湖拍候鸟，这条路走了十多年，对这一切早就习惯了。虽说年龄越来越大，现已年过八十，体力也不如从前，但前面有鹤，就是我知难而进的动力。

走到了掩体，我们就只能在掩体里静静地等候白鹤的到来。此时已是夜阑人静，置身鄱阳湖边，你会发现初冬的鄱阳湖之夜，真的美得出奇。但见皓月斜挂，众星朗朗，寂静的旷野无边无际，远处烟雾飘渺，若隐若现，近处厚厚的湖草被薄霜覆盖，在月光下洁白一片。清新的空气沁人肺腑，深吸几口，顿感神清气爽、心旷神怡。也许那些熟睡的人们正沉浸在美梦之中，但他们享受不到欣赏鄱湖夜景的乐趣。而对于半夜还在喧嚣又被雾霾笼罩的城市来说，简直就是两重天地。

不一会儿，东边渐渐露出了晨曦，又渐渐露出了朝霞，紧接着便是旭日东升，霞光万道。就在这个过程中，不知从什么地方忽然飞来一群白鹤，接着又一批白鹤从天而降。朝霞映红了半湖水，许多白鹤在红霞中翻飞，两相映衬，相得益彰，构成一幅生动的画面。当年王勃站在赣江边滕王阁看到的是“秋水共长天一色，落霞与孤鹜齐飞”，而此时的鄱阳湖却是“湖水共长天一色，朝霞与众鹤齐飞”，别有一番情趣。

正当我陶醉于鄱湖晨光之际，几只白鹤飞落到我们的镜头前，相距不过十几米。白鹤天生机警，像这样近距离观察白鹤，机会实在难得。我激动得心跳加快，但还是强令自己沉住气，等待最好的角度、最好的光影，拍下白鹤最美妙的姿态。眼前的白鹤十分悠闲，时而低头觅食，时而对水梳妆，或快乐地追逐，或亲昵地打斗，全然不知正有几架炮筒样的照相机对着它们。我一连拍了十几张特写镜头，这才看见一只白鹤忽然飞了起来，其他几只也不约而同地相随而去。

远处的湖边浅滩上，白鹤密密麻麻地排成长阵，足有一二百米，说它像“水中长城”，一点也不为过。其中有少数是担任警戒任务的，时时警惕地环顾四周，其余的都埋头在水草中觅食。湖面波光粼粼，倒影时时变幻，明快而耀眼。到早上八九点钟，是白鹤最为活跃的时候，有鸣叫的，有跳舞的，有互相追逐嬉戏的，热闹非凡。鸣叫时，一只只曲颈高歌，仰天长鸣，羽翅舒展，边走边叫，其声嘹亮，其韵悠扬，声闻四野，风送八方。有时一只独鸣，有时两两对鸣，当群鹤齐鸣时则惊天动地，简直就是一首慷慨激越的进行曲。跳舞时，无论是独舞、对舞还是群舞，一个个婀娜多姿、仪态万方，或单腿独立，或双翅尽展，一会儿疾速地腾空而起，一会儿又轻盈地落下，有人说像是仙女下凡，我却联想到水上芭蕾。

再仔细地观察，就会发现，它们叫也好跳也好，其实都是有原因的。一则是早起觅食，已经吃饱喝足，有了充沛的体力和精力，在这幽静的环境中可以自由自在地抒发心中的快感。这应当看成是物质需求得到满足之后追求精神享受的一种本能。再则是为了完成繁衍后代的使命，雌雄之间，以歌舞示爱，以歌舞求偶，那种爱恋之情、情侣之情，表达得淋漓尽致，这也是一种本能。还有那雌雄二鸟带着一只稚嫩的雏鸟，一前一后、你呼我叫地呵护幼鸟，更体现了“可怜天下父母心”的亲情。

我之所以钟爱到鄱湖拍鹤，也许是受我国传统鹤文化熏陶形成的一种潜意识情结。据有关资料记载，白鹤比人类起源还要早 6 000 万年，是地球上古老的物种之一。在我国，爱鹤、颂鹤的鹤文化源远流长，千百年来人们视鹤为吉祥、长寿的象征，称鹤为神鸟、仙子、仙客，白鹤的形象也随着绘画、刺绣、雕刻走进了千家万户，墙上挂的、身上穿的、手上用的，随处可见。至于古代的诗词歌赋中赞美白鹤的，则是举不胜举。在古代文人的笔下，白鹤常被喻为君子。白鹤的叫声象征君子的杰出才华：如“鹤鸣于九皋，声闻于野”（《诗经·小雅·鹤鸣》），“鹤鸣在阴，其子和之……君子居其室，出言其善，则千里之外应之”（《周易·

系辞上》)，这是以鹤比喻有道德学问的君子虽深居简出，但他的嘉言善行也能传到千里之外。白鹤的纯洁象征君子正直的人格：如“华表千年鹤一归，凝丹为顶雪为衣”(刘禹锡《步虚词》)，“饥不啄腐食，渴不饮盗泉”(白居易《感鹤》)，“心同野鹤与尘远，诗似冰壶见底清”(韦应物《赠王侍御》)，这都是以白鹤的纯洁比喻正人君子的人格。白鹤的高飞象征君子追求自由的志向：如“翱翔一万里，来去几千年”(李峤《鹤》)，“晴空一鹤排云上，便引诗情到碧霄”(刘禹锡《秋词》)，“君看海上鹤，何似笼中鹑。独用天地心，浮云乃吾身”(李白《对雪奉饯任城六父秩满归京》)，这都是以白鹤的高飞抒发诗人向往自由超凡脱俗的胸怀。我相信，在所有人的心目中，白鹤都是臻于完美的事物，而摄影艺术不正是要追求完美吗?

我之所以钟爱到鄱湖拍鹤，还因为我是鄱湖之子，鄱湖的白鹤，亦是我的骄傲。唐代诗人孙昌胤在《遇旅鹤》中写道：“灵鹤产绝境，昂昂无与俦。”意思是仙鹤产于极遥远的地方，它气宇轩昂、无与伦比。白鹤对生态环境的要求特别挑剔，真可以用“绝境”来形容。全球湖泊众多，湿地无数，但90%以上的白鹤和几十万羽各种珍禽候鸟偏偏选择了鄱阳湖，每年大约有5个月在这里繁衍生息。这当然就佐证了鄱阳湖的生态环境，这里气候适宜，空气清新，水质清纯，水草丰厚，鱼类和各种浮游生物众多。这当然是鄱阳湖的骄傲，也是鄱湖儿女的骄傲。浩瀚的鄱阳湖，是江西人民的母亲湖，不但孕育和滋养了几千万赣鄱儿女，而且哺育了数千只白鹤和几十万羽珍禽候鸟，被誉为“白鹤王国”、“珍禽世界”、“候鸟天堂”、“生态圣地”，实在当之无愧。当举世都在为生态环境的恶化而焦虑的时候，鄱阳湖能够以一湖清水、一方净土成为人和鸟的共同家园，这要感谢党的号召、政府的作为和人民群众的自觉。为保护鄱阳湖的生态环境，几十万群众从湖区迁出，从根本上解决了人鸟争食的矛盾；声势浩大的退耕还湖，使湿地面积成倍扩大，让候鸟有了如此广阔和富饶的栖息地；建立鄱阳湖自然保护区管理局，设立十多个保护站，加强保护生态环境宣传，加大打击非法捕杀候鸟的力度，让候鸟有了更多的安全感。

保护环境，人人有责。我到鄱阳湖拍鹤，也是尽自己的一分责任，为保护生态环境鼓与呼。

（原载《江西日报》）

我为农民工照了一张相

我自退休之后便迷上了摄影，走到哪里都会带着照相机，只要看到感兴趣的就拍下来。

这天，我来到南昌市滨江宾馆。这是省委的接待宾馆，承担省委重要会议、重要接待任务。它临江而建，滔滔赣江就从它身边流过。宾馆院内，樟树成林，松柏成荫，香竹飘逸，桂树流韵。一块块绿色草坪装点着鸟语花香的庭院，一幢幢馆舍楼台掩映在绿荫花影之中。这环境的优美宁静与城市的喧闹形成强烈的

我为农民工照了一张相

反差，而这一切都是人工打造出来并需要时时维护的，我不禁赞叹为此付出辛勤劳动的工匠。

恰在这时，我看见了一位正在整修草坪的农民工。他头戴草帽，身穿工作服，双手端着一架剪草机，不停地忙碌着，身后的绿茵被他剪得平整如地毯一般。我拿起相机想给他拍一张工作照，但他的草帽把脸完全遮挡了。我只好走到他身边，打了个招呼。

“师傅，辛苦了！我想给你拍张照片，请你把草帽戴高点，好吗？”

他抬起头，见我拿着相机对着他，连连摆手：“不要！不要！我这灰头土脸的，有什么好拍的？”

我这才看清，这位老人满脸沧桑，皱纹像刀刻似的，正是我想拍的特写镜头。可他却指着远处说：“你到那边去拍，那边有花园洋房，有好多名车，还有帅气漂亮的男男女女。”

我说：“那么多人都在休闲，就你一个人在劳动。没有你这样的人劳动，宾馆就不会这么漂亮。劳动光荣，我就是要给你拍张劳动照。”

他听我这样说，面带羞涩，一时间不再说话了，只是乐呵呵地傻笑。

经我和同来的司机小曾再三请求，他终于同意配合拍照。拍完后，我向他表示感谢，并承诺三天后叫人送照片给他。

他忽然问我：“你姓什么，是哪个单位的？”

我反问他：“听你的口音，像是抚州人，对吧？”

“我是抚州东乡县马圩人，姓万。”

“马圩乡靠临川罗湖乡。”

“你对临川好熟悉，你姓什么？”

小曾告诉他：“他姓叶。”

老万马上问：“你是不是叶学龄？”

我又反问：“你认识他？”

“不认识，但我知道他。叶学龄在临川当县委书记时，打赤脚、穿草鞋、骑自行车下乡、在农民家里吃派饭。有一次栽禾时到罗湖公社，公社干部听说他要来，一个个脱掉鞋袜，到泥巴里走几脚再去见他。”

“他是临川，你是东乡，你怎么知道？”

“我们靠罗湖近，买卖都上罗湖街，我们有好多亲戚都在临川，大家传出来的。那个年代干部作风好，当领导的眼睛向下看，亲自到田间地头农民家，同老百姓打成一片，同甘共苦。现在不一样了。”老万看了看眼前的花园小楼和成排的轿车，接着说，“现在当官的能联系群众的不多，更不要说给农民工照相！”

他这一番话，让我想了很久，这一晚怎么都难以入睡。一个素不相识的农民工，竟然把几十年前的一件小事记在心里，这不是夸哪个干部，而是留恋那个年代的干部作风。想当年，对干部参加劳动是有硬性规定的，县机关干部一年要下乡劳动 30 天，公社干部 60 天，大队干部 120 天，年终要检查劳动手册，并作为考察提拔干部的条件之一。其目的是要通过参加劳动，使我们的干部不脱离群众，永葆劳动人民本色。当领导的，眼睛“朝上看”还是“朝下看”，实则是一个是否脱离群众的大问题，是关系到党的密切联系群众的思想路线和工作作风问题。当然不是说现在还要回到过去打赤脚、穿草鞋、骑自行车下乡的年月中去，时代在前进，条件在变化，但群众观点不能变，群众路线不能丢，这是我们党执政兴国的传家宝。

第三天，我叫小曾把照片送给老万。老万非常高兴，因为他看到照片背面写了“劳动光荣”四个字，还署了我的名字。他说：“果然是叶书记，我没有猜错。”

与饶春花同志牵手告别时的心声

2014 年 11 月 4 日，我的妻子饶春花病逝于进贤县下埠集乡

牵手　与饶春花合影

赤路岗村自家老屋，享年75岁。

一开始，儿女们没有告诉我真相，只说母亲病重，要我回家看看。司机开车送我到进贤县，我认为老伴是在医院，司机却将车子往老家方向开。我生气地骂司机糊涂，方向都搞错了。司机也不吭声，一直把我送到家乡老屋，我这才知道来晚了，老伴已经与世长辞了。

人总是在拥有的时候会习以为常，而失去时才真正意识到弥足珍贵。此时，老伴这一生的形象逐一在我的脑海里呈现，由远及近，又由近及远，由模糊到清晰，又由清晰到模糊。她重病至今，已经有很长的时间，时好时坏。偏偏我也患心脏病住院，因抢救及时才死里逃生。对于死亡，我们并不害怕，也早有思想准备。但老伴突然撒手人寰，在感情上我还是难以接受。我含着眼泪，握着老伴的手，向在场的所有人，说了下面这番话，表达了我的心声：

老饶，我和在南昌的儿女及亲朋好友，赶来看你，为你送行。

老饶，你是有福之人，走得轻松，自己没有痛苦，也没有拖累家人。只是走得快了点，未等家里的人赶到，你就走了，连一句话都未说上。只是走得早了一点，你才75岁。

老饶，你是一个好党员、好干部，年年都是先进个人，奖状、证书都几十本。

你是一个好领导，你领导的宜春市档案局，是全国的先进典型，全国的档案工作现场会在宜春召开。

你是一个好女儿，你没有兄弟，一直把父母带在身边，由你赡养。

你是一个好母亲，4个儿女都由你抚养长大，教育成人。

你是一个好妻子，我们夫妻58年，不相吵、不相争、不红脸，即使偶有矛盾，总是你让我多。

你称得上：在单位忠于党的事业，在家庭是个贤妻良母，与人和睦，与世无争，埋头工作，低调做人。如果我的人生与事业算得上成功，有你的一半。

老饶，你精神高尚，令人敬佩。几十年，你总是以一个普通党员、普通群众的身份，活动在社会之中，既未因是领导干部的家属搞特殊化，又未在本单位摆过领导的架子。值得颂扬的是，在物欲横流、腐败蔓延的今天，你仍保持勤俭、简朴的本色和不以物喜的情操。一年四季，家里的废纸壳、废酒瓶，都不舍得丢掉，要聚在一起卖钱。我们虽不富裕，但也不缺这些钱，你这是本色不变。更值得称颂的是，我们一栋庞大的摄影艺术馆，是你费尽心血协助我建设起来的，我提议捐给国家，你毫不犹豫地支持，并主动以法人代表的身份到公证处去签字。我们有好多好同事、好朋友握有实权，他们和我们常来常往，你总是热情接待，笑脸相迎，备受他们尊敬，但你从没有利用这层关系，去吃一餐饭，去办一件私事，更没有开口要过一个项目，捞一分钱好处。一个共产党员不谋私可贵，你有条件谋私而不谋私更可贵。

老饶，我今生对不起你、终生遗憾的是，在位时忙于工作，没有时间陪你，退位后又忙于摄影，没有时间陪你，既未陪你看场电影，又未陪你上街购物。我跑了十多个国家去摄影，也未陪你一同去旅游。想到这些，我有愧于做你的丈夫，我请你在天堂原谅和宽恕。

老饶，你的一生是成功的一生，无愧的一生，无憾的一生，受人尊重的一生。

愿你一路走好！你永远活在我的心中，活在儿女心中，活在大家心中！

一次非正规的摄影展

2015 年冬，我在上海华东医院住院 20 多天，由于医护人员的精湛医术和精心护理，康复得很快。这期间，还不经意地办了一次非正规的摄影展。

那是我即将出院前，考虑该给医院送点纪念品，以表示感激之情。送什么呢？看着其他人送给医院的锦旗、花瓶，我觉得如自己再送这些东西，就显得意义一般，难表心意。我与同来护理我的工作人员商量，他们建议我挑选一些摄影作品送给医院。

我采纳了他们的建议，通知家里挑选了 111 幅作品装好框专程送来医院。其中一幅《黄岗山日出》气势磅礴，我亲自题写“医术精湛，服务热情”的感谢词送给医院，挂在院办公楼。另选了一幅送给住院部三楼全体医护人员，其余 109 幅摆放在会议室，供医生、护士们参观。他们看后赞不绝口。见此情形，医院领导便建议将这些作品摆放到 90 米长的走廊两边，让住院的病人和前来看望他们的亲戚、朋友都能一饱眼福，特别

《融融母爱》1999年获第十九届全国摄影艺术展金奖

《热恋》2003年获第十届中国国际摄影展金牌奖

《母亲归来》2004年获文化部第十三届“群星奖”

《呐喊》2003年获第十届中国国际摄影展评委推荐奖

参赛部分获奖作品

是让病人们参观后愉悦心情，坚定治愈的信心，积极配合治疗。就这样，一次非正规的摄影作品展在院方的倡议下举办了。

展出期间，参观者络绎不绝，许多人还拿出手机高兴地拍下自己所喜爱的作品。展出几天后，医院领导叫人将作品搬至电教馆，长期供人参观，没想到搬运前三楼的医护人员悄悄地藏起了12幅，院领导执意要追回，可他们却坚决不肯拿出来，双方僵持不下。于是，我便出面对他们说："你们这么喜欢我的作品我很高兴。请你们把拿走的12幅送回来，然后我叫家里人送一些没有装框的来供你们挑选。"这样，他们才很不情愿地将拿去的作品送回。我也兑现了自己的承诺。

作品搬走之前还发生了一件事情：一天夜里8点多钟，一名中年妇女推门走进我的病房。她自报家门："我是这里的护工，现正在护理一名93岁的抗战老干部。他是上海市人大常委会原副主任、台联主席。"

我一听肃然起敬。我知道住院部三楼住着20位老干部，平均年龄93岁，有2人过了100岁，其中有17人被授予"抗战勋章"。我急忙问："你来找我有什么事？"

女护工说："我今天搀扶他参观了您的作品展，他看后既高兴又感动，回病房后一直念叨，想要您那幅《母亲归来》。"

我对她说："你告诉他，这些作品都是送给医院的，不能另外送人。老人如一定想要，我会叫家里人再送一幅过来。"

几天后，家里人将一幅《母亲归来》装好框送来了。我因卧床打吊针不能走动，便要工作人员送了过去。十来分钟后，这位老干部竟亲自到我的病房来表示感谢。他十分动情地说："现在很多人退休后就做三件事，要么看书、看报、看电视，要么买菜、洗菜、烧菜，要么下棋子、玩钓鱼杆子、接送孙子。你却拿起相机，为保护生态环境鼓与呼，了不起，我很钦佩你！"

我忙说："过奖、过奖，与你们这些老革命相比，我非常渺小。您当年出生入死，保家卫国，是功勋卓著的民族英雄，我只不过是退休后为宣传和保护生态环境尽了点绵薄之力。"

"当年我们参加抗战，是为了保卫祖国，保护家园。今天你的行为是为了保护生态环境，建设美好家园。时代不同，意义却是一样的。"接着他又说："你知道我为什么要那幅《母亲归来》吗？"

我说"不知道"。他便给我讲起了家庭情况："我与老伴生育了4个儿女，可儿女们都与母亲不和，互相之间不交流。我在这里住院，老伴来了，儿女就不来，儿女来看望，老伴就不来，我反复做工作都没有用。你的作品《母亲归来》拍得非常好，诗也配得很好：'雏鹭待哺时，母鹭衔食归。可怜天下父母心，此禽也同类。'这幅作品能给人以教育和启迪，我要把它挂在家里，用以教育老伴和子女，让他们明了动物尚且有情，人怎能无情。"

我们俩一见如故，谈话投机，从保家卫国谈到保护环境，从生态问题谈到家庭问题，谈得很多很多，很久很久，直到医生来催促我们休息，他才恋恋不舍地与我握手告别。

吕厚民五次为我的摄影集写序

我于1998年上半年退休。在我向政坛告别之际的早春二月，即在省文联展厅举办我的摄影作品展《花鸟一瞬》。花是荷花，鸟是鹭鸟，主题是一花一鸟总关情，宣传江西人与自然和谐相处的美好家园。这是我涉足摄影一年多来，利用业余时间拍摄的作品展。

没有想到这次展览在全省引起了轰动。当天省委正在开常委会，书记省长及常委们提前散会，前来参观。一是表示支持，老有所为;二是出于好奇,叶学龄怎么一下子就搞起一个摄影展览呢?看过后,都大加鼓励。由于省市新闻媒体争相报道,在展出的7天里,观众签名者有5 000多人,写评语的有147人。随后,作为生态环境保护的教育内容,由省政协办公厅、省教育厅联合主办,在全省11个地市13所高校各展出3天。每到一处,书记市长均出席剪彩仪式,组织学生和机关干部参观。最后又回到南昌,在省城几所大学展览。我第一次办摄影展,观众人数共达十余万人。

初涉摄影圈,产生如此大的社会效应,这是我始料不及的,心情分外激动。省摄影名家游云谷和宫正两人提议,将《花鸟一瞬》这些作品出一本摄影集,恭请中国文联副主席、中国摄影家协会党组书记吕厚民写序。

吕厚民是我国摄影界的顶尖级领军人物,上个世纪五六十年代,他是专门为毛主席拍照的摄影师,我与他素不相识。游云谷对我说,他与吕厚民当年同为新华社摄影记者,共过事,他可与我一起去北京请教于他。

到北京,我们拜会吕厚民先生。一见面,老游向吕厚民介绍说:"这位是叶学龄先生,刚从江西省政协副主席岗位上退下来。他介入摄影圈的时间很短,但在江西的影响却很大。他编辑了一本摄影专集,想请你作序。"

在老游作介绍时,我习惯性地伸出手去与吕厚民握手,但他却视而不见,没有反应。他只是对着老游说,拿作品来看看。他坐下来观看我带去的一幅幅作品,仔细研读着,品味着,眉宇间舒展开来。随后起身,紧握住我的手,对着老游说:"不错不错!不是因为他是领导干部,而是他的作品构图有思想,有内涵,有意境,情景交融,我愿意为之作序。"

离别后,我问老游,是不是名家大师都很高傲,我伸手过去,他都不愿与我握手?老游回答说,在知识分子的眼里,彩色胶卷很贵,官员们搞摄影,多半只不过是玩玩公款、求个新鲜而已。

而你却是全身心地投入，并出了成果。他作为摄影界的大师，拜访的人很多，答应给你写序是最爽快的一个。

第二年(1999年)，我第一次投稿参赛，作品《融融母爱》获第19届全国摄影艺术展自然风光组金奖，填补了我省50多年来在摄影国展中的空白。人民日报刊载，江西日报整版介绍，风风火火，名声一下子大了起来。我刚退休下来，办展览、出画册、获金奖，想不到竟然三喜临门。面对着一片赞扬声，我有自己冷静的思考。我在江西画报社应邀写的《金奖诚可贵，功劳在四方》一文中写道，摄影是一门瞬间艺术，一幅作品获奖，是机缘巧合，并不代表自己水平很高。金奖诚可贵，功劳归四方。我要感谢当年的栽树人，感谢常年护林护鸟的人，感谢为方便摄影而搭建高台的象山林场的同志们，感谢手把手教会我摄影的宫正、游云谷、许景辉等专家们。

年底，我准备出第二本画册《鹭情》、《荷韵》。这次我自己去北京拜访吕厚民先生，以作品交友，我们交谈甚欢。他对我说，作品即人品，看得出来，你是用政治家的眼光，从政治的高度指导你的摄影创作。你选题选得早，选得好，生态环保，人与自然的和谐相处，抓住了人类永恒的主题。摄影是门十分辛劳的艺术，起早摸黑，风餐露宿，寒暑交迫，必须吃苦耐劳。许多领导同志年纪大了，吃不了这种苦，而你是把摄影当作退休后的一项事业去做，是一个真正的执着的坚持者。他还给我传授了如何用光采光的拍摄技巧。我说此次拜访他的目的还是想请他写序，他欣然答应。

艺术和事业把我们联系在一起，我们成为好朋友。我去北京，一定拜访他，他来江西，一定来我们生态摄影研究会看看。在他的推荐下，我加入了中国摄影家协会，并成为中国摄影家协会第七届代表大会的特邀代表。我后来出版的生态摄影系列画册《鹤缘》、《婺源鸳鸯》、《鸟语书香》等，都是由吕厚民先生为我写序。我的摄影创作也进入丰收期。2002年作品《热恋》获第十届中国国际摄影展金奖,吕厚民打电话告诉我,说在《热恋》获金奖的同时,作品《呐喊》还获得评委推荐奖,在一次摄影展中同时获两个奖的,目前还没有过,所以特意致电祝贺。2003 年,我的作品《母亲归来》在文化部举办的第十三届摄影群星展中又获群星奖。

吕厚民先生对我的鼓励和鞭策,已写在我 5 本系列画册的序言中。他对摄影事业的独到理解和执着追求,他对当前社会现象的关注和批评,他平易近人以及对后来者的教诲和提携,是我享用不尽的精神食粮。

附 1:吕厚民为《花鸟一瞬》所作的序

摆在面前的这本摄影画册的作者,是今年 1 月刚从江西省政协副主席领导岗位上退下来的一位老同志,一位业余摄影爱好者。我和他并不相识,但他的作品确实感动了我。

其一,这是一本以花鸟为拍摄对象的专题画册,贯穿其中的主题是保护生态环境。现在真正搞专题摄影的业余爱好者并不多见。叶学龄却酷爱拍荷花和候鸟,在他并不太长的摄影生涯中,一开始就着力表现荷花的美、候鸟的情。这本画册从头到尾就是要告诉人们,没有良好的生态环境,就不会有这么美好的事物;既然有这么美好的事物,就应该去保护它、宣传它,而不该去破坏它。《共同的家园》这幅作品,把这个思想表现得最充分:具有江南特色的小村庄沉浸在朦胧晨雾之中,鄱阳湖的水欢快地流淌,红颈白鹤悠闲地戏水、觅食或歌舞,几只大雁或凌空而飞,或安详地降落,人与鸟互为邻友,和睦相居,各得其乐,构成一幅静静的图画。这便是人与自然的和谐统一。保护生态环境,是 21 世纪人类和社会发展的一个重大主题。我希望有更多的摄影爱好者像叶学龄这样,拿起相机为保护生态环境鼓与呼。

其二,这本画册中的作品蕴藏着丰富的思想内涵和深刻的生活哲理,是用摄影艺术的形式来表现对人生价值的追求。观其作品,如见其人,看得出作者是用心来创作的。也许他爱拍荷花和候鸟,是因为他爱荷花的品格,“出淤泥而不染,濯青涟而不妖”,慕鸿鹄之志向,“鸿鹄高飞，一举千里，羽翼已丰，横绝四海”；也许他是把几十年生活的积淀，包括对江西这块红土地和江西人民的深厚的爱，对世事变迁的理性思考，对做人、做“官”抱定的准则，以及自己与群众耳濡目染所了解到的群众的感受、愿望、情趣等等，都尽可能地融入摄影创作之中，使之更具有强烈的艺术感染力。《自爱自珍》，展示了对净化心灵的不懈追求；《志在千里》、《千帆竞发》，表现了志存高远、奋发向上的进取精神；《融融母爱》、《手足情深》、《深闺情浓》，把人世间的温馨亲情刻画得淋漓尽致；《百鹤朝阳》、《云腾鹤翔》、《霓裳羽衣》则透发出一派欣欣向荣的欢乐气息。

其三，这本画册具有较高的艺术品位，是作者不畏艰辛执着追求的结晶。从摄影艺术的角度看，作品的构思、构图、光影效果都达到了较高的艺术水准，而且有一个鲜明的特色，就是把荷花、候鸟拟人化了、情感化了。荷花本来很美，如果美中有情有义，就是一种艺术升华。叶学龄拍荷花，既精心选择角度和光线，在难得的光影中拍下了荷花美好的瞬间，又赋予深刻的寓意，让人回味无穷。如《春华秋实》，拍的是正在凋谢的荷花，你看它，花瓣正在脱落，却无怨无悔，不卑不亢，满怀孕育成功的喜悦，宣示着春华秋实的人生哲理。鸟有千姿百态，叶学龄拍鸟，则把鸟视为与人一样有感情的生命，细心观察，善解鸟意，于动态中抓拍了如《浪漫时刻》、《临渊亮技》等富有情感魅力的佳作。作为一位年逾花甲的高级领导干部，从事摄影的经历并不长，为什么能拍出这样成功的作品？我想，作者除了先天有很高的悟性、又有生活阅历、知识积累的深厚根基外，一定还有一股坚忍不拔、执着追求和虚心求教、勤奋实践的奋斗精神。凡是搞摄影创作的人都知道，拍荷花常在三伏炎夏，顶烈日，冒酷暑，踩莲池，任凭蚊叮虫咬；拍候鸟多在数九寒冬，迎朔风，斗霜雪，踏冰湖，不怕天寒地冻。一份爱好能滋养一份心智，一份艰辛能酿就一份收获。这也是这本画册给予我们的启迪。

我祝贺《花鸟一瞬》画册的出版，并祝叶学龄同志在摄影创作的艺术殿堂有更深的造诣。是以为序。

附 2：吕厚民为《鹭情》、《荷韵》所作的序

叶学龄的《花鸟一瞬》摄影画册刚出版，我为之作过序。没想到不到

一年时间,他又送来《荷韵》与《鹭情》画册稿,即将由中国摄影出版社出版,可谓摄影界中的高产作者。

叶学龄同志步入摄影园地仅仅几年。他原是江西省政协副主席,1998年初从领导岗位上退下来,年已六十有六。但是,他勤耕耘、勤思考,不顾炎夏寒冬,栉风沐雨,从实践和理论中如此执着追求,在领导干部中实属少见。

我看到叶学龄的摄影新作,从创意到拍摄技巧,在“精”和“美”的基础上,追求一个“新”字,尤其《鹭情》封面《融融母爱》这幅作品在今年刚刚举办的第19届全国摄影艺术展览中荣获了金牌大奖。

《荷韵》画册中的作品创意独特,其意境颂荷如颂人,犹如一部人生赞美诗画。古往今来,颂荷的诗、词、歌、赋、绘画、摄影等作品甚多,都为后人所借鉴,而叶学龄拍荷以追求表现荷的品格高尚为出发点,立意于“拟人化”。他把“眼中之荷,变成胸中之荷,胸中之荷变为手中之荷”,可谓“胸有成荷”。他把叶、花、蕾、蓬有机组合,运用变化多端的光影,衬以多彩的云霞、露水和波光倒影,使画面楚楚动人,栩栩如生。加之蜻蜓、蜜蜂、蜘蛛的点缀,使文静的荷,静中有动、有神、有韵、有情,体现了荷高洁、高雅、高尚的品格。如《受宠不娇》、《航标引路》、《留下轨迹》、《风骨犹存》等作品,画面优美清晰,配以精辟的文字点化,富有人生哲理,给人以新的启迪。《鹭情》画册中《莫负晨光》,抒发了作者自身之情。人云:一年之计在于春,一日之计在与晨。鸟能日出而作,人更不能负晨光而流逝;《志存高远》和《天赐奇观》,是从人与大自然的现象中,悟出来有志者的向往,成事靠人,但切勿错过“天赐”良机。

环境保护是21世纪人类社会面临的一大主题。叶学龄同志非常重视此项工作,他深入到大自然中去追寻大自然的美。因此,他的作品始终如一地贯穿宣传环境保护,促进生态平衡。他之所以爱摄影,不是为摄影而摄影,为艺术而艺术,而是把摄影艺术融入党和人民关心的大事中,鼓舞人们从善向上。我相信,有明确的主题思想,有锲而不舍的可贵精神,今后,他一定会有更多更好的作品问世。

我祝他成功,再次为序。

附3:吕厚民为《鹤缘》所作的序

继《花鸟一瞬》、《荷韵》、《鹭情》之后,叶学龄又将一本专拍白鹤的

《鹤缘》奉献给读者。祝贺之余，也惊奇他年逾花甲，竟有如此充沛的精力投身大自然，竟是如此执着地追寻候鸟的踪迹，竟能在许多行家认为"拍候鸟难，拍白鹤更难"的情况下闯出了一方新天地。

白鹤难拍，首先难在白鹤特别稀少。据有关专家介绍，由于全球性的环境污染愈演愈烈，全世界现存白鹤不到 3 000 只，且生活在人烟稀少的西伯利亚高寒地区，只在冬季南迁到亚热带择地越冬。江西鄱阳湖水质清纯，气候适宜，饲料充足，是白鹤理想的越冬栖息地，每年有 2 000 多只到这里越冬，成为江西一大景观。叶学龄生长在鄱阳湖边，从小爱鸟，更爱白鹤，非常关心鄱阳湖的水质和候鸟的命运，经常为此大声疾呼。因此可以说，他与白鹤结下了不解之缘。从工作岗位上退下来后，他充分地运用了这一得天独厚的有利条件，连续三年执着地拍白鹤。也许这就是他把这本画册取名为"鹤缘"的缘故。

拍白鹤难，其次是难在白鹤特别具有灵性。物竞天择，大自然的规律，养成了白鹤超凡脱俗的习性。日益恶劣的生态环境，迫使白鹤与人类的距离越拉越远，且不说在别处人们很难见到它，就是在鄱阳湖，你也只能站在远处，用高倍望远镜才能一睹它的风采。稍有动静，它便远走高飞。对于摄影家来说，拍摄的往往是"上面一大片，下面一条线"的远景，要想靠近它拍个特写镜头，更是难上加难。叶学龄却成功地拍下了大量的近景特写镜头，在这本画册入选的 68 幅作品中，就有 27 幅大特写，确实难得。

拍白鹤难，再就是难在拍摄条件特别差。数九寒冬，白鹤栖息在鄱阳湖一望无际的沼泽地和草洲中，雨雪天不能拍，须等天晴。晴天早晨湖面雾气重，能见度低，须待雾散。即便等到个好天气，要接近白鹤栖息的地方，往往要先蹲坑架机，伺机而拍。车马舟楫均无能为力，只有徒步跋涉，迎北风，踏冰湖。叶学龄近三年每年冬天下湖数十次，其中的艰辛可想而知。而正是凭着这种不畏艰辛的精神，才有如此丰硕的收获。

欣赏这本画册，叶学龄运用拟人化的手法使作品神形兼备的特色又进了一步。突出环保这个鲜明的主题，他拍下了《温馨的家》、《母子亲吻》、《相见恨晚》等有趣的镜头，栩栩如生地表现了白鹤家族生活的各种情趣，由此激发人们对白鹤的一片怜爱之心。他更注重把白鹤放在典型环境中来表现，背景中的水、天、草、木、太阳、云霞、村庄、行人、牛群等，都衬托得恰到好处。有的是白鹤在宁静的村庄前悠闲地嬉戏；有的是人在堤上走，鹤在湖中行；有的是鹤与牛同在草洲觅食。这些作品都展示了鄱阳湖环境优雅，从而表达了人与自然的和谐统一。他精巧、大胆地运用逆光、侧逆光来表现主题。如封面《鹤鸣鄱湖》、《朦胧晨韵》、《霞鹤其飞》等，用湖光山色衬托白鹤翱翔，层次分明，气势恢弘，使人倍感阳健之美。

叶学龄参加摄影活动时间并不长，却能获得如此成功，一则因为他自身综合素质和悟性高，二则因为他不畏艰辛执着追求从不懈怠。我祝他再出精品，故又作序。

附4：吕厚民为《婺源鸳鸯》所作的序

叶学龄同志《婺源鸳鸯》摄影画册又即将问世，这是他近四年来出版的第五本摄影专集。他创作的激情如“万斛泉源，不择地而出”，叫人佩服。

鸳鸯鸟俗称相思鸟，雄雌偶居双飞，是一种吉祥幸福、爱情美满的象征。数千年来，诗词歌赋、绘画刺绣，以鸳鸯为题已是家喻户晓，久传不衰。但野生鸳鸯体形小，起飞降落速度快，喜阴怕阳，常栖树荫岩石之下，戏水壮观场面多在傍晚，这给摄影聚焦、感光带来很大的困难。叶学龄同志抓住这一个摄影主题，将喜闻乐见的鸳鸯美与摄影艺术融为一体，倍受社会欢迎。他拍摄鸳鸯，极富有耐心和毅力，数九寒天蹲在冰冷阴湿的掩体里，一蹲就大半天或一整天，带着干粮充饥，苦苦守候。翻开这本摄影专集，充盈了作者对生态和谐的期盼和对每个家庭、人生幸福的祝愿。

叶学龄同志从江西省政协副主席领导岗位上退下来四年，先后出版了花鸟摄影作品专集、年历各五本，举办过多次花鸟摄影作品展。其作品《融融的母爱》，荣获1999年第十九届全国摄影艺术展金奖。2001年，他又获得了第五届中国摄影艺术节金像奖提名奖。三年拿了两个大奖，在摄影界、在社会上颇有成就。一位年近70的业余爱好者，如此执着投入，如此骄人的成绩，如此多的佳作，实属罕见，引人思索，给人启迪。

志当存高远，立意高才能开掘深。叶学龄同志长期从事领导工作，凡事全局在胸，大眼光看问题。他搞摄影，目的是宣传人类共同关注的主题：生态环境，人与自然和谐统一。长期的理论修养和看问题独到的眼光，厚积薄发。他镜头下的作品，一花一鸟总关情，有着深广的社会内容和深厚的思想底蕴。

事业使人变得更崇高。作为一名年近70的省级领导干部，他却能像年轻摄影者一样，顶烈日，冒严寒，栉风沐雨，风餐露宿。他把为事业辛劳当作幸福，拍摄了一个又一个专题，幸福永远同创造性的劳动联系在一起。事业是他人生始终的追求，事业使他退休后的人生更丰富，事业使他的精神境界更崇高，事业使他的生命如此蓬蓬勃勃，永远年轻。

附5：吕厚民为《鸟语书香》所作的序

我曾4次为叶学龄同志出版的摄影专集作过序，现在是第5次了。

我与学龄同志是挚友，他的敬业精神十分令人感动。有几点我是难忘的：一是他立意深远。1998年从省政协领导岗位上退下来，就全身心地投入到生态摄影中，不为名、不为利，而是以宣传生态江西为己任，只为环保鼓与呼；以一花一鸟富于灵性的生命，唤醒了人们对生态环境保护的思考与责任。二是有一股韧劲。虽然年逾古稀，仍不畏艰苦，栉风沐雨经常跋涉在鄱湖之滨、旷野山川，在光和影的天地里勤奋耕耘，致力于对人生价值的追求。三是有极好的悟性。叶学龄的摄影不是简单地去复制花鸟的瞬间画面，而是用心去体悟，用智慧去思考，用经验去揣摩，表现出"天人合一"的和谐意境，使瞬间艺术产生了永恒的魅力。因此，他的作品不仅具有一种博大与细腻的质感，而且产生了一种形体与情感交融的感染力，让人们在欣赏精彩的画面时勃发出生机与活力，深深感受到时代赋予的使命。

摆在眼前的《鸟语书香》是他的第6本摄影专集，仔细阅读，不禁又多了一份惊喜。这99幅作品，幅幅画面鲜活动人，只只候鸟栩栩如生，把江西美好的珍禽白鹤、白鹭、天鹅、鸳鸯、中华秋沙鸭演绎成了一条五彩缤纷的珍珠项链，使广大读者从大自然的秀色中再生出生态文明的光荣与梦想、欢乐与责任。其中更为可贵的是，叶学龄还用心为自己的摄影照片配了诗、题了墨。诗的立意明确，见文识图，别开生面；书法虽不及大家风范，却也行楷相融，别具一格，韵味十足。这种熔摄影、诗文、书法于一炉的作法，显然极富创意，在当今影坛上也是较为鲜见的。

我很赞同作者一直怀着社会责任感去创作，坚持用创新的思维去探索，不畏艰难曲折，把摄影艺术升华到对事业的执著追求。同时，通过独特构思在多彩的画面上添加了黑白美感，在绚丽的摄影作品中注入了丰富的思想内涵，从而提升了摄影作品的艺术品位，令摄影艺术展现出了摄影文化的魅力。这种做法，不仅彰显了作者自身的文化功底，也是对摄影艺术创作的有益探索，这种精神无疑是值得人们称道的。摄影艺术既要传承，更需要创新。

预祝叶学龄同志有更多的生态摄影精品问世。

附　录

浓墨重彩绘春秋

——记叶学龄的传奇人生

《大江周刊》特约记者　梅　飚

采访叶学龄是我多年的宿愿,似乎也是许多朋友的期盼。人们都说他是一个传奇式的人物,从一个普通的农民到党的高级干部,从一个门外汉,65 岁学摄影,到成为海内外知名的生态摄影艺术家,这样华丽的转身是许多人看不懂又很想弄明白的事情。

采访在他的病房里进行。原以为在这样清静的时空应该有流畅的节奏。殊不知,依然不时为诸多探访者所打断,其间有在职干部也有退休老人,有企业职工也有农民兄弟,坐下来便侃侃而谈,却又久久不肯离去。为什么一位退休了多年的耄耋老人身边依然有这么多的朋友? 以致采访断断续续,几乎花了半个月的时间。采访之后,我才明白:人格就是品牌。是他的人格凝聚人,是他的智慧折服人。

他的叙说,为我们展开了一幅绚丽的人生画卷。

敢于担当　一切以人民利益为重

叶学龄,1933 年 6 月出生在江西进贤县下埠集乡赤路岗村一个普通农民家庭。因为家境贫苦,9 岁的时候就被送到姨娘家做崽，两年后因姨娘生了自己的儿子才回到家中。他兄妹6人，排行老二，小时候只读了四年私塾便辍学在家种田。可是他天生聪慧，什么昔时贤文、论语、诗经、唐诗宋词等，大都能背诵，在村里算是个“文化人”。18岁便当上村农协的干部。由于他年轻勤快，参加土地改革运动表现又好，1952年3月被选调到乡政府工作。三个月后，又被时任区委书记看中，调到区里当脱产干部。1952年8月便光荣加入了中国共产党。1953年任区委委员（副科级）。1958年任县委办公室副主任。1959年春任县委宣传部副部长。这样多部门多台阶的历练，令他养成了密切联系群众、求真务实的工作作风。1960年，他被选调到宜春地委党校学习，一年时间，比较系统地学习了毛泽东同志的《矛盾论》、《实践论》等著作，回到县里便担任了县委党校副校长（主持工作），这又为他日后工作打下了深厚的思想理论基础。

1964年上半年，几经曲折，叶学龄被任命为县委办公室主任。可是，“文革”动乱中他却被造反派打成“实权派”，与县委书记等“走资派”一起被批斗并送往监督劳动。到1968年5月，形势回转，他被结合进了进贤县革委会为常委。1971年2月，他被抚州地委安排到临川县委任副书记兼县革委会副主任，1972年4月改任县委书记、县革委会主任，开始了他主政地方的生涯。

到临川工作，适逢“文革”动乱期间，要主持一个县的全面工作还真不容易。比如，1973年秋的一天，临川化肥厂、磷肥厂的造反派几百人到七里岗共大围攻县委、县革委的领导，扬言要抓叶学龄到工厂解决职工“转正”的问题，“不解决就打死他”。叶学龄闻讯，从省城开会结束后即直接赶到共大与造反派对话。周围同志都劝他“去不得，不安全”。他说：“作为县委一把手，我必须上前，不能回避矛盾。否则，全县的工作就乱套了。”“个人的安全算不了什么，如果他们敢打死我，只要是共产党的天下，迟早是要算账的。”他勇敢地和造反派周旋，反复启发其中共产党员的思想觉悟，让被造反派煽动参加围攻县领导的工人都回到厂里，恢复了正常生产。有道是：“勇者不惧，智者不惑”。叶学龄在危难时刻挺身而出、敢于担当的精神，令许多干部深深折服。

他自到达临川工作之日起，便带头沉入基层，穿草鞋、走田埂、吃派饭，并规定下乡不准喝酒，不能增加群众的负担。随同的干部也渐渐养成了节俭简朴的作风。干部的作风转变了，就容易掌握基层的实情。在大量调研、弄清下情的基础上，他带领全县干部拉开架式，大干一场。

首先，1974 年，县委组织 10 万劳力齐上阵，对全长上百公里的抚河河堤加高加固，同时，对上游、跃进、前进、展坪等 4 个重点中型水库加高加固，并组织力量兴修 60 多里长的梨溪渠，结合绿化荒山，开展多种经营，改善经营效益，使全县上百万亩农田实现了旱涝保收。至今，全县农业生产还在享受着当年兴修水利带来的长效红利。

其次，调动千军万马，开荒造林种果。两年时间，实现了造林、种果 10 万亩的计划。其中鹏田、腾桥等地以造林为主，大岗、展坪、三桥、高坪等地以种果为主。这期间，叶学龄亲临现场指挥，且要求三级干部齐上阵，边劳动边指挥，务必保证种一棵成活一棵，不达标准不能验收。就这样，全县变成了一个大战场，千军万马，红旗飘飘，一派大规模作战的景象。那时，有的地方还被造反派搅得无法安宁，临川却形成了一片“小气候”。江西日报头版头条报道了临川“抓革命、促生产”的经验，临川成了全省“抓革命、促生产”先进典型。

1981 年初，他时任地委副书记，临时指定要他代管农业。这时安徽凤阳“大包干”的春风已经吹到了江西。但各级领导干部初期的认识并不一致，正如有的人说：“下面盼，上面放，中间有根顶门杠。”他带队前往广东、福建等地考察农村改革，看到了那些地方推行“大包干”的经验和效果。回来后，他又深入到临川、崇仁、黎川等地农村调查，看到这些县的边远山区群众悄悄搞起了“大包干”，而且，平原地区的群众也纷纷要求“大包干”。地委召开领导干部会议，讨论农村改革问题。叶学龄在会上积极主张推行“大包干”，强调农村改革一要坚持从实际出发，二要充分尊重群众的意愿。当时的省委主要领导同志在大会上点名批评他，行署的主要领导同志在地委常委会上与他当面争吵，这些都没有让他动摇。到 1982 年夏，抚州地区农村全面实行了“大包干”，这与叶学龄的积极推动是分不开的。

敢于担当，一切以人民利益为重，是对党员干部基本素质的要求。1982 年 6 月中旬，连续半个月的瓢泼大雨令江西各大江河洪水猛涨，抚河水位超过历史最高警戒线，抚河大堤时刻面临崩塌的危险。这时，叶学龄已经是抚州行署专员。就在抚河上游洪峰即将到达唱凯、华溪、云山一带，堤身将难以承受洪水冲击的危急关头，为了沿线 10 万百姓的生命财产安全，他果断决策，下令通知沿线 5 个公社及时组织群众转移疏散，争取了宝贵的时间，这才在华溪堤决口时，使 10 万群众幸免于难，无一人因洪水伤亡。

敢为人先　一切从实际出发

1983 年 5 月，一纸调令，叶学龄被安排到宜春行署担任专员，不久便改任地委书记，叶学龄有了更大的用武之地。

叶学龄在宜春地区任书记 5 年多，经济总量节节攀升，与省内其他几个地区（不含省辖市）相比，各项主要经济指标都跃居前列。当时的省委主要领导是这样评价的：“叶学龄在宜春有两大功绩，一是培养使用了一大批年轻领导干部，带出了一支好队伍；二是让宜春的经济发展走在了全省的前面。”

在问到取得这些成绩的原因时，叶学龄说，首要的关键在于把干部群众的思想行动凝聚到改革开放的事业中来，在政治上创建“小气候”,在经济上创“区域特色”。在具体工作中,坚持一切从实际出发,找到发展区域经济特色之路。他本人特别崇尚“一切从实际出发”。他的工作时间一半以上都是沉到基层实际中去调查研究,而且“不设秘书,不派专车,不开小灶,不上酒水”。坚持亲自动手,分析情况,总结经验,提出了宜春发展经济的战略构想:

一是树立以发展经济为中心的理念,把行政工作重点放到经济工作方面来,正确处理好政治工作与经济工作的关系。党的宗旨是全心全意为人民服务,要大力改善人民生活水平,发展经济就是头等要务。思想认识统一了,全区干部群众就能心往一处想,劲往一处使,聚精会神搞建设。叶学龄认为,做什么工作都离不开原则性和灵活性,原则性是底线,灵活性是特色,在坚持原则性的前提下充分把握好灵活性才是领导艺术的表现。所以,干部要与时俱进,在经济工作中,能开绿灯的就开绿灯,包括工商、税务、金融、纪检、监察各部门都要大力支持经济发展。

二是解放思想,大胆调整产业结构。叶学龄认为,坚持从实际出发,就要因地制宜,发挥宜春地区的优势,在保证粮食生产任务的前提下,积极调整种植面积,大力发展多种经营,伸长乡镇企业、多种经营两条“短腿”,形成“一县一品”、“一乡一品”的格局。比如丰城的煤、粮;樟树的白酒;高安的羽绒、瓷砖;万载的花炮;上高的苎麻;奉新的大米;宜丰、铜鼓、靖安的竹木加工等。由于突出优势,形成拳头,因此市场占有量大,收益明显上升。据 1988 年统计,全省财政收入过 100 万元的乡镇宜春占到 40%。仅以樟树四特酒为例,1985 年年产 5 000 吨,后经大刀阔斧的改革,放开酒基作业,1989 年很快形成了年产 2 万多吨的生产能力,1990 年,樟树就成了全省第一个财政收入跨亿元的县级市,其中四特酒的税收就占了 70%。

三是大力提高干部和农民的素质,这是发展经济的关键。

人是发展经济的第一要素。地委一方面送干部到沿海发达地区去参观学习，挂职锻炼，学习外地发展乡镇企业的先进经验，转变观念，交朋友，学管理，找项目，学会技术合作，以项目招商，以情招商，让利招商，令外商蜂拥而来。另一方面又派出干部下基层，并在全区动员三分之一的机关干部转移到经济工作第一线，协助办好乡镇企业，找项目、筹资金、钻技术、寻市场，真是吃遍千辛万苦，想尽千方百计，走遍千山万水，说尽千言万语。再者，大力兴办职业技术教育，办好农业技校，让农民群众都学到技术，懂得经营。通过市场实践锻炼，许多农民也洗脚上岸，转变了思路，学会了经营，增强了风险意识，成了商品市场的弄潮儿。在乡镇企业发展项目中，农民投劳，个人入股，银行信贷，政府支持，形成了合力，体制改革为经济发展注入了活力。因此，宜春地区乡镇企业很快走到了全省的前列。

宜春经济的发展得益于“实事求是”。虽然国家政策是刚性的，普遍适用的，但是任何政策的设计都不能完全预测可能发生的变化因素。因此，在实际执行过程中，执行者要从实际出发，使党的政策更加完善，切合实际，这也是原则性与灵活性的相辅相成之处。

敢于试验，一切为了改革开放的需要

毛主席说：“政治路线确定之后，干部就是决定的因素。”历览古今兴衰事，成败得失在用人。

为了适应改革开放的需要，在加强干部队伍建设方面，叶学龄大胆试验。在上级没有部署的情况下，宜春地区从各级机关转移三分之一的干部到经济工作第一线；干部交流从纪检部门、组织部门、公安部门先行；干部能上能下，从调整三位机构改革中提拔起来但政绩乏善可陈的县级干部开始；对纪检部门提出要树立“可敬、可亲、可畏”的新形象，如此等等，这些试验性的做法，都取得了很好的效果，并为后来积累了经验。

对于怎样用好干部，叶学龄也有一些独到之处。他说：一是要亲自考察干部。要看德性，看素质，看担当，看政绩，看实干精神。要听干部的工作思路和方法，听各方面的群众反映，做到自下而上，辩证观察，知人善任。要在日常工作检查中注意发现好干部。他通常是先下基层调查，不打招呼，不要陪同，眼见为实，做到心中有数。再到机关去开座谈会，听汇报。县乡班子成员都要汇报分管工作情况，不准拿稿子，不准看报表；可以谈成绩，也要谈问题；可以谈困难，更要谈办法。二是通过学习培训进行考察。1985 年，宜春地区举办的乡镇党委书记培训班就颇有特色。培训班没有开学典礼，只是先自学上级有关发展农业的文件，学习、消化两天；然后解剖本地区的优势和劣势，解剖本人的长处和短处；再分组讨论，大家谈看法、谈思路，谈优势、谈劣势，谈问题、谈办法，谈经验体会、谈新的打算；最后，推选代表到大会上发言交流，领导同志坐在下面听。通过这些办法，从学员中发现一些好典型、好苗子，再结合实地考察，培养后备干部。三是在认真贯彻干部“四化”方针时，注意用好三种干部。一种是 50 岁左右、年富力强、有丰富实践经验的干部。他们有成熟正确的人生观，作风朴实，联系群众，经验十足。一种是有政绩缺文凭的干部。政绩就是解决问题、改造世界能力的体现，就是工作水平的表现。还有一种是有争议的干部，往往也是有个性的干部。因为有主见、有个性，旁人就认为是“骄傲，目中无人”。其实，这些干部大都能力很强，却又锋芒毕露。“才者德之资也；德者才之帅也。”叶学龄认为，锋芒毕露也有积极的一面，因为只有无私无畏、一心为民、敢于担当、责任心强烈、没有尾巴可抓的人，才有胆量较劲。所以，好干部往往又在有争议的人群中。当然也要防止能力强、智商高、品质坏的人投机经营。四是要注意保护干部的积极性。越是做了工作的人就越是有人提意见。对干部的意见要辩证地看，只要不是重大问题，就要多诫勉，少立案；多教育，少处分。特别是要保护好那些有作为的干部。正是因为叶学龄的这些用人方略，在宜春启用了一大批优秀干部，筑就了全省一个出色的“人才库”。

叶学龄尤其重视年轻干部的素质培养。他写的“寄语年轻干部”一文在《人民日报》发表，文章认为年轻领导干部有“三个先天不足”，需要后天补上。一是入党时间短，缺乏党性锻炼，需要加强党性修养；二是参加工作时间短，缺乏实践经验，需要多到基层锻炼；三是走上领导岗位的时间短，缺乏领导经验，需要多岗位的历练。他的这些观点，得到中组部的肯定，甚至引起了中央领导同志的重视。

敢于创新，一切为了美好的明天

1990年4月，叶学龄任省政协副主席、省委统战部部长。人们常说：“到了政协，紧歇紧歇；到了统战部，离家差一步。”要说没有失落感也是假的。但，他转而又想，共产党员的宗旨是为人民服务，“共产党员就是一块砖，哪里需要哪里搬”。思想通了，叶学龄又一门心思做起了统战工作。

“过去以为统战部工作是些表面文章，到了统战部才知道有做不完的事情，要做好统战工作很不容易。过去是人求我，现在是我求人；过去是一呼百应，现在是百呼难应。”叶学龄如是说。新形势下的统战工作，必须掌握规律，坚持原则，讲究方法，通过政治协商，使党内外的人士凝聚共识，对优化决策起到参考作用，对巩固党的领导执政地位起到积极作用。他到统战部的第一次大会讲话，就提出要“学会求人”。他认为，求人并非乞讨，而是要求得到别人对统战工作的理解；求人就是沟通，争取别人对统战工作给予支持。还要善于求人，推动工作一定要靠真理，不能靠权力。靠真理是根本，靠权力是暂时的；靠真理做好工作是水平的体现，靠权力做工作是无能的表现。做好统战工作必须具有“争取精神、务实精神和创新精神”，要具备“超前意识、事后意识、分忧意识和奉献意识”，要做到“四个熟悉”:熟悉统战历史、统战政策、统战人物和统战方法。他总结统战工作的特点是,在交叉点中工作,在认识反差中工作,在社会热点中工作,在困难弹性中工作,因此要以主角精神去唱好配角,要以配角的姿态去唱好主角。在思想上克服灰色情绪,在工作上克服畏难情绪,在待遇上克服攀比情绪。总之,要“敢于争取,善于求人,勇于创新,乐于奉献”。要依靠真理,依靠政策做好统战工作。只有这样,才能凝聚共识、凝聚人心、凝聚智慧和力量来推进社会主义现代化建设。所有这些观点极富创造性,言辞间充满了辩证法,令统战部门的工作人员耳目一新。

抓好党外人士的实职安排是统战工作的重头戏。1990 年,有个地区换届,安排 14 名党外人士进县级政府班子,却落选了 6 个,怎么办?叶学龄认为根本问题是要转变领导干部的思想,充分认识统战工作的地位和作用。他没有责怪当地的统战部门,而是亲自上门去做当地领导同志的工作,争取地方党委的重视。通过努力,一年后江西省安排党外人士的数量、比例在全国由倒数第二位上升到顺数第二位,仅次于湖南。

他还提出,发挥好政协的作用,安排好党外人士,关键还在于提高党外人士的思想素质和参政议政水平。叶学龄认为,民主党派的调研要围绕党的中心工作进行,不能只讲口头拥护,也不能文不对题,不能只提问题不谈办法,更不能发泄不良情绪。民主党派一定要真心实意与共产党合作,才能发挥好参政议政的作用。

改善统战干部的待遇也是做好统战工作的一个重要方面。按照中央文件精神,省委安排部分地方党委统战部长进入党委班子;确保县委四套班子都安排有至少一名党外人士;保证县以上统战部门都配备工作用车;对统战部门干部积极提拔使用;适当改善统战干部的生活待遇等。叶学龄积极推动这些工作的落实,大大调动了全省统战干部和党外人士的积极性,很快形成了一个生动活泼的统战工作新局面。

1998年2月，由于年龄原因，叶学龄退休了。这是一次更大的角色转换。从有权力到没权力，其实是仕途人生的固有规律。叶学龄下定决心，退休就退够。一是从政治舞台退下，不再干预政治活动；二是从朋友圈里退位，大家平起平坐；三是从家庭中心退到边缘，不再事无巨细干预儿女之事。之后，便一门心思投入了生态摄影。

叶学龄说，学摄影可以增强美感，可以锻炼身体，可以广交朋友，可以享受山水情趣，但更重要的是要为宣传绿色江西而摄影。江西青山绿水，森林覆盖率居全国第二位。白鹤、鹭鸟、鸳鸯、中华秋沙鸭等，都是国内外罕见，是江西特有的优势。所以，要通过摄影来宣传江西优美的生态环境，激励人们保护生态环境。他爱上摄影的另一个原因是"荷有韵，鸟有情"。他尝试着用拟人化的手法搞摄影，感受着"一花一鸟总关情"，也常常从中领悟到许多人生的哲理。把生态文明与摄影艺术结合起来，就是一种创新。他把摄影当成了一种事业，一种社会责任。近20年来，每年冬季，数九寒天，他几乎都坚持在鄱阳湖的冰雪里；每年夏天，赤日炎炎，他又坚守在象山林场遮天蔽日的森林中。在吴城的鄱阳湖畔，在百里莲乡广昌，在婺源的鸳鸯湖，他往往一呆就是几天几夜，把心血和汗水，交付在江西的山水怀抱中。"功夫不负有心人"。1999年7月，他的作品《融融母爱》在全国5万多幅参展作品中脱颖而出，荣获第19届全国摄影艺术展金奖，一举填补了江西摄影界在国展大赛中的空白。2002年参加中国国际摄影展，叶学龄的一幅作品《热恋》荣获金牌奖，又填补了江西的空白。2003年文化部举办第十三届摄影群星展，叶学龄的作品《母亲归来》又获群星奖。五年"三连冠"，令摄影界刮目相看，果然，"是金子放到哪里都会发光"。之后，一发不可收拾，上百个奖项纷至沓来，教人眼花缭乱，应接不暇。2008年秋，他为宣传绿色江西，携上百幅摄影精品，远涉重洋到美国加州举办“生态摄影作品展”。展出期间,100多幅花鸟作品令美国朋友惊叹不已,盛赞江西生态环境优美,环境保护有加,又是采访,又是签名,又是讲座,又是合影,3家电视台、9家报刊竞相报道。叶学龄出名了,江西也出名了。他以平和之心对待名,不为名所累;以淡泊之心对待利,不为利所诱,不图虚名,不兴伪事,坦然步入了淡泊宁静之境。

创新,就是要以新的思维,打破常规思路去改进或创造新的事物和环境。时至今日,生态环境就是民生。生态兴则文明兴,生态文明建设与经济发展是相辅相成的。2001年10月,他以犀利的目光和战略远见,倡导成立了“江西省生态摄影研究会”,其中聚集了150多名省内知名的生态摄影工作者,形成了一支宣传保护生态环境的有生力量。不久,他又腾出家乡的3亩多宅基地,倾力打造摄影艺术基地。经过努力,结合社会主义新农村建设,到2012年落成了一座建筑面积6 000多平方米的摄影艺术馆,吸引了许多观众前往参观。他说,建摄影艺术馆的初衷是为了集中生态研究会的更多摄影精品来宣传江西生态和环境保护,建立一个生态文明教育基地。下一步还要结合新农村建设打造成一个完美的旅游景点,让更多的游人在这里感受到生态环境的优美,受到摄影艺术的熏陶。从建设初始,他就已经决定把这座艺术馆捐献给当地政府,所有赞助款都拨到政府的账号上,还经过公证程序,明确产权归政府所有。而艺术馆的建成则了却了他人生一大心愿。一是因为这里陈列的作品对宣传保护生态有着现实的意义。要通过宣传,使广大干群进一步认识到,要像保护眼睛一样保护生态环境,像对待生命一样对待生态环境。二是这里陈列的作品都有一定的艺术含量。他不但在数万幅作品中精选了几百幅珍品,而且每一幅都亲手配了诗词和书法,直白抒情,通俗易懂,既在现代摄影中融入了传统文化,又鼓励人们从善向上、珍惜自然生命,弘扬了正能量。三是一部分陈列的作品用瓷板烧制而成,可以防潮防水防火防霉防紫外线，这也是一种创新的试验。这种瓷板制作，把自然界的花鸟变成了永恒。现在，在艺术馆周围正在打造一个花鸟摄影、婚纱摄影及农家乐旅游基地，先期规划600亩招商引资已落实到位，村前水泥路已改造达到二级公路标准。可以想见不久的明天，这个摄影艺术基地将张开热情的翅膀，迎接四方游客的到来。

采访行文就要结束了。我又在凝思着，每个人的历史是用他自己生命中的言行书写的，有的浓墨重彩，有的轻描淡写，有的则污渍满篇，这才有了成功与失败、光荣与耻辱、激进与颓废的种种区别。那么，叶学龄的传奇人生到底奇在何处？也许是他坚定成熟的人生价值观打造了敢于担当的精神？也许是他娴熟的辩证思维，造就了他前瞻的战略眼光？也许是他在保持原则底线的前提下把灵活性演绎得炉火纯青，有了无数创新的思考？我们看到，叶学龄的言行充满着辩证思考，正是这种哲学价值观，流泻出无穷的能量，也正是这种哲学思考让辉煌的颜色涂抹在叶学龄人生的历史上。在他身上展现的人格魅力，不仅是阅历的深厚，胸怀的宽广，而且是一种进则天下退则田园的随意淡泊，是一种对世事沧桑生命无常的持重与从容。于是，至今依然有那么多朋友围坐在他的身边，就不足为奇了。

（原载《人物传记》2015年第10期，收入本书时有删改。作者系江西省委党史研究室研究员）

记忆中的县委书记叶学龄

饶仲安

1971年2月，中共抚州地委将叶学龄派到临川县工作，一年后，任命他为中共临川县委书记、县革委会主任。那时，正值“文革”期间，“四人帮”把中华大地搞得国无宁日、民无宁日。各级党委开不成会、办不成公，更难以领导群众发展生产。叶学龄临危授命，一干就是7年。这期间，他团结县委一班人，依靠基层党组织和广大党员、干部，一面与造反派的干扰作斗争，一面带领全县人民“抓革命，促生产”，各项工作井井有条，工农业生产蒸蒸日上。临川县成了全省的先进典型，叶学龄也成了干部群众拥护的县委书记。

40多年后，笔者走访临川干部群众时，他们满怀深情地回忆叶学龄当年为了党的事业，为了群众的利益，夙兴夜寐、呕心沥血的往事，无不感慨地说：“叶书记在临川工作期间，踏遍了全县的山山水水，与群众心连着心，为临川的发展操碎了心。”

我记忆中的县委书记临川修提

叶学龄从到临川的第一天起，就以甘当小学生的精神，十分注重学习。他不但一如既往地努力学习马列著作和毛主席著作，用以武装自己的头脑，指导自己的工作，还虚心向群众向实践学习，从中吸取营养。当他担任县委书记时，用四个“正确对待”要求自己，也要求全县各级领导干部：一是正确对待“做官”与做人。他常说，做人是“做官”的基础，“做官”是做人的升华，要做好“官”，必须先做好人，只有先做好人，才能做好“官”。二是正确对待名与利。他强调，为官要淡泊名利，堂堂正正做人，清清白白做官，兢兢业业做事。三是正确对待“职位”与“作为”。他说，宋代曾巩有言，“官无虚名，职无废事”。在位就要有作为，要把党的事业扛在肩上，实实在在地做出自己应有的贡献。四是正确对待权力与责任。他说，职位是权力、责任和义务的统一。每一位领导干部时刻都要有一种向党和人民交一份合格答卷的强烈责任感，殚精竭虑地做好工作。

对这四个“正确对待”，叶学龄率先垂范，同时坚持做到四个“常不忘”：

常思“官”从何来，不忘自己也是百姓。他始终没有忘记自己来自百姓，在人民群众面前从不摆“官”架子。经常深入基层，深入群众，调查研究。下乡时，穿草鞋，戴草帽，不坐小车骑自行车。他的行为既保持了劳动人民的本色，也拉近了与人民群众的距离，增进了与人民群众的感情。开始时，也有人说他是“装模作样，看他能坚持几天”。可他在临川一直这样坚持了7年，使所有的人都信服了，称赞他“当官不像官，和普通老百姓一个样”。

常思责任之重，不忘党和人民的重托。他深深懂得，职务象征着权力，而权力则意味着责任，权力越大，责任越重。党和人民赋予自己的权力，自己就应担负起为民服务、为民谋利、为民造福的责任，否则就是失职，就违背了权力的本质。因此，他总感到有“为山九仞”的压力。在强烈的使命感和责任心驱使下，他坚持发扬党的艰苦奋斗的光荣传统，带领全县人民治山治水、战天斗地。炎炎夏日，他到缺水易旱的偏僻山村调研时，发现那里田土干裂，稻禾枯黄，和群众一样，焦急之心如汤煮。他白天蹲在干裂的田头与老农商谈，晚上召开“情况分析会”、“出谋献策会”，集思广益，毅然决定从相邻的宜黄县梨溪公社沿山开挖60多里长的引水渠，引来高山之水，解除旱区群众之忧，后来干部群众称这条引水渠为临川的“红旗渠”。为了落实全县造林、种果10万亩的计划，农历大年初三，当别的地方还在拜年喝酒的浓浓年味中，他却打破“元宵前不上山、不下地”的千年陈规，带领全县三级干部，调动千军万马在全县范围内开荒、造林、种果，使这一计划真正落到实处。几十年后，临川干部群众望着树木繁茂的森林和硕果累累的山坡，情不自禁地想起当年带领他们造林、种果的叶书记，期盼他再回来看一看。一位记者为此撰写了散文《绿色的思念》发表在《江西日报》上，反映了群众对一个人民公仆的思念。

常怀律己之心，不忘时刻警醒自己。权力是一柄双刃剑，既可以是为人民服务的工具，也可能成为牟取私利的手段；既可以引人奋发向上，也可能使人腐化堕落。叶学龄始终保持着如临深渊、如履薄冰的清醒头脑，时时处处警醒自己，始终以人民公仆的标准要求自己。他不喝酒、不抽烟、不迎来送往，时间都用在学习和工作上。他淡泊名利，自觉抵制私心杂念，真正做到一身正气，两袖清风。亲戚们来找他要解决“农转非”、要安排工作、要批木材指标，他都一一拒绝。妹妹在养猪场工作，想他帮助调动一下，都不敢开口。哥哥在公社卫生院当院长，编制属大集体，如果解决了“农转非”的户口，便可转为国家干部，他却没有办。为了这些亲属的问题，外婆拦住他的车子，骂他“六亲不认”，举起竹竿要打他，他耐心开导，以取得理解。“农转非”是当年多少人梦寐以求、甚至采取种种不正当手段解决的热门事，他帮助过多少困难群众，却没有为自己的亲属要过一个指标，办过一件私事。他的母亲70多岁，在农村养猪种菜卖鸡蛋，有人写匿名信讽刺他，他为伟大的母亲感到光荣。

常修为政之德，不忘人民公仆本色。叶学龄牢记“政者，正也。其身正，不令而行；其身不正，虽令不从”的古训，要求别人做到的，自己首先做到；要求别人不做的，自己首先不做。他遵照“吾日三省吾身”的古训，下苦功夫进行自我修养，坚持真理，修正错误，在实际工作中为干部群众做出榜样。他要求县委一班人下乡蹲点，自己首先到贫困落后的温泉公社六岭大队大塘塍生产队“蹲”下来，一“蹲”就是半年，吃派饭，住祠堂，白天下地劳动，晚上上户走访。一百多个日日夜夜，他除了回县里或到上面开会、办事，其余时间都驻在村里，同社员一道参加劳动，晴天一身汗，雨天一身泥。每天早起捡狗屎拾牛粪，帮助生产队积肥，积累起来一个月有一二千斤。榜样的力量是无穷的，叶书记带头捡屎拾粪，带动全县许多干部学样，人们称他为捡狗屎的县委书记。群众说：“他真正与我们同吃、同住、同劳动，把我们这里当成了自己的家。”

四个“常不忘”，归根结底，就是不忘党的全心全意为人民服务的宗旨，不忘共产党人为人民群众谋幸福的初心。正因为如此，在叶学龄的身上才演绎出了一个个传奇故事。

人们没有忘记，叶学龄在“文革”动乱中，依靠群众与“四人帮”作斗争。造反派满大街写标语、贴大字报，攻击叶学龄是“资产阶级吸血鬼”，是“挑动群众斗群众的罪魁祸首”。叶学龄置之不理，引导群众“抓革命，促生产！”，把干部群众的积极性引导到生产建设上来。造反派宣扬“踢开党委闹革命”，他就强调运动必须在党委领导下进行。造反派妄图层层揪斗“走资派”，他就肯定全县各级领导班子绝大多数都是好的，不允许“层层揪斗”。1975年8月，造反派煽动几个县办工厂300多名“亦工亦农”的工人到七里岗共大围攻叶学龄，逼迫他答应为他们“转正”，扬言“叶学龄不答应就打死他”。叶学龄毫不畏惧，大义凛然，慷慨陈词。他启发工人中的党员觉悟，劝说受蒙蔽的群众恢复生产，从而平息了闹事风波，挫败了造反派的阴谋。

人们没有忘记，在“文革”动乱中，不少地方被造反派搅得鸡犬不宁，无法正常开展工作，临川县却形成了轰轰烈烈、热气腾腾的“抓革命，促生产”的“小气候”，各项工作有序进行。为了改善农业生产条件，他带着水利局长步行数百里，察看全县的水利工程，而后带领群众大兴水利，对长达上百公里长的抚河堤坝加高加固；对跃进、上游、前进、展坪等重点中型水库除险加固；对无水源条件的易旱地区组织力量帮助兴修引水渠，使全县上百万亩农田实现了旱涝保收。为了增加农民收入，他号召结合绿化荒山，开展造林、种果等多种经营活动，并亲自抓了七里岗垦殖场葡萄种植加工、龙溪公社张家大队茶叶种植加工、唱凯公社寿亭岗柑橘种植等一批先进典型。《江西日报》头版头条报道了临川“抓革命，促生产”的经验和做法。

人们没有忘记，1973 年冬，正当跨越临川、宜黄两县的引水工程热火朝天展开之际，发生了一件始料不及的事情：施工的民工与宜黄县的浙江移民因占地问题产生纠纷，闹得不可开交，移民们扬言要串联全县乃至周边几个县的移民一起来与民工血战，工程指挥部被迫将民工撤回。有的同志主张工程下马，叶学龄坚决不同意。他说：“不能让旱区群众盼水的希望之梦破灭。”他食不甘味，夜不成眠，思忖再三，决定亲自到移民中去做工作。很多人劝他说：“不能去，现在移民正在气头上，虎视眈眈，您去肯定要挨打。”他却斩钉截铁地说：“为了圆旱区群众的盼水梦，要杀要剐我也要去。”他来到移民中，不卑不亢，不惧不退，晓之以理，动之以情，耐心地给移民讲述旱区群众盼水的迫切心情，表达占用移民土地的一片歉意，诚恳地提出解决纠纷的具体意见。经过两天两晚的艰苦谈判，移民们被感动了，欣然接受他所提出的处理意见，工程得以继续开工，干部群众和浙江移民一致赞扬他为了群众利益敢于担当的勇气。

临川人民更不会忘记1982年6月那场百年一遇的大洪水。在临川唱凯堤一线难以抗拒洪水冲击、面临决口或漫堤的危急关头，时任行署专员的叶学龄，在参加省防总召开的会议返回时，没有按部就班地回到抚州向地委汇报等待集体研究，而是与时间赛跑，直接上堤，果断决策，下令坚守在堤挡上的抗洪大军迅速撤离，全力组织群众转移，这才争取了时间，在华溪段决口时保住了10多万群众的生命安全。灾区干部群众交口称赞："老书记救了临川10万百姓，我们永远忘不了他。"省长白栋材在看望灾民时也表扬了他敢于担当、勇于负责的精神。他自己后来说，这次决策，是他一生中做得最有价值的一件事。

叶学龄在临川任县委书记7年，以他自己的言行，诠释了立党为公、执政为民的真谛，树立了为官一任、造福一方的典范。

（作者系江西省抚州市政府原副秘书长）

有胆有识　敢为人先

——叶学龄主政宜春工作纪实

卢明生

叶学龄1983年5月任宜春行署专员，1985年2月接任宜春地委书记，1990年3月调省工作。叶学龄在宜春主政5年多，正碰上改革开放的好时期。他凭借天时、地利、人和的优势，在省委、省政府的领导下，团结一班人，大胆改革，带领450万宜春人民，在18 700平方公里的土地上，创造了宜春一段辉煌的历史。

据统计资料表明，从1983年至1989年，宜春地区国内生产总值增长179%，财政收入增长217%，均居省内六个地区（不含省辖市）之首。1989年宜春地区人平财政收入达到96.61元，农民人均纯收入达到663元，均高于其他几个地区。那时候，宜春的工作不是一年两年好，而是年年好，持续地好；不是某一两个方面好，而是全面地好。宜春出成绩，出经验，出人才，在全省颇有声誉。省里一位主要领导在多个场合说："叶学龄在宜春有两大功绩，一是培养使用了一大批年轻领导干部，带出了一支好队伍；二是让宜春的经济发展走在全省的前面。"时至今日，宜春的干部群众一说起叶学龄，仍然是交口称赞，好评如潮，充满感激之情。

叶学龄是如何带领干部群众创造这段"宜春辉煌"的呢？

党的十一届三中全会以来，全党工作重点从以阶级斗争为纲转到以经济建设为中心上来，国家实行改革开放政策。这是一个大转折的时代，也是一个需要改革家的时代。叶学龄自己说，"有识无胆是空谈家，有胆无识是鲁莽家，有胆有识才是改革家。"

当时宜春的现状是，政治上不是"革命摇篮"，经济上不是国家建设重点（无中央和省属大型企业），地理上不是战略要地，文化上缺少名胜古迹，改革开放不是试验区（没有特殊优惠政策）。但宜春自然资源丰富，农业基础较好。叶学龄在大量调查研究的基础上，大胆地提出了别具一格的宜春发展战略：经济工作创"区域特色"，政治工作创"小区气候"。

经济工作创"区域特色"，就是以市场为导向，以资源为依托，发挥农业优势，调整产业结构，举拳头产品，创区域特色，走出符合宜春实际的经济发展路子。那些年，宜春"利用粮食优势发展经济作物，利用种植业优势发展养殖业，利用农业优势发展乡村工业和乡镇企业"，形成"一乡一品"、"一县一品"的区域特色。靖安、铜鼓、奉新、宜丰四个林区县，竹木森林资源丰富，发展竹木加工业。樟树的四特酒，丰城的煤炭，万载、宜春的烟花鞭炮，高安、上高的羽绒业、釉面砖等，批量增值，名扬省内外。由于见事快，动作大，宜春在全省率先伸长了多种经营和乡镇工业两条短腿。到1988年全区多种经营产值占农业总产值的60.4%，年平均递增比全省高8.54个百分点。乡镇工业产值占工业总产值的50.33%，成为工业发展中的“半壁江山”，年平均递增比全省高7.96个百分点。

政治工作创“小区气候”，就是“大气候”暂时未到，不等待，不观望，敢于探索，创造自己的“小气候”。叶学龄认为，做好一切工作的关键是人，而做人的工作关键是抓好干部队伍的思想、组织和作风建设，是提高全体人民的素质。因此，在充分发挥资源优势的同时，充分发挥人的作用。一是在中央和省委没有部署的情况下，宜春动员行政事业单位三分之一的干部转移出去从事经济工作。这是一次深刻的改革，使宜春干部观点大转变，作风大转变，机关格局大转变，形成了万众一心搞经济的崭新局面，同时也锻炼和培养了一大批熟悉经济工作的干部。二是县市换届后，组织新班子学习毛主席的《为人民服务》、《纪念白求恩》、《愚公移山》，并做出决定，今后凡是进入领导岗位的同志，必须把“老三篇”作为上岗前的必修课，认真学好，让干部在改革开放的新形势下，既解放思想，与时俱进，又继承和发扬党的优良传统。三是抓好乡镇领导干部的培训提高。乡镇是最基层单位。宜春打破惯例，由地委直接组织领导，用三年时间集中轮训一遍乡镇领导干部，同时改革党校教学模式，着力提高乡镇领导干部的政治素质、思想素质和履政能力。四是面对单一的应试教育格局，大力发展职业技术教育，依靠全社会的力量解决资金、校舍、师资、实习基地等问题，为农村和企业培养大批实用人才。五是加强思想领导，政治工作围绕经济中心进行，使更多的干部群众自觉地、创造性地开展工作。宜春的经济工作之所以能走在全省的前列，就在于广大干部思想解放，精神状态好，改革意识强，就在于广大干部群众素质比较高。

宜春发展战略，凸显了叶学龄坚持从宜春实际出发，敢为人先的改革精神。这种精神无处不在。当有的地方挑选干部还在找高学历、比年龄轻的时候，宜春已实行了干部交流、能上能下、后天补课，夯实思想建设和作风建设，一大批干部茁壮成长起来。当有的地方还在为发展乡镇企业找项目的时候，宜春已经通过财政贴息，加大资金投入，实现了乡镇企业蓬勃发展。当有的地方为发展乡镇企业筹集资金想要到农业银行贷款时，全省农业银行贷款额度早被宜春拆借用掉了。一句话，宜春的工作处处先人一步，抢占了发展先机，掌握了工作的主动权。

叶学龄敢为人先的胆识，来自于他吃透两头的胆气。两头，一头是党的政策，一头是宜春的实际。他认为，对待中央的路线、方针、政策和省里的工作部署，要认真学习，深刻领会，悟深悟透，掌握精神实质，这样才能保持清醒的头脑，具有理论上的自信。对宜春的实际情况和干部群众的需求与愿望，则要经常深入基层，深入实际，深入群众去了解和把握，情况明，才能决心大，执行党的政策才能坚定不移。在贯彻中央提出的“决不放松粮食生产，积极开展多种经营”的方针时，不少人担心调整农村产业结构会冲击粮食生产。叶学龄分析宜春粮食生产的现状，力排众议，主张大幅度调减粮食种植面积，积极发展多种经营。到1988年，多种经营的产值占全区农业总产值的60.4%，占全省多种经营产值的四分之一。

叶学龄敢为人先的胆识，来自于他无私无畏的骨气。坚持从实际出发，创造性地执行党的方针政策，有时还要遭受误解甚至委屈。他在铜鼓、靖安等4个主要林区县调研，发现“树在山上摇风，人在山下受穷”，林区经济未能充分发展。他从实际出发，提出限额采伐重在科学合理，对清山材、间伐材、枝丫材不要限制砍伐，大力支持林农发展竹木加工业。叶学龄的举动，被上级林业主管部门上告，国务院以《参阅件》形式通报批评。《中国农村经营报》某记者写的一篇《这里有一把更大的刀》，不点名地把叶学龄说成全国乱砍滥伐的典型，叶学龄出席党的十三大的代表资格也因此在审查中受到质疑。这次的风浪掀得很大，但事实终归是事实。宜春地区森林生长量大于砍伐量，到处郁郁葱葱，铜鼓、靖安等山区小县林业经济迅速发展，人平财政收入走在全省的前头。事实澄清之后，叶学龄也光荣地出席了党的十三大。

叶学龄敢为人先的胆识，来自于他敢于突破、敢于创新的勇气。“为政之要，莫先于用人。”在贯彻干部“四化”方针时，曾经一度一讲“革命化”就谨小慎微，宁可起用没有争议的“老好人”，一讲“年轻化”就简单地认为干部越是年轻越好，一讲“知识化”就把文凭当作“选官符”，一讲“专业化”就到业务尖子里选领导。叶学龄在这时敢于提出年轻干部存在“三短三缺”的先天不足要后天补上，即入党时间短，缺乏党性锻炼，需要加强党性修养；参加工作时间短，缺乏实践经验，需要多到基层锻炼；走上领导岗位的时间短，缺乏领导经验，需要多岗位的历练；敢于提出要重视用好三种干部，即调动“能人”的积极性，调动没有文凭但有水平干部的积极性，调动50岁上下干部的积极性。宜春地委在配备百万人口丰城市党政领导班子时，就选用了一位53岁没有文凭的老县委副书记任市委书记，选用了一位28岁只有中专文凭的外县副县长任市长，这对“老少配”曾被认为是“一步险棋”，实践证明这对“老少配”让丰城市在改革和发展的路上突飞猛进。他的这些观点和做法，也得到中组部的认可，中组部《组工通讯》头版头条刊登并加了编者按。正是他在培养使用干部方面的这些独到见解，才使得宜春的干部队伍茁壮成长，成为得到省主要领导肯定的“一支好队伍”。对此，叶学龄始终认为，干部的成长是时代造就的，是组织培养的，也是干部本人努力的结果，自己只是坚持从实际出发贯彻党的干部路线。

叶学龄敢为人先的胆识，来自于他刚正不阿的正气。虽久在官场，却没有学会唯唯诺诺、顺从领导，更没有沾染圆滑世故、明哲保身的习气。他从政几十年，认为最难的是实事求是。如果自己的认识与上级发生矛盾，是服从上级的意见，还是坚持实事求是，这就需要坚定的党性原则，需要摈弃个人的得失，有时候还要付出代价。他告诫自己也告诫别人，身为领导干部，要想有作为，必须做好三个准备：准备当被告，在被告中成长；准备受委屈，让时间去检验；准备吃点亏，吃亏是福。"三准备"的前提是"打铁先要自身硬"。他除了自觉执行党规党纪外，还自立规矩，一、不过生日，不办寿宴不请客；二、婚丧喜事从简，不大操大办；三、不为家人及亲属办私事，不搞特殊。他严格要求，管住自己和家人，从容地防范从政风险。在叶学龄看来，以权谋私、谋利、谋色，这些风险都是预知的、可控的。"篱牢犬不入"，关键在自己。领导以身作则，清正廉洁，说话有人听，办事腰杆硬，才有最大的执行力。无私才能无畏。叶学龄敢为人先的改革，锋芒毕露的个性，敢于"放炮"不怕得罪人的行为，都因为自身干净，经得起告状，经得起组织调查，经得起历史检验，令人格外敬佩。

叶学龄敢为人先的胆识，归根结底源自他的理论修养，心存底气。马克思主义理论，是领导干部必须掌握的看家本领。叶学龄几十年如一日，孜孜不倦地学习马列主义、毛泽东思想，未敢有一日松懈。他坚持学习的最大特点是，把理论学习与贯彻党的路线、方针、政策结合起来，与自己的工作实践结合起来，与深入调查研究结合起来。他决不盲从，对党的政策和上级的指示，一定要经过自己的脑子，运用马克思主义的立场、观点、方法，联系当地的实际情况，作一番学习、思考、领悟，内化于心，变成符合当地实际的工作方案。他坚持密切联系群众，坚持深入基层调查研究，每年用于调查研究的时间都在100天以上。每次调查，自己选择调研路线，口问手记，得到的是第一手真实的情况。他带着工作中的问题，通过调查研究，不断探索改革创新的新路子。他对群众有深厚的感情，无论到哪里，都能与群众打成一片，有很多群众朋友会向他反映真实情况和利益诉求。深厚的理论素养，丰厚的实践经验，善于用哲学思维总结工作，使叶学龄常常能提出原创性的治事理政观点。他曾经就“做好党委领导下的行政工作”、“正确处理党内矛盾的几个问题”、“改善党的领导，闯出新的领导模式”、“在转换时期要做清醒的领导者”、“发挥地方党委协调工作的作用”、“正确处理党政工作中的几个关系”等重大理论问题，形成了用他的语言表述的成套理论观点，充分表现了他的理论自信。比如，他认为，党委发挥协调关系的作用，是一门更高层次的领导艺术。在党政之间，坚持在重大经济和社会发展问题上实行党委决策、政府指挥、部门实施的原则，有效地克服党委包揽、政府依赖或党委制约、政府摆脱的现象；在集体领导和个人分工上，确立了事关全局、政策不明、制度不明的问题由集体讨论，此外一概由个人分工负责的原则，既防止个人说了算，又避免了事无巨细等着集体讨论的偏向；在上下级关系上，本着上级为下级服务，下级为上级分忧的要求，避免了简单的上级领导下级和下级服从上级的被动局面；在条块之间，明确了在工作上条条指导块块，在政治上块块领导条条，共同为发展经济服务的原则，克服了条块分割的现象；前后任之间，确立了承前启后，又扬又弃的观点，克服了因循守旧或全盘否定的倾向。党内监督则提倡多打招呼多教育的原则，把眼睛盯住不干事的、生是非的、制约改革的、违法乱纪的，强调在监督中服务、在监督中搞活的要求。叶学龄当时创造性总结的这些处理党政等诸多关系的原则，建立的多种管理制度和办事规则，在今天看来，仍然有着理论意义和实践价值。

（作者系江西省原宜春地区行署副专员）

叶学龄的知与行

梅　飏

江西省政协原副主席叶学龄，今年已83岁高龄，虽患病住院多时，依然耳聪目明，探访者也络绎不绝。人们称赞他是江西政坛的传奇人物。他的人格和政绩固然感人，而他犀利的战略眼光、观察事物入木三分的哲学思维则更具魅力。笔者有幸曾在他身边工作过一段时间，耳闻目睹，深感他具有很高的思想水平和丰厚的理论素质。他的知与行的统一，是他做人、做官获得成功的重要基石。

学与思，造就他人生立世的基石

人生是一个“学、思、行”的过程，因学而知，因思而辨，因行而成。叶学龄从一个普通农民成长为党的高级干部，靠的是党的培养和自身的努力。而他能在地方主政多年且成绩斐然，则是与其理论素质和领导艺术分不开的。这理论素质就如人生立世的基石，因其善于学、善于思而造就。

叶学龄出生在一个贫苦农民的家里。因为家境贫寒，他只读了 4 年私塾便辍学在家种田。参加工作后，他如饥似渴地学习，后来又在宜春地委党校脱产学习一年。“非学无以广才，非志无以成学。”为了今后更好地工作，叶学龄下定决心克服自己文化低的困难，拿出比别人更多的时间和精力，专心致志，刻苦攻读。那一年，他学习毛泽东著作，学习马克思主义的基础理论，对《矛盾论》、《实践论》、《共产党宣言》、《资本论》等经典著作，还有“历史唯物主义基本原理和方法论”、“辨证唯物主义基本原理和方法论”等，花费了大量心血和时间去钻研。他的大脑像一块海绵，拼命吸吮着马克思主义、毛泽东思想经典的乳汁。许多经典论述，他都能背诵下来，至今还经常脱口而出，可见当年下了不少功夫。

叶学龄的一生，也是学习的一生，学习的时间是长期累积的。在工作中学文件、看报刊、听报告、搞调研都是学习，不停地向书本学、向实践学。正如他自己说的：“我是个毕不了业的学生，除了在各级党校学习，主要还靠自学。白天工作晚上学习，在位要学，退下来也要学。只是不在校，只是没有毕业，只是没有文凭。”他学习党的政策文件，学习传统文化，把各方面的精彩文章剪贴、装订成册。下乡调查研究，也要把了解的情况记录整理成册，便于查找。同时，他还利用工作之余和节假日，甚至常常挑灯夜读，涉猎诸子百家的传统哲学思想，广闻博览，做了诸多知识的储备，为更好地学习掌握马克思主义基本理论起到了辅助作用。所以，他在日后工作中或引经据典，或远见卓识，或思辨清晰，都得益于他勤学苦练的理论基础、深思熟虑的哲学思维和灵活运用。

思，是人生的智慧，也是成熟的结晶。思，不仅是运筹帷幄的谋略，也是创新思维的源泉，是引领我们不断总结经验教训，成就事业，令人生立于不败之地的智力支撑。从举一反三到触类旁通，才可以滴水见海洋，沙中见宇宙，花中见菩提，让思想插上翅膀。有道是“腹有诗书气自华”。它可以内化于心，外化于形。1990 年 3 月，叶学龄在“学习哲学，指导实践”（原载《江西日报》）一文中说，所有工作中的问题都可以从哲学中找到原因，就是要思考一下，我们的工作是否做到了主客观一致，是否符合事物发展的客观规律。他认为，马克思主义哲学源于实践又高于实践，为我们提供了认识事物、解决问题的基本立场、观点和方法。凡工作中的成绩都是学哲学用哲学的结果，工作中存在的问题则是学习哲学不够、缺乏哲学思考的原因。他多次谈到对待困难的辩证观点。他说，困难是客观存在，认识困难是为了克服困难，认识世界是为了改造世界。只要善于思考，困难是与机遇并存的，办法总比困难多。因此，任何时候都要主动从内部挖掘潜力，变压力为动力，希望就在前面。如果一味反映困难、畏惧困难、怨天尤人，就可能沦为困难的奴隶。

领导干部只有夯实理论基础，工作才有底气。正是几十年的不停顿学习，造就了他的思想深度，常常能从普通的生活现象中看到不一般的人生哲理，从习以为常的现象中看到不合理的问题，从司空见惯的事情中看出异常的动向。

行，是他成功的桥梁，也是他人生的价值

“学而不思则罔，思而不行则殆”。行，是行之以躬，是检验所学知识的实践。没有行，没有实践，再好的知识学问也是纸上谈兵；没有行，没有实践，再好的思想也是空中楼阁。

马克思主义、毛泽东思想历来重视实践。叶学龄说，党的思想路线是坚持实事求是，一切从实际出发。但坚持实事求是，是需要坚定的党性原则和无私勇气的。因为党的政策是共性，实事是个性，个性与共性之间存在着差异，就必须不断研究完善。党的政策是全局，部门利益是局部，党的政策有时会与部门利益发生矛盾，下级的认识有时会与上级领导的意见发生矛盾，这时坚持实事求是就需要排除私心杂念，要经得起打击和委屈。

在抚州工作时，1982 年临川涨大水，他从实际出发，在华溪堤决口之前的危急时刻，违背集体领导的原则和上级防汛指挥部关于“严防死守”的指示，果断下令在堤坝上坚守的干部群众迅速撤离，限时组织圩堤内群众转移，抢得了宝贵的时间，使 10 万群众幸免于难。他在推行“大包干”时，为了坚持从实际出发，曾受当时的省委领导在大会上点名批评，曾与行署的主要领导在常委会上当面大吵，这些都没能动摇他推行“大包干”的决心。

1986 年 6 月到宜春地区铜鼓县搞调研，发现全县有中小学危房上百所，形势十分严峻。在与当地干部群众座谈中，大家说：“我们山区有木材，就是没有砍伐指标，解决不了危房问题。”叶学龄知道，铜鼓县森林资源极为丰富，当时人均有活立木（山上的成树）70 多立方，人均造林超过 2 亩，一年砍伐十几万方也完全可以做到永续利用，为什么连修学校的危房也不能砍点木材呢？他认为，当时的林业政策，束缚了林业经济的发展，限额

采伐，实行宏观控制是必要的，但是限伐也应当尊重科学、尊重林木生长规律。当时限制砍伐“三材”（间伐材、清山材、枝丫材），既违反了自然规律，又违反了经济规律。于是，叶学龄从实际出发提出在木材问题上，要搞清资源底细，做到造大于伐，伐少于长，不到期不能伐，在这个前提下可以砍点到期的“间伐材”用以改造学校危房，“清山材、枝丫材”也可用来发展竹木加工。并明确规定砍一亩必须造二亩，做到‘靠山吃山’，搞活林区经济。当时铜鼓、靖安等山区县都通过“三材”利用，解决了学校危房，又发展了林木加工，人均财政收入走在了全省县市的前列。可是有人却断章取义，反映叶学龄提倡乱砍滥伐，在报刊上发表文章说他是“一把更大的刀”，甚至被国务院《参阅件》点名通报，还差点取消他出席党的十三大的代表资格。后来，事实澄清了，他的专题调查报告《振兴林区经济的几个问题》先后发表在新华社《内部参考》和《中国林业》杂志上，在全国引起了很好的反响，叶学龄也光荣出席了党的十三次全国代表大会。再大的误解和委屈都没有让他学“聪明”一点，没有使他变得乖巧和圆滑，而是依然故我，锋芒毕露。

调查研究，是知行统一的关键环节，是理论联系实际、做好领导工作的一项基本功。领导干部只有把不断提高理论素质与深入调查研究结合起来，才能更好地提升领导水平和执政水平。叶学龄历来重视调查研究，亲自深入实际，不设秘书，自己动手，找准问题，有的放矢。他每年深入基层、深入群众、深入实际的时间大都在100天以上。他在临川当县委书记，常年戴草帽、穿草鞋、骑自行车下乡，蹲点一蹲就是半年，与农民同吃同住同劳动，交了许多农民朋友。他可以与基层干部同睡一张床，促膝谈心到半夜，也交了许多基层干部的朋友。所以他能听到真心话，了解真实情况，懂得群众的疾苦、愿望和诉求。而这些，正是分析判断和制定决策的依据，是真知灼见的可靠源泉。

知行统一,使他具备领导干部必须的思维方式

一个地区、一个单位的工作能够顺利推进,关键在于领导人的科学思维方式。运用得好,就可以增强工作的科学性、预见性、主动性和创造性。叶学龄的思维方式常常令人耳目一新:

一是以战略思维,提升了地方经济发展的平台。这是高瞻远瞩,统揽全局,善于把握事物发展总体趋势和方向的能力。在宜春,叶学龄着力于把干部群众的思想行动凝聚到改革开放的事业中来,坚持用科学理论指导工作实践,提出了政治上创造“区域小气候”,经济上创造“区域特色版”的战略构想。他不是照搬“工业强市”、“旅游兴市”之类的口号,而是坚持一切从实际出发,强调必须发挥各地的自身优势,突出区域特色,形成“一乡一品”、“一县一品”的格局。由于突出了优势,形成了特色,产品优势变成了商品优势,地方经济得到超常发展,收益明显上升。

二是以超前思维,赢得了改革和发展的先机。这是一种以战略眼光,认识事物发展规律,把握前进方向,指导现实工作的能力。他在抚州推行“大包干”时,预见到这是一种势在必行、解放生产力的农业生产责任制,便顶住各种压力,坚定不移地顺应改革潮流。他在宜春调整产业结构时,预见到在发展商品经济的新形势下单一粮食生产没有出路,就下力气大力发展多种经营和乡镇企业。思维超前,就能审时度势,把握战机,就能行动抢先,从而立于不败之地。

三是以辩证思维,全面贯彻党的方针政策。这是全面分析事物矛盾的诸多方面,从而驾驭全局、防止片面性的能力。在贯彻干部“四化”的大政方针面前,叶学龄坚持从实际出发,用辩证的观点看,年轻化知识化的干部不一定都有实践工作经验,富有工作经验的干部又不一定都具备“四化”条件。所以,他提出,在贯彻干部“四化”方针时,要重视调动三种干部的积极性:一是调

动能人的积极性。就是在改革形势下敢于改革，有创造性的人，又往往是有争议的人，只要不是以权谋私、违法乱纪，就大胆使用这些兢兢业业干事的干部。二是调动没有文凭但有水平干部的积极性。全区有上万名没有大专以上文凭的干部，但他们中有不少人没有文凭有水平、没有学历有能力，实践经验丰富，政绩突出，对这样的干部，同样给予提拔重用。三是调动50岁上下干部的积极性，不能"四十七八，就回家养鸡养鸭"。他们有丰富的经验，有群众基础，有比较好的作风，在传帮带中起着重要的作用。

四是以换位思维，协调好各方面的关系。这是一种发挥党委协调关系的领导艺术，重视加强领导班子建设的能力。在宜春任书记五年多，叶学龄在宜春地区党政班子建设会上多次提出，班子成员必须换位思考。要正确处理好党政分开与党委领导的关系，强调党委决策、政府实施、分工不分家的原则；要正确处理好班子成员之间的关系，用个性去烘托共性，求同存异，和谐进取；要正确处理个人和组织之间的关系，个人服从组织，组织关心个人，组织为个人工作创造条件，承担责任，个人为组织分忧解难；特别要正确处理好党政"一把手"之间的关系，实际是党委"一把手"与"二把手"的关系，"一把手"总揽全局，协调各方，工作上多为"二把手"创造条件，多承担责任；"二把手"多替"一把手"着想，多为"一把手"分忧分责，互相信任，互相配合，心想在一起，劲使到一处。

五是以创新思维，坚持勇于创新，不走寻常路。这是破除迷信、打破陈规、善于因时因地制宜、开拓创新的能力。创新，就是要以新的思维，打破常规的思路去改进或创造新的事物和环境。在宜春工作，他另辟蹊径，提出别具一格的发展战略。到统战部工作，他提出要"敢于争取，善于求人，勇于创新，乐于奉献"。在政协工作，他提出要充分认识政协工作的特殊性，处理好政协活动多与少的关系、同音与杂音的关系、政协说话算数与不算数的关系。退休之后,他不是简单地玩摄影,而是创造性地把摄影作为宣传保护生态环境的一项事业来做,并以犀利的目光和战略远见,在全国率先倡导成立了"江西省生态摄影研究会",组成了一支宣传保护生态环境的有生力量。

上述种种思维,充分体现了叶学龄把马克思主义的理论素养与自身的具体工作实际有机地结合起来,真正做到了知与行的高度统一,因而具备了一个领导者必须的理性思维和驾驭全局、协调各方的能力。

(原载《党史文苑》2016 年第 10 期,收入本书时有删改,作者系中共江西省委党史研究室研究员)

我敬佩叶学龄从事生态摄影的执着精神

许景辉

我很早就认识叶学龄,但他不认识我,因为他是领导,开会坐在台上,我是一般干部,又无工作接触。

1998 年,叶学龄同志从省政协领导岗位退下来了。这年 6

我敬佩叶学龄从事生态摄影的执着精神　叶学龄摄影艺术馆

月上旬，他提了个相机来找我，我时任江西省摄影家协会副主席兼秘书长。他对我说，他想学摄影，要拜我为师。当时我想，许多退下来的领导干部搞摄影不过是做做样子，玩玩而已，就打算敷衍几句了事。没想到他又说，他要专注生态摄影，宣传江西的山清水秀、鸟语花香，让外界都知道江西生态环境优美，生态保护有加。我一听，他很有雄心壮志，且是有备而来，就同他聊了很久。此后，他经常来找我，要么相机出了故障，要我帮助检查；要么询问摄影技术上的问题，诸如怎样用光，如何掌握光圈、光速，如何构图等等。他给我的印象越来越深，我们也成了知心的摄影友。

我们常常一同去广昌拍荷花，去象山林场拍鹭鸟，去鄱阳湖拍天鹅和白鹤。拍荷花夏日炎炎，酷暑难当。我们一同去的几位朋友实在熬不住了，躲到树荫底下乘凉，他一个人仍然钻在荷花丛中不出来。拍白鹭同样在夏天，为防蚊虻虫咬，他穿着长衣长裤，经常一守候就是一整天，甚至为了追拍一个镜头，掉到粪坑里，朋友开玩笑说他“粪”不顾身。冬天下鄱阳湖拍天鹅和白鹤，更是艰苦。一个年逾古稀的老人，脚穿高筒套鞋，肩扛十多斤重的照相器材，在湖泥中跋涉，一不小心套鞋陷进泥里拔不出来，就要光着脚徒步前行。泥中又是菱角又是蚌壳，割得双脚伤痕累累。我们几个年轻人遇难而返，却被他叫住：“不能后退！无限风光在险峰啊！”我们私下议论，他是铁打的？还是练过轻功？这种执着精神，确实令人敬佩。

叶学龄 65 岁学摄影，起步晚，但起点高。他毕竟是从政坛走入摄影界，站得高，视觉宽，对事物有独到的见解。他一起步就把摄影与保护生态环境结合起来，打出生态摄影这张牌，喊出了“不为摄影而摄影，只为生态鼓与呼”的口号，这完全符合中央后来提出的生态文明建设的理念。他又在摄影作品中自己配诗，自己书写，把现代摄影艺术与中国传统文化有机地结合起来，使之成为摄影文化。他用从政的经验搞摄影，在各种摄影题材中抓住生态摄影;在生态摄影中主攻拍花、拍鸟,第一本专集就是《花鸟一瞬》;在百花之中突出荷花之韵,他认为荷花高洁高雅高尚,只讲奉献,不问索取,经得起风吹雨打,又“出淤泥而不染、濯清涟而不妖”;在拍鸟时专注于江西的候鸟,如南昌象山林场的白鹭、鄱阳湖的天鹅与白鹤、婺源赋春湖的鸳鸯等,以拟人化的手法突出一个“情”字,诸如母子亲情、伴侣爱情、人鸟友情,拍得活灵活现。叶学龄并未参加过摄影培训班,也未系统地学过摄影理论,全靠在实践中摸索和虚心求教。他有着深厚的生活积淀,又以超乎常人的悟性和独特的视角,思考着所要拍摄的对象能够带给人的启迪,从而使其作品能把蕴含的深刻的生活哲理展示出来,这就远远超出了摄影艺术本身的意义。

功夫不负有心人。1999 年他的一幅作品《融融母爱》,参加全国第十九届摄影艺术展览,一举夺得金奖,是江西省 50 多年来在国展中唯一的一块金奖。2002 年参加中国第十届国际摄影艺术展览,全球 50 多个国家和地区两万多幅作品参评,要想拿奖谈何容易,叶学龄的一幅作品《热恋》脱颖而出,荣获金牌奖,又填补了江西的空白。2003 年文化部举办第十三届摄影群星展,叶学龄的作品《母亲归来》又获群星奖。五年获三个大奖,简直不可思议。

叶学龄“为生态鼓与呼”的宗旨付诸行动。2001 年,他牵头成立了全国首个生态摄影研究会,吸纳了 150 多名会员,壮大了生态环保宣传队伍。为了扩大生态宣传的覆盖面,他先后出版了十多本生态摄影专集,每年还印制年历、贺卡广为散发,制作灯箱四处张挂。他的生态摄影展览从在省会南昌举办到全省各地市和各高校巡回展出,又从省内办到省外、境外、国外,参观者逾十万之多。2012 年,他在进贤老家盖起一座 6 000 平方米建筑面积的摄影艺术馆,并无偿捐赠给当地政府所有。馆内展示了他的几百幅生态摄影作品,其中近百幅作品是用瓷板烧制而成的。这座艺术馆具有丰富的文化内涵和深远的艺术价值，已经成为青少年生态文明建设教育基地。

叶学龄退休之后，从一个纯粹的摄影门外汉，到闯荡摄影艺术殿堂，短短十几年的工夫，把人们认为普普通通的小玩艺，做成了大手笔、大气候、大作为、大事业，怎不叫人由衷地敬佩！他那种执着追求、锲而不舍的精神，那种钻劲、牛劲、刚劲，永远值得我们学习。

（作者系中国摄影家协会艺术委员会委员，
江西省摄影家协会原主席）

后 记

《回眸》是我在病房里成书的。

2014 年 5 月,我因心脏病诱发脑梗,住进了医院,至今尚未痊愈。虽住在病房,但我的大脑似乎未受大的损伤,思考问题还能井井有条。对于为什么写这本书,我在《写在前面的话》中已经说得很明白。其实,写作的过程是异常艰苦的。从决定要写这本书的时候起,我就每天早上四五点钟起床,用那不怎么听使唤的右手在稿纸上艰难地一个字一个字地写着。写写停停,停停写写,持续了两年多。人们说,我比上班的人还忙,比健康的人还辛苦。

几个曾经在我身边工作过的同志,石弘宝、卢明生、饶仲安、梅泰和、韩树艺等,看到我这样执着,出于感动,表示要帮忙。他们主要做了三件事:一是对我亲自写的文稿作一些技术性的处理;二是由我口述当年的往事,然后记录整理;三是帮助查阅档案,收集当年素材,核对时间、地点、数据。还有一部分是曾经发表在《江西日报》等报刊杂志上的,收入时有的作了些文字修改。全书最后由石弘宝同志统稿。

上述这几位同志,除一位尚未满 70 岁外,其他都是年逾古稀的退休老人。在写的过程中,我坚持"忠于事实、忠于历史,不揽功,不诿过,不贬人,不颂己"的原则,以确保本书的真实性。但有几位同志实在按捺不住内心的冲动,各自从不同的角度写了述评文章,有的文章还在《人物传记》、《党史文苑》上发表了。这几篇述评都作为附录收在本书的后面。许景辉同志虽没有参与本书的编辑，闻讯之后也欣然命笔，写了一篇有关摄影方面的述评，一并作为附录。对于他们给予我的帮助，我在这里表示由衷的感谢！

有人说，叶学龄同志无论是作为一个共产党的领导干部，还是作为一个摄影艺术的追求者，都是成功的。我自己认为，我的成功与否并不重要，我之所以叙述这些故事，是想通过它展现一种正能量。我们正在为实现伟大复兴的中国梦而努力奋斗，时代呼唤正能量，人民需要拥有更多的正能量。

图书在版编目(CIP)数据

回眸/叶学龄著. -- 上海:上海三联书店,2017.9
(中国·记忆文库/方立平主编)
ISBN 978-7-5426-6016-9

Ⅰ.①回… Ⅱ.①叶… Ⅲ.①回忆录-中国-当代
Ⅳ.①I251

中国版本图书馆 CIP 数据核字(2017)第 178689 号

回眸

著　　者/叶学龄

中国·记忆文库主编/方立平

责任编辑/方　舟
特约审读/周大成
装帧设计/方　舟
监　　制/姚　军
责任校对/张大伟
校　　对/莲　子
统　　筹/7312·舟父图书传媒工作室

出版发行/上海三联书店
(201199)中国上海市都市路4855号2座10楼
邮购电话/021-22895557
印　　刷/昆山市亭林印刷有限责任公司

版　　次/2017年9月第1版
印　　次/2017年9月第1次印刷
开　　本/787×1092　1/16
字　　数/250千字
印　　张/18.75
书　　号/ISBN 978-7-5426-6016-9/I·1294
定　　价/48.00元